Nadine Schwager Yves Flavian

Wake up, Yannik

Yes or No Band 1

Danke, mein lieber Yves, dass du diese Reise mit mir gemacht hast. Es war aufregend, wundervoll und wird hoffentlich noch lange nicht die Letzte sein. ❤

Bibliografische Information der Deutschen Nationalbibliothek: Die Deutsche Nationalbibliothek verzeichnet diese Publikation in der Deutschen Nationalbibliografie; detaillierte bibliografische Daten sind im Internet über http://dnb.dnb.de abrufbar.

Lektorat/Korrektorat: Bernd Frielingsdorf
Bilder Cover: Illustrationen von mushakesa und NelaRov; Hintergrundfoto von Fatih (alle von stock.adobe.com)

Verlag: BoD · Books on Demand GmbH, Überseering 33, 22297 Hamburg, bod@bod.de
Druck: Libri Plureos GmbH, Friedensallee 273, 22763 Hamburg
ISBN: 978-3-8192-2850-6

MIX
Papier aus verantwortungsvollen Quellen
Paper from responsible sources
FSC® C105338

Inhaltsverzeichnis

Kapitel 1

Yannik

Die Musik war mittlerweile zu den langsamen Schnulzenliedern übergegangen, die Yannik kaum ertragen konnte. Er hatte noch nie was für Schnulzen übriggehabt. In diesem oberromantischen Ambiente des kleinen Schlösschens jedoch brachte es ihn fast zum Würgen.

Obwohl sein Bourbon noch nicht leer war, signalisierte er dem Barkeeper, dass er noch einen wollte. Wollte? Was für ein Quatsch – zum Überleben brauchte.

Drüben im Nebensaal drehten sich ein paar letzte Pärchen. Unter anderem das frisch gebackene Brautpaar. In enger Umarmung hielt sein jüngster Bruder Thomas seine Braut Luna im Arm.

Thomas, dem er all das hier zu verdanken hatte.

Claudias glänzende Augen, ihre anschmiegsame Art den ganzen Tag, ihre Anspielungen, dass sie auch gern bald heiraten würde.

Super war das.

Yannik hatte es nicht mehr ertragen, ihre drängenden Küsse, ihre enttäuschten Seufzer. Deshalb war er noch mal aus dem Hotelbett geflüchtet, in dem seine Freundin inzwischen selig schlief, und war wieder heruntergekommen.

Um zu trinken. Und zu vergessen.

Normalerweise war das nicht seine Art, aber diese Hochzeit brachte wohl seine schlechtesten Seiten zum Vorschein.

Nicht, dass er sich nicht für Thomas freute. Im Gegenteil, Luna war eine Spitzenfrau und passte perfekt zu seinem jüngsten Bruder, aber er selbst wäre am liebsten gar nicht erst hierher gekommen.

Leider gab es Familienzwang, der bei den Schmidts besonders groß war. Alle waren sie da gewesen. Seine Schwester Jack mit ihrem Mann und den beiden Kleinen. Sein Bruder Niklas mit Frau und den beiden etwas größeren Söhnen. Und selbstverständlich seine Eltern, die glücklicher über Thomas' Wahl nicht hätten sein können. Und natürlich waren wieder die Fragen gekommen, wann er, Yannik, endlich heiratete. Am liebsten wäre er fahnenflüchtig geworden. Stattdessen hatte er es ertragen und Jack ihre Kinder abgenommen, um sich mit ihnen die Zeit zu vertreiben. Fangen hatten sie im Schlossgarten zwischen den ganzen Rosen gespielt. Und Gewichtheben, wobei Yannik sich jede Nichte auf einen Arm setzte und sie dann wie Gewichte nach oben drückte. Die Mädchen quietschten dabei immer lachend.

Er liebte seine Nichten über alles, aber eigene Kinder? Mit Claudia? Irgendwie konnte er sich das nicht vorstellen. Sie kannten sich gerade erst zwei Jahre.

Der Gedanke ließ ihn den Rest des Glases herunterstürzen.

Es begann, sich endlich wohlig in seinem Kopf zu drehen, da bekam er bereits das nächste Glas gereicht.

Er leerte es direkt zur Hälfte, ehe er absetzte. Diesen Tag wollte er nur noch vergessen. Wollte Claudias Enttäuschung vergessen, seine eigene Unzulänglichkeit.

„Ich möchte das Gleiche, das er da gerade in sich reingeschüttet hat", sagte eine Stimme neben ihm. „Einen Doppelten, wenn's geht."

Yannik drehte den Kopf zur Seite und sah einen schlanken Mann mit roten Haaren und rotem Bart, der sich auf den Barhocker neben ihn zog. Natürlich trug auch er einen gut sitzenden Anzug wie alle hier. Dunkel erinnerte Yannik sich, ihn am Brauttisch gesehen zu haben.

Er musste wohl irgendetwas mit Luna zu tun haben, schätzte er, denn er war kein Freund von Thomas.

„Die Musik ist lausig, was?“, begann der Typ mit ihm zu plaudern, während er mit der einen Hand nach dem Glas griff und mit der anderen seinen Krawattenknoten löste.

Yannik stieß gesellig wie selten das Glas gegen seines und nickte, ehe er trank.

„Alle Hochzeiten sind lausig.“

„Na, so düster würde ich das nicht sehen. Es kommt immer darauf an, was man daraus macht, würde ich sagen. Die einen tanzen zu Schmusesongs … die anderen trinken Bourbon.“ Der Mann grinste und sah ihm in die Augen, während er einen weiteren Schluck nahm.

Da konnte Yannik nur zustimmen. Das zweite Glas – oder war es schon das dritte? – stieg ihm wahnsinnig schnell zu Kopf. Das wohlige Drehen geriet immer mehr zur Achterbahnfahrt.

„Für Bourbon muss niemand heiraten.“

Gab das Sinn? Er hatte keine Ahnung.

Helles Lachen ließ ihn aufhorchen.

„Da hast du natürlich auch wieder recht. Aber … warum sitzt du hier und schubst nicht deine Freundin übers Parkett?“

„Sie schläft.“

Natürlich hatte der Kerl Claudia bemerkt. Jeder bemerkte Claudia. Denn sie war oft die hübscheste Frau im Raum mit ihrem weichen, goldblonden Haar, dem heißen Fahrgestell, den endlos langen Beinen und ihren strahlend blauen Augen.

Wie oft er schon für diesen Fang beglückwünscht worden war! Wie oft seine Mutter schon gesagt hatte, was für hübsche Kinder sie bekommen würden!

Nur Yannik war sich noch immer unklar darüber, ob er das überhaupt wollte.

Es war nicht so, dass er Claudia nicht mochte. Sie war absolut liebenswert, immer gut gelaunt und zuvorkommend, unterstützend, witzig … aber so richtig … so richtig richtig fühlte es sich einfach nicht an.

„Okay, gut für mich. So trinke ich zumindest nicht allein.“

Der Mann sah ihn aus blauen Augen an und hatte ein schiefes Lächeln auf den Lippen, das bei den meisten Menschen ziemlich doof aussah, aber er war eine Ausnahme. Wie hieß der Kerl? Vermutlich sollte Yannik es wissen, aber beim besten Willen konnte er sich nicht erinnern.

Deshalb zuckte er nur die Schultern und trank erneut.

„Warum …“ Yanniks Zunge war ganz schwer. „Warum tanzt du nicht?“

„Ich bin solo zur Hochzeit gekommen.“

„Irgendwo läuft bestimmt auch ’ne Singlelady rum“, erwiderte Yannik und verhaspelte sich fast. Trotzdem leerte er sein Glas und winkte dem Barmann nach mehr. „Du auch noch?“

Sein Gegenüber nickte. „Keine Singlelady für mich, vielen Dank.“

Das verstand Yannik zwar nicht, aber er zuckte nur die Schultern, da er eben seinen neuen Drink bekam.

Er hielt dem Kerl das Glas hin und diesmal stieß dieser seines dagegen.

Wenn Yannik nur endlich dieses Gefühl des Versagens loswerden würde! Aber dazu müsste er sich wohl ins Koma saufen.

„Du legst ein ganz schönes Tempo vor.“ Der andere wirkte amüsiert und drehte sich ein Stück auf dem Stuhl, um die Beine übereinanderschlagen zu können.

Yannik nickte benebelt.

„Mein Bruder zahlt die Rechnung.“

„Besonders gesprächig bist du ja nicht, oder?“ Wieder das helle Lachen.

„Nie gewesen“, nuschelte Yannik und das stimmte. Er war schon immer eher schweigsam gewesen, weil er eben nichts sagte, wenn es nichts zu sagen gab. Oft tat ihm das für seine Gesprächspartner leid. Heute machte der Alkohol, dass es ihm egal war.

„Du bist deinem Bruder nicht gerade ähnlich … Also zumindest vom Wesen … Aber du siehst besser aus als er.“ Der Mann lachte. „Ups, sorry, hab ich das laut gesagt? Ich hatte wohl doch ein bisschen viel.“

Darüber musste Yannik zynisch lachen.

„Glaubst du doch selbst nicht. Tommy, unser handsome boy, kann doch jede haben. War schon immer so. Hat mir sogar mal eine ausgespannt. Da war er noch in der Schule und ich schon beim Studium.“

Na, schau an, da lockerte der Alkohol doch noch seine Zunge.

„Nun, ich mag Männer wie dich. Breite Schultern, groß … Und sogar wenn du so düster schaust, gefällt es mir.“

Okay, es hatte gedauert, aber endlich fiel der Groschen.

Yannik sah den Kerl mit den roten Locken, die perfekt gestylt waren, an, dann blickte er wieder in sein Glas.

„Sorry, bin nicht schwul.“

„Warum sorry? Hast dir auch nicht ausgesucht, hetero zu sein.“ Der Typ lachte überdurchschnittlich viel. „Solange es dich nicht stört, dass ich dich anflirte.“

Kopfschüttelnd zuckte Yannik die Schultern.

„Ich flirte nur mit Bourbon.“

Drinnen lief gerade das nächste Lied von Adele an und sein Sitznachbar seufzte.

„Lust, nach draußen zu gehen? Ich pack das Gejaule nicht mehr …“

„Sprichst mir aus der Seele.“

Mehr als ein Raunen brachte Yannik nicht hervor. Langsam zog es ihm die Augen zu.

Mann, er hatte wirklich zu schnell getrunken.

„Brauchst du Hilfe, oder kannst du noch alleine gehen?“

„Geht schon“, murmelte Yannik, während er von der Sitzfläche rutschte, aber seine Beine trugen ihn nicht mehr. Mit einem erstaunten Laut angelte er nach Halt, erwischte aber nur den Rothaarigen.

„Am besten du legst deinen Arm um mich. Ich glaube, die frische Luft brauchst du wirklich dringend, sonst kriegst du noch Ärger mit deiner Holden.“

„Meh“, machte Yannik nur, weil ihm das gerade herzlich egal war.

Ohne Widerrede legte er den Arm um den Kerl und ließ sich von ihm durch eine der geöffneten Terrassentüren in den dunklen Garten führen. Das Einzige, was ihnen hier draußen Licht spendete, waren bunte Lampions über ihren Köpfen.

Es war eine kühle Frühlingsnacht, aber zumindest regnete es nicht.

„Hübscher Garten. Dass Thomas ein Schloss gemietet hat für die Hochzeit … Verrückt, oder?“

„Überkandidelt wie immer“, brummte Yannik trocken. „Aber Luna scheint es zu mögen.“

„Sie ist ’ne absolute Perle und er trägt sie auf Händen. Zu Recht.“

„Klar. Wie weit willst du noch?“

Yannik konnte nicht mehr. Er hatte zu viel getrunken, um durch den ganzen Schlossgarten zu rennen.

„Komm, da hinten ist ’ne Laube. Dort hört man die Musik nicht mehr.“

Durch leicht verschwommene Sicht erkannte Yannik einen der Rosenpavillons, in denen er mit seinen Nichten vorhin noch Versteckenfangen gespielt hatte. Wenn er sich nicht täuschte, gab es darin auch eine Bank.

Also nickte er und er ließ sich mehr dorthin schleppen, als dass er selbst ging. Was für ein Desaster.

Warum hatte der Kerl ihn finden müssen? Ansonsten wäre er jetzt an der Bar eingepennt und morgen früh mit dem Kater seines Lebens aufgewacht und in sein Zimmer gewankt. Aber nein, der Typ …

Warum hatte der eigentlich keinen Namen?!

„Wie heißt'n du?“

„Neo. Warum?“ Der Mann grinste. „Möchtest du wissen, was du nachher stöhnen sollst?“

Bedröppelt lächelte Yannik.

„Neo? Du verarschst mich doch.“

„Würde mir doch im Traum nicht einfallen.“

Auf einmal lachte Yannik schallend los.

„Du bist Neo und ich bin Mr. Smith.“

Auch sein Gegenüber lachte. Hell und freundlich. „Soll ich dich so nennen? Mr. Smith?“

„Ich heiß Yannik. War nur lustig.“

„Ich weiß, wie du heißt.“ Neo schmunzelte, als er ihm half, sich auf die Bank zu setzen.

In dem von oben bis unten mit Rosenranken bewachsenen Pavillon war es dunkler. Gerade so konnte Yannik noch Neos Gesicht erkennen. Er lächelte dünn und ließ den Arm fast widerwillig von Neos Schultern gleiten.

„Hat Tommy getratscht?“

„Ach, nur ein wenig über die Familie. Ich bin oft bei Luna und ihm zu Besuch.“

Wieder schlug Neo die Beine elegant übereinander. Er hatte wirklich lange Beine, fiel ihm dabei auf.

Er war ein gut aussehender Mann, das musste Yannik einsehen. Auch wenn er nicht auf Kerle stand.

Rothaarige gab es auch eher selten und er erwischte sich bei der Frage, ob sämtliche Haare wohl den gleichen Farbton hatten. Wie viel hatte er noch mal getrunken?

Yannik lächelte verschmitzt über seine Gedanken. Er wollte gerne was zu ihm sagen, aber er wusste nicht was, deshalb blieb er stumm.

„Du stehst echt nicht auf Small Talk“, meinte Neo nach einer Weile, in der nur ihr Atem zu hören war.

Yannik schüttelte den Kopf. Dann ließ er ihn nach hinten sinken und schloss die Augen, um tief durchzuatmen. Die frische, kühle Luft machte ihn wieder ein bisschen klarer.

„Und worauf stehst du dann?“, fragte Neo in einem seltsam rauchigen Ton direkt neben seinem Ohr.

Erstaunt hob Yannik den Blick zu ihm. Er war ihm verdammt nah gekommen, so nah, dass er seinen Atem roch.

Was wollte er hören?

Vielleicht versuchte er es mit einem Scherz?

„Auf meine Freundin schon mal nicht.“

„Das Gefühl hab ich auch. Du könntest mal was anderes ausprobieren …“

Neo hatte echt wahnsinnig lange Wimpern, fiel ihm bewundernd auf.

„Was anderes? Ich bin immer noch nicht schwul.“

Yannik wollte ihn nicht verprellen, er hatte nichts gegen ihn. Aber auf Männer stand er eben trotzdem nicht.

„Hast du es denn schon mal probiert? Ich hätte echt Bock, dir einen zu blasen.“

Allein bei dem Gedanken an einen Blowjob rieselten kleine, schüchterne Glücksgefühle durch Yanniks Unterleib.

Er sah Neo an. Der musste ihn doch verarschen! Aber in den blauen Augen des anderen entdeckte er nur glimmende Lust.

„Okaaaayyy …?“, machte Yannik gedehnt.

„Okay, ja oder okay, nein? Du kannst auch die Augen zulassen, wenn du magst. Dann kannst du dir vorstellen, wen auch immer du willst, der es dir besorgt."

Das Angebot war nett, auch wenn Yannik nicht gewusst hätte, wen er sich hätte vorstellen sollen.

Dann fiel ihm ein, dass er Neo noch immer keine Antwort gegeben hatte. Und eigentlich hätte er es nicht annehmen sollen, aber er wollte es. Das lag bestimmt am Alkohol, aber er wollte diesen Blowjob. Es war ewig her, dass er einen gehabt hatte, auch wenn Claudi ihm das immer wieder anbot.

Deshalb sah er in Neos blaue Augen und sagte: „Okay, ja."

Er räusperte sich verlegen, doch der andere Mann lächelte zufrieden.

„Mach es dir ruhig bequem, Yannik."

Mit der Eleganz einer Raubkatze sank Neo auf die Knie. Obwohl dieser Yannik bedienen wollte, hatte er die Situation vollkommen unter Kontrolle.

Seufzend lehnte Yannik sich ein bisschen zurück und genoss die steigende Vorfreude, während Neo ihm den Gürtel und die Hose öffnete. Der Rotschopf verbiss sich das Lächeln nicht, als ihm Yanniks Erektion bereits entgegenkam, als er ihn auch von der Unterhose befreite.

Tatsächlich war er selbst überrascht, dass er schon hart war. In letzter Zeit hatte er wirklich nicht viel Lust gehabt.

Dann spürte er den warmen Atem auf seiner Haut.

„Lecker", murmelte Neo.

Das Kribbeln, das dieses Wort in ihm auslöste, war erstaunlich heftig.

Yannik konnte sich nicht davon abhalten, die Fingerspitzen vorsichtig zwischen Neos rote Strähnen zu schieben. Er berührte ihn kaum, aber … irgendetwas machte es mit ihm.

Endlich sah er die Zungenspitze, die sich seiner Erektion näherte. Zentimeter um Zentimeter. Es kam ihm vor wie eine Ewigkeit.

Dafür war die Erlösung umso besser, als Neo damit seine Eichel umkreiste. Yannik stöhnte und griff nun richtig in sein Haar.

Neo dagegen schloss nun auch die Lippen um die Spitze seiner Erektion, um spielerisch daran zu lecken. Dadurch wurde er nur noch härter.

Verdammt, wie sollte er sich dabei noch vorstellen, es wäre jemand anderes?

Mit einem tiefen Blick in seine Augen nahm Neo ihn weiter in den Mund, nur um dann seine Augen genussvoll zu schließen.

Das Bild, wie er Yanniks Ständer im Mund hatte und es ihm offensichtlich genauso viel Spaß bereitete wie Yannik, war so geil, dass Yannik sich richtig beherrschen musste, nicht sofort zu kommen. Seine Erektion zuckte, aber er riss sich zusammen.

Die Frage war, wie lange er das schaffen würde. Vor allem, nachdem Neo das Tempo erhöhte und seine Hoden mit einer Hand massierte.

Dabei seufzte der andere um seinen Ständer, ließ sich von seiner eigenen Lust davontragen.

Yannik stöhnte ebenso, tief, kehlig und aus der Mitte seiner selbst heraus.

So hatte er sich schon lange nicht mehr gefühlt!

Oder hatte er sich überhaupt je so …

Neos Finger rutschten ein Stück tiefer in seine Unterhose und massierten seinen Damm. Das gab Yannik endgültig den Rest.

Er packte fest in Neos Haar und kam mit lautem Ächzen.

Neo umschloss ihn über den Zeitraum seines Orgasmus ganz fest und entließ ihn erst, als die Wellen der Lust so langsam abebbten.

Flatternd öffnete Neo seine Augen und sie wirkten immer noch lustverhangen.

Yannik ging es kein Stück besser.

Er war völlig außer Atem und wusste überhaupt nicht, wie er sich jetzt verhalten sollte. Also tat er das Einzige, was ihm einfiel. Er lehnte sich nach vorne, zog Neos Kopf, in dessen Haar er immer noch seine Finger hatte, zu sich, und küsste ihn auf die Lippen. Er baute gerade genug Druck auf, dass Neo die Lippen öffnete, doch dann ließ er wieder von ihm ab.

Sein Herz raste jetzt und alles drehte sich in seinem Kopf.

Mit zitternden Fingern schloss er seine Hose und den Gürtel, bevor er hastig aufstand.

„Schon okay, Yannik … Keine Panik“, hörte er Neos Stimme. Ganz sanft, aber es beruhigte ihn nicht. „Es darf dir gefallen. Vielleicht erinnerst du dich ja mal gern daran zurück.“

„Hmmh, ja. Dankegutenacht.“

Was hatte er da bloß getan?! Wie war er auf die Idee gekommen, ihn auch noch küssen zu müssen? Wie hatte er dem Blowjob überhaupt zustimmen können?!

Völlig durcheinander wischte Yannik sich über das Gesicht und hastete über die Terrasse ins Schlösschen hinein.

Er kuschelte sich jetzt an Claudia und versuchte, diesen furchtbaren Tag – und Abend – für immer zu vergessen!

Kapitel 2

Neo

„Du siehst aus, als hättest du einen Kater. Dabei hab ich dich gestern kaum was trinken sehen“, sprach Luna Neo von der Seite an.

Dafür, dass sie gestern geheiratet und wie eine Prinzessin ausgesehen hatte, war ihr Look heute wieder sehr normal. Nur die braunen Haare lockten sich noch etwas mehr als sonst, seit sie ihre Brautfrisur über Nacht gelöst hatte.

„Hab lange nachgedacht. Du weißt doch … Hochzeiten liegen mir nicht.“

Das war mehr als milde ausgedrückt. Trotzdem hatte ihn gestern etwas anderes in seinem Hotelzimmer wach gehalten. Der Grund dafür saß ein paar Tische weiter beim Frühstück und wirkte sehr auf seine Freundin und den Teller vor sich konzentriert. Schnell sah Neo weg.

„Ach, armer Schatz.“

Mitfühlend legte Luna die Hand auf Neos. Seine Freundin verstand ihn. Das war zumindest tröstlich.

Auf Lunas anderer Seite erschien auf einmal Thomas’ neugieriges Gesicht.

„Worum geht’s? Warum bist du arm, Neo-Schatz?“

Neo sah das schelmische Glitzern in seinen tiefblauen Augen. Yannik hatte am vergangenen Abend schon recht gehabt: Thomas war ein Leckerbissen.

Aber sein Bruder hatte eine Aura gehabt, der Neo sich kaum hatte entziehen können, seit er ihn dort brütend an der Bar gesehen hatte.

Luna warf ihrem frisch Angetrauten einen liebevollen Blick zu. „Ärgere ihn nicht, Herzblatt. Du weißt doch …“

„Natürlich weiß ich, Liebes. Ich wollte Neo nur ein bisschen aufheitern.“

Thomas blickte Neo ebenso besorgt an. Das konnte er jetzt gar nicht brauchen!

„Darf ich dir noch etwas vom Buffet holen, Angetraute?“, bot Tommy nun allerdings an. Vielleicht wollte er Luna und Neo auch nur Zeit allein verschaffen.

„Einen Orangensaft und noch mal Rührei mit Speck.“ Seine beste Freundin strahlte ihren Mann an. Er mochte die Tatsache, dass sie keines dieser Fitnessgirls war, die jede Kalorie zählten.

„Alles klar, bekommst du.“ Mit einem Zwinkern und einem Küsschen auf Lunas Wange ging Thomas in Richtung des Buffets.

„Also, sag schon, was dir auf der Seele liegt, Bester“, begann Luna ohne Umschweife und drehte sich zu ihm herum. „Ich will nämlich, dass mein Trauzeuge am Morgen nach meiner Hochzeit genauso glücklich ist wie ich.“

„Ich muss dir doch dazu gar nichts sagen. Du kennst die Geschichte.“

Ja, die alte Geschichte war definitiv gestern wieder hochgekommen. Er schluckte. Weshalb er die Erinnerung mit Alkohol und einem Blowjob für ihren Schwager bekämpft hatte. Ihren Schwager, der hetero war und mit einer Bombe von Frau hier saß. „Ich hab halt später ein wenig getrunken, als ihr nur noch Augen füreinander hattet.“

„Oh, das tut mir leid. Ich wollte dich nicht vernachlässigen. Das nächste Mal tanzen wir zu dritt, mein Schatz.“

Luna nahm mit sichtlich schlechtem Gewissen seine Hand.

„Hörte ich hier eben *zu dritt*?“

Thomas war zurück und stellte nicht nur vor Luna einen Teller mit einem riesigen Haufen Rührei mit Speck, sondern auch vor Neo einen mit Croissant und Marmelade. Danach erhielt Luna auch noch ihren Orangensaft, während Tommy gespielt lüstern zwinkerte.

„Zu dritt klingt wunderbar, finde ich. In jeder Lebenslage.“

„Spinner“, murmelte Neo für einen Moment verlegen. „Und du hast mich nicht vernachlässigt, Luna. Es war schließlich eure Hochzeit, da geht es doch nicht um mich.“

„Dafür geht es heute um dich!“, beschloss Thomas, der sich wieder neben seiner Frau niederließ und den Arm um sie legte. „Du kommst mit zu uns und hilfst uns mit den Geschenken. Und wir essen gemütlich zusammen. Was sagst du?“

Der fürsorgliche Blick rührte Neo. Obwohl er eigentlich ein schlechtes Gewissen hätte haben sollen, weil er gestern seinen vergebenen Bruder angemacht hatte.

„Ich … Echt? Ich meine, wollt ihr nicht lieber allein sein?“

„Allein können wir den Rest unseres Lebens sein“, sprang auch Luna auf den Zug auf. „Sag mir, was du essen willst, dann koch ich das.“

„Oder ich fahre los und hole uns was Leckeres, damit meine süße Ehefrau nicht gleich in der Küche stehen muss“, warf Tommy ein und küsste Lunas Hand.

„Ihr zwei seid echt die Besten.“ Neo konnte gar nicht anders, als zu lächeln. Ohne Luna wäre er wirklich verloren gewesen. Aber seit sie Thomas hatte, war auch er ein toller Freund geworden.

Unwillkürlich warf Neo noch mal einen Blick zu Yannik, der sein Essen immer noch anstarrte, als müsse er erst noch entscheiden, ob er es zu sich nehmen wollte oder sich vielleicht doch eher übergeben.

Die Freundin saß strahlend wie der Morgen neben ihm und streichelte ihm mitleidig über den Rücken, flüsterte ihm etwas ins Ohr.

Schaudernd wandte Neo sich ab.

Auf die stand Yannik doch gar nicht. Warum gab er sich mit der ab?

Wenn er nur daran dachte, wie hart Yanniks Ständer gewesen war, als er ihn ausgepackt hatte … Der Gedanke daran, dass Neo ihm einen blies, hatte das verursacht. Einzig und allein der Gedanke.

So viel zum Thema „Ich bin nicht schwul“. Er selbst war zumindest verdammt geil gewesen auf Yannik. Niemals hätte er gedacht, dass dieser Schrank von Mann auf seinen hirnrissigen Vorschlag eingehen würde.

Aber er hatte es getan und jetzt fühlten sie sich beide mies. Zumindest vermutete er das, wenn er Yanniks verschlossenes Gesicht so betrachtete.

Innerlich seufzend wandte er sich wieder seinem Croissant zu.

Eigentlich war ihm der Appetit gründlich vergangen.

„Soll ich euch zum Griechen einladen?“, fragte er schließlich, um das schlechte Gefühl zu vertreiben.

„Grieche klingt wunderbar“, sagte Luna sofort, die ihm anzusehen schien, wie mies es ihm ging. Auch Thomas nickte.

„Ja, gerne. Aber ich zahle.“

„Hast du überhaupt noch Geld nach dieser Prunkhochzeit?“, neckte Neo ihn mit breitem Grinsen. „Ein Schloss, Mann, mehr ging wohl nicht, oder?“

„Nur das Beste für die Königin meines Herzens.“

Thomas lehnte sich erneut zu Luna, um ihren Mundwinkel zu küssen. Sie kicherte verliebt, wobei Neo amüsiert die Augen verdrehte.

„Ihr seid höchstens Könige der Schmalzigkeit.“

Jetzt lachten sie alle drei. Plötzlich fühlte er sich wieder besser. Diesen Effekt hatten seine Freunde fast immer.

Auf einmal fiel ein Schatten auf den Tisch und er schluckte, als er aufblickte.

Yannik mit seiner Perle am Arm. Doch er sah Neo nicht an.

„Claudi und ich machen uns auf den Weg. Wir wollten uns nur kurz verabschieden."

Claudi und ich. Wir. Genauso gut hätte Yannik ihm in den Magen boxen können.

Er gab sich Mühe, ihn genauso wenig anzusehen wie umgekehrt.

Dafür erhoben sich jetzt Thomas und Luna, um sich von den beiden mit Umarmungen zu verabschieden.

„Danke für die wunderbare Feier. Es war die schönste Hochzeit, auf der ich je war!", fügte Claudi hinzu. Allein dieser Spitzname! Neo hätte am liebsten geknurrt, riss sich aber zusammen.

Weder hatte er irgendein Recht, eifersüchtig zu sein, noch sonst was. Schließlich kannte er Yannik nicht. Ein Blowjob machte schließlich nicht gleich die ganz große Liebe.

Und so wie Yannik sich verhielt, wollte er den Blowjob auch ganz schnell wieder vergessen.

Das sollte Neo auch tun. Es hatte doch keinen Sinn, sich darüber den Kopf zu zerbrechen und sich die Laune verderben zu lassen!

„Kommt gut nach Hause. Wir sehen uns ja dann alle zum Osterbrunch, oder?" Thomas klopfte seinem ältesten Bruder auf die Schulter.

Der Typ verzog echt keine Miene, während er seine Freundin noch enger umschlang. „Sicher. Wie jedes Jahr. Vater würde mich wahrscheinlich abholen lassen, sollte ich fernbleiben."

„Wahrscheinlich." Tommy grinste. Yannik nickte ihm nur noch einmal zu, dann verließ er mit seiner Flamme den Tisch. Neo gab sich Mühe, unmerklich aufzuatmen.

„Geht's dir nicht gut, Neo? Du bist ganz blass. Doch zu viel getrunken?", fragte Luna besorgt, als sie sich wieder neben ihm niederließ.

„Scheint so …" Ihm war gar nicht aufgefallen, wie flau ihm geworden war. Wenn auch nicht vom Kater. Dankbar über die Möglichkeit dieser Ausrede, schob er das Croissant von sich. „Ich glaube, ich passe."

Kurzerhand erhob er sich.

„Ich pack schon mal mein Zeug zusammen, damit ich euch nachher mit den Geschenken helfen kann", beschloss er.

Thomas, der noch nicht wieder saß, trat zu ihm und drückte ihm einen Kuss auf die Wange.

„Leg dich noch ein bisschen hin. Wir wecken dich, ehe wir fahren."

Neo nickte und wandte sich um, doch da traf er unvermittelt auf Yanniks Blick, der eben seine Mutter einige Tische weiter umarmte.

So stechend wie jetzt hatten seine Augen den ganzen gestrigen Abend nicht ausgesehen.

„Danke dir." Ein Lächeln schlich sich auf Neos Lippen und kurz überlegte er, für einen weiteren solchen Blick auch Thomas einen Schmatzer aufzudrücken. Am besten direkt auf den Mund.

Es kostete ihn etwas Überwindung, aber dann tat er es einfach.

Er wusste, dass Thomas ihm das nicht übel nehmen würde.

Als er von ihm abließ und einen schnellen Seitenblick zu Yannik warf, glühten dessen Augen beinahe wie Laser. Konnte er da etwa Eifersucht glimmen sehen?

„Sehr südländisch, mein Hase", reagierte Thomas nun amüsiert auf den Kuss, tätschelte Neos Po und setzte sich wieder zu Luna, die das Ganze belustigt verfolgt hatte.

Er schickte den beiden noch einen Luftkuss und ging durch den Frühstücksraum auf den Ausgang zu. Dabei gab er sich Mühe, eben keinen weiteren Blick zu Yannik zu riskieren. Sollte er doch mit Claudi knutschen. Das war es schließlich, was er wollte.

Kapitel 3

Yannik

„Tut mir leid, Claudi.“

Bis zum Abend hatte Yannik gebraucht, um die Worte zu finden. Erst hatte er sich geschämt, dann ausgenüchtert und sich noch ein bisschen mehr geschämt. Und als er wieder halbwegs klar im Kopf war, hatte er beschlossen, dass das nie passiert war. Wie hätte es auch? Dass sich ein schwuler Mann zu ihm an die Bar setzte, um ihm später im Garten einen zu blasen? Nie im Leben!

Er hatte das geträumt oder fantasiert aufgrund des Alkohols. Und dass dieser Typ beim Frühstück Thomas geküsst hatte … Das zeigte Yannik doch, dass dessen Interessen ganz woanders lagen! Nicht bei ihm. Unmöglich. Das war nicht passiert!

Aber trotzdem hatte er sich den ganzen Abend lang seiner Freundin gegenüber nicht korrekt verhalten.

„Hm? Was tut dir leid, Schatz?“, fragte Claudi halbherzig, die mit Kochen beschäftigt war. Yannik trat hinter sie und legte die Arme um ihren Bauch, um ihren Nacken zu küssen.

„Mein Verhalten gestern auf der Hochzeit“, sagte er ehrlich. „Das hat mich alles so überfordert. Vor allem …“

Er wollte sagen, dass ihn alle gefragt hatten, wann er Claudi heiratete, aber dann schnitt er das Thema an und das wollte er tunlichst verhindern.

„Vor allem die vielen Leute und das Tanzen.“

Lächelnd sah Claudia sich zu ihm um und drückte ihm einen Kuss auf die Wange.

„Weiß ich doch. Du bist eben kein Partytier wie deine Geschwister.“

„Das stimmt. Tut mir leid, du hättest sicher gern öfter getanzt und …“

„Dafür hast du Jack einen Riesengefallen getan, indem du dich um die Mädchen gekümmert hast. Das war richtig süß. Du wirst mal so ein guter …“ Doch sie hielt inne und verbesserte sich: „Du bist so ein guter Onkel. – Sollen wir essen, Yanni?“

Yannik nickte und nahm den dämlichen Spitznamen mit einem Lächeln hin.

„Tut mir noch mal leid. Das nächste Mal gebe ich mir mehr Mühe.“

„Du bist ein Süßer. Danke, aber ich hatte Spaß. Dein Vater und dein Bruder haben ja mit mir getanzt. Es ist alles okay.“

Claudi küsste seine Lippen, ehe sie den Topf vom Herd zog.

Die Entschuldigung war nötig gewesen, doch leider fühlte er sich längst nicht so erleichtert, wie er gehofft hatte.

„Was war das eigentlich mit Thomas und diesem Neo heute Morgen? Das ist doch Lunas Trauzeuge gewesen, oder?“, fragte sie nun belustigt und schaffte es, wie so oft, ein Thema zu finden, über das er eigentlich nicht mehr sprechen wollte.

„Keine Ahnung, kenn den nicht“, flunkerte er deshalb und wandte sich ab. Stattdessen holte er Teller aus dem Hängeschrank seiner offenen Küche und stellte sie auf der Arbeitsplatte bereit.

„Der hatte ja Schneid! Küsst den Bräutigam am ersten Tag der Ehe.“ Claudi kicherte, als sie das Essen auf die Teller lud.

Warum konnte sie nicht aufhören, darüber zu sprechen, verdammt?

„Hmmh.“ Er zuckte lediglich die Schultern.

„Und Tommy, der Spaßvogel, packt ihm auch noch an den Hintern …“ Sie lachte. „Bin ja gespannt, was Luna dazu sagt, wenn wir sie das nächste Mal sehen.“

In Yanniks Augen hatte Luna nichts dazu zu sagen, immerhin hatte sie amüsiert ausgesehen, nachdem diese Farce stattgefunden hatte. Yannik erinnerte sich auch noch zu gut daran, als sein Bruder zu Schulzeiten mal einen Kerl mit nach Hause gebracht und als seinen festen Freund vorgestellt hatte.

Zum Glück hatte ihre Mutter schnell genug reagiert und beide aus dem Haus geschafft, bevor ihr Vater nach Hause gekommen war. Das hätte er nicht geduldet. Es hatte ja auch schon riesigen Zoff gegeben, als Jack sich von ihrem ersten Mann hatte scheiden lassen …

Richard Schmidt war da erzkonservativ.

Yannik schämte sich schon bei dem Gedanken, was sein Vater sagen würde, wenn er wüsste, was er am Abend vorher …

Nein, das war nicht passiert!

Allein der Gedanke an den geilen Blowjob …

Hör endlich auf, Yannik! Vergiss das jetzt!

Stattdessen ließ er seine Hand nun über Claudias Hüfte nach unten streichen. Auf ihren Hintern. Der war genau perfekt gerundet, so wie es sein sollte.

„Komm her, Claudi“, sagte er leise. „Das Essen kann warten, oder?“

Claudi hob erstaunt den Blick ihrer schönen Augen zu ihm, dann ließ sie sofort alles liegen und drückte sich in seine Arme.

Wie ausgehungert sie war! Und das nur, weil er kaum Lust auf Sex hatte. Das war schon immer so gewesen, er kannte es nicht anders.

Doch nun küsste sie ihn bereits schnurrend und presste ihren festen Busen an seine Brust.

Yannik unterdrückte ein Seufzen, erinnerte sich aber daran, dass er sich was beweisen wollte.

Nein! Er wollte was bei Claudi wiedergutmachen. Deshalb wollte er mit ihr schlafen. Um sie zu verwöhnen. Nur deshalb.

Sie hatte es auch verdient, denn sie war toll und liebevoll. Und ehrlich.

„Yannik“, murmelte sie zärtlich und streichelte über seine Brust. „Ich will dich …“

Ihre Hand strich hinunter in Richtung seines Schrittes. Nur dass sich da noch nicht so wirklich viel tat.

„Zieh dich aus, ich will dich verwöhnen“, raunte er und ließ von ihr, um sie am Ellbogen zur Couch zu führen.

Er spürte ihre aufgeregte Gänsehaut, während sie ihre Kleidung von sich warf und einen wunderschönen Körper entblößte. Kein Gramm Fett zu viel, muskulös, aber nicht zu muskulös. Sie war ein Traum.

„Leg dich hin, Baby.“

Mit einem vorfreudigen Lächeln ließ Claudia sich auf der langen Seite der Couch nieder. Yannik fackelte nicht lange, sondern kniete sich davor, um ihre Beine auseinander zu drücken.

„Du machst mich so heiß, Yanni. Du brauchst mich nur so anzusehen wie jetzt.“ Claudia blickte ihn an und lächelte.

Er lächelte zurück, was ihn mehr Mühe kostete, als es gesollt hätte, dann machte er sich daran, es ihr mit dem Mund zu besorgen.

Er mochte es nicht so gerne wie anderes, aber zumindest konnte er das gut. Als junger Erwachsener hatte er sich einen strikten Fahrplan zurechtgelegt, mit dem er immer ans Ziel kam. Und während er nun Punkt für Punkt abarbeitete, dachte er an Neos Zunge. Wie sie gekreist war und über seine Eichel geleckt hatte. Und wie geil wäre es vielleicht gewesen, wenn er auch seine Hoden …

Claudi kam schreiend und erlöste Yannik von den unmöglichen Gedanken.

„Das war sooo gut, Schatz …“, sagte sie noch ganz außer Atem. „Kommst du noch in mich? Ich möchte dich spüren.“ Sehnsüchtig klang sie dabei und ihre Augen glänzten.

Na ja, das war ja schließlich Ziel des Spiels gewesen, oder?

Yannik nickte und zog seine Hose samt Unterhose gerade bis zu den Knien, um sich über sie zu beugen. Sein Ständer war hart und er war erleichtert. Ob er das den Gedanken an … Nein, das war Claudis Verdienst! Es musste so sein!

Seine Freundin küsste ihn nun, aber er hatte auf einmal wieder Neos Gesicht vor Augen. Seine geschwollenen Lippen nach dem Blowjob, seinen verklärten Blick, die Reste von Yanniks Saft noch auf …

Ihm wurde übel.

Er hatte noch nicht einmal Claudis Eingang berührt, da sprang er wieder auf und rannte aus dem Wohnzimmer hinüber ins Bad.

Die Hände auf den Mund gepresst, erreichte er die Toilette und übergab sich dort herzhaft.

„Oh, Shit“, keuchte er noch immer über der Schüssel. Was war denn das gewesen?

Verdammt, er hätte sich nach dem vielen Alkohol nicht so anstrengen dürfen!

Claudia eilte im nächsten Moment herein und kniete sich genauso nackt wie besorgt neben ihn, um seinen Rücken zu streicheln.

„Yanni, was war los?“

„Tut mir leid, der Alkohol …“, murmelte er.

„Armer Schatz! Ich hol dir …“

„Schon gut. Gib mir ’ne Minute, geht gleich wieder.“

„Ich glaube, du legst dich am besten hin und ich kümmere mich ein wenig um dich.“ Claudia strich sanft über seinen verschwitzten Nacken. „Möchtest du dich morgen krankmelden? Ich könnte deinen Vater anrufen."

„Nee, schon gut."

Sich den ganzen Abend von Claudia betüddeln lassen? Er konnte sich Schöneres vorstellen!

„Hör mal, ich sitz hier noch bisschen, mir ist echt übel. Willst … Ich will dir den Abend nicht verderben. Fahr doch heim und wir telefonieren später noch. Hier kannst du eh nichts mit mir anfangen."

„Ach, Schatz … bist du dir sicher? Vielleicht hast du dir was eingefangen. Hattest du nicht auch Austern gegessen?"

Innerlich schüttelte sich Yannik. Er hasste Meeresgetier.

„Nee. Wirklich, geht morgen wieder. Fahr heim, mach dir 'nen schönen Abend. Hab noch deine Lieblingsschokolade da, nimm sie dir mit."

„Ach, du bist so ein Süßer." Seine Freundin sah ihn hingerissen an. „Dann gute Besserung. Meld dich nachher, ja?"

„Mach ich. Und sorry wegen … Das holen wir nach."

Falls er jemals aufhören konnte, an Neo und den Blowjob zu denken.

Claudi drückte ihm einen verzeihenden Kuss auf die Wange und erhob sich.

„Du musst dich nicht entschuldigen, Yanni. Du hast dir das auch anders vorgestellt. Bis später, mein Schatz."

Nach ein paar Minuten hörte er noch mals Claudias Rufen und dann das Zufallen seiner Wohnungstür. Für eine Weile blieb er auf den dunklen Badfliesen sitzen. Das war wieder einmal ein Desaster gewesen. Dieses Mal sogar noch schlimmer als erwartet.

Er war doch krank! Da lag seine tolle Freundin vor ihm und er war mit den Gedanken bei einem Kerl.

Bei einem Kerl, der es offensichtlich genoss, Heteros anzumachen. Sah man ja an ihm und an Thomas. Vermutlich machte Neo vor niemandem halt, egal ob er damit Beziehungen zerstörte.

Wobei seine Beziehung zu Claudia …

Nein, diese Büchse öffnete er jetzt nicht auch noch.

Neo. Neo machte Beziehungen kaputt. Es wurde Zeit, dass er mehr über diesen Kerl erfuhr! Irgendetwas konnte mit dem doch nicht stimmen! Nicht, dass er bald auch noch die frische Ehe seines Bruders auf dem Gewissen hatte!

Mit neuem Elan erhob er sich und verließ das Badezimmer.

Wenn jemand etwas über Thomas und seinen komischen Freund wusste, dann doch wohl Jack.

Zum Glück wohnte seine Schwester nur eine halbe Stunde entfernt und würde nichts gegen spontanen Besuch einzuwenden haben. Das hatte sie nie.

In frischen Klamotten, die nicht nach Claudias süßem Parfüm rochen, raste er über die Schnellstraße.

Mit Jack konnte er immer reden und entgegen seiner sonstigen Art wollte er das gerade.

Jack war die Zweitjüngste von seinen Geschwistern und hieß eigentlich Julia. Aber in einer sehr prägenden Phase ihrer Jugend war *J.A.G.– Im Auftrag der Ehre* ihre Lieblingsserie gewesen. Und damit hatte sie ihren Spitznamen weg. Jack genoss ihn auch.

Wenig später hielt Yannik vor dem hübschen Einfamilienhaus mit wildem Garten, in dem sie lebte.

Jack, ihr Mann und ihre Kinder kamen Yannik immer wie der Prototyp einer heilen Familie vor. Alle waren glücklich damit. So verdammt glücklich. Warum war er es nur bei dem Gedanken daran, er würde mit Claudia in einem solchen Haus wohnen und ihre Kinder dort aufwachsen sehen, nicht? Was zur Hölle lief bei ihm nur so falsch?

Doch bei dieser Frage kam er seit Jahren nicht weiter. Seine Beziehung zu Claudia war bisher die längste seines Lebens und auch nur … na ja, weil er eben nicht jünger wurde. Er war 38 und seine Mutter wurde schon ungeduldig. Sogar sein Vater fragte schon ab und an nach Hochzeit und Enkeln. Aber Yannik konnte nicht. Auch wenn Claudia der Hauptgewinn war – schon die Vorstellung jagte ihm eine Heidenangst ein.

Allein das Ausbleiben einer Szene von ihr bewies doch, dass sie die richtige Frau für ihn war.

Vielleicht sollte er über seinen Schatten springen. Den Ring, der schon für sie in seiner Sockenschublade wartete, nehmen. Ihr den Antrag machen, auf den sie und alle anderen warteten.

Bei dem Gedanken, wie er vor ihr auf die Knie ging und sie um *Für immer* bat, wurde ihm schon wieder übel.

Schnell stieg er aus dem Auto und gerade, als er es verriegelte, öffnete sich Jacks Haustür.

„Yannik! Onkel Yannik!“, riefen Johanna und Jule und rannten bereits in ihren Schlafanzügen auf ihn zu. Lachend hob er die beiden in seine Arme, um sie zu knuddeln.

Seine Schwester Jack stand kopfschüttelnd in der Haustür.

„Hab gar nicht mit dir gerechnet, großer Bruder. Jetzt krieg ich die beiden süßen Kröten ja nie ins Bett … Dabei ist morgen Kindergarten …“

Yannik musterte sie verlegen. Sie sah burschikos aus mit ihrem kurzen, schwarzen Haar und den muskulösen Armen. Den fitten Eindruck störte nur die kleine Wölbung ihres Unterleibs. Baby Nummer drei war im Anmarsch.

„Und wenn ich die Kröten ins Bett bringe und sie versprechen, dann ganz brav einzuschlafen?“, schlug er vor.

„Deal. Ich mach dir ein Bier auf. Du siehst aus, als könntest du eins brauchen.“

Jack hatte einen Riecher für so etwas.

„Eins wird nicht reichen.“

Sie kannten sich einfach. Jack war das einzige seiner Geschwister, mit dem er enger war. Das ihn nicht verurteilte.

„Komm rein. Und gleich ab nach oben, ihr zwei!“

Jubelnd rannten seine Nichten die Treppe hinauf. Yannik folgte ihnen etwas langsamer. Er las eine Geschichte vor, während er zwischen den beiden im Bett kuschelte, gab ihnen dann Gute-Nacht-Schmatzer und verließ das Kinderzimmer wieder.

Unten erwarteten ihn Jack und ihr Mann John in der Küche am Esstisch. Kaltes Bier stand auf seinem Platz bereit.

„Also los, was gibt es?“

In ihrer Familie war es üblich, dass man schnell zum Punkt kam. Einerseits war das gut, denn man konnte ehrlich sein und redete nicht dauernd um den heißen Brei herum. Andererseits machte es das schwer, irgendetwas zu verbergen.

Und definitiv würde er niemandem jemals erzählen, was passiert war.

Denn es war nicht passiert. Weil so etwas nicht passieren durfte.

„Die Hochzeit liegt mir noch im Magen“, sagte er, was nicht gelogen war. „Was war das für ein Typ, der Thomas geküsst hat? Ich meine, der Trauzeuge. So ein Vogel.“

Doch Jack lachte nur und auch John schien sich zu amüsieren.

„Mach dir keine Sorgen, Brother“, antwortete John mit breitem, britischen Akzent. „Neo ist völlig harmlos. Ein netter Kerl.“

Dafür warf Yannik einen fragenden Blick zu Jack. Vielleicht erfuhr er von ihr mehr.

„Neo ist echt in Ordnung. Er hat Luna bei der Organisation der Hochzeit geholfen. Er macht sich nicht an Tommy ran, keine Sorge. Die kennen sich ja auch schon ewig.“

„Warum hab ich noch nie was von dem Kerl gehört und ihr kennt ihn alle?“, fragte er. Das wurmte ihn. „Aus welchem Hut hat Luna den denn gezaubert?“

„Das, mein liebes Brüderlein, kommt daher, dass du nie bei irgendwelchen Feiern auftauchst, außer Vater ordnet es persönlich an.“

Nonchalant trank Jack von ihrem Bier und Yannik wollte eben wegen der Schwangerschaft protestieren, da sprang ihm der 0%-Aufkleber ins Auge. Er sah sein eigenes Bier an, das war auch alkoholfrei. Unwillig verzog er die Lippen.

„Wie … wie lange kennt ihr den Typen denn schon?“ Immerhin hatte er Thomas geküsst und der hatte ihm am Arsch begrapscht. Also ging ihn das sehr wohl etwas an.

„Keine Ahnung, zwei Jahre?“ Fragend blickte Jack John an, der nickend die Schultern zuckte.

„Am nächsten Wochenende hat Tommy übrigens zum Nachhochzeitstrinken eingeladen. Vielleicht kommst du da ja ausnahmsweise auch. Neo ist sicher auch da“, schlug Jack vor.

„Ich hab keine Einladung bekommen“, brummte Yannik konsterniert.

„Die ging an Claudi, nachdem du aus der Gruppe ausgetreten bist, du Partymuffel.“

„Claudi hat auch nichts davon gesagt.“ Womöglich, weil sie seine Antwort schon kannte.

Zwei Jahre war dieser Mann schon Teil vom Leben seines Bruders und er kannte ihn nicht. Das ärgerte Yannik ins Bodenlose. Dafür, dass sie alle immer so vertraut taten, erfuhr er ziemlich wenig.

„Tja, liegt vermutlich nicht an Claudi." Jack warf ihm einen vielsagenden Blick zu, doch ehe er sich verteidigen konnte, klingelte ihr Handy.

„Wenn man vom Teufel spricht."

Grinsend nahm sie ab.

„Hallo, Claudi. – Wozu denn Kamille? – Für Yanniks Magen?"

Mit ungläubig aufgerissenen Augen sah Jack ihn an. Doch er wedelte nur hilflos mit den Händen. Claudi durfte keinesfalls erfahren, dass er hier war!

„Das ist aber nett, dass du ihm einen Kamillentee kochen und vorbeibringen willst!"

Yannik schüttelte heftig den Kopf und Jack zeigte ihm dafür den Stinkefinger.

„Tut mir leid, die Kamille treibt noch nicht so früh im Jahr. – Nee, die aus dem Supermarkt ist auch nichts, da hast du recht. Lass ihn nur schlafen, da beruhigt sich der Magen am besten. – Mhm, ja, ist mir auch aufgefallen, dass er den ganzen Tag komisch war. Der kriegt sich schon wieder ein. Keine Sorge, Claudi. – Ja, mach ich. Schönen Abend noch!"

Dann legte sie auf und ein mörderischer Blick traf Yannik.

„John, lass uns kurz allein, bitte", sagte sie zu ihrem Ehemann, der Yannik nur mitfühlend auf die Schulter klopfte.

„War nett mit dir, Brother. Farewell."

Damit trollte er sich aus der Küche.

„Was?", fragte Yannik genervt. „Sag bloß, du hast noch nie 'ne Ausrede gesucht, um John loszuwerden?"

„Yannik …"

Derselbe tadelnde Tonfall wie ihre Mutter. Yannik bekam sofort ein schlechtes Gewissen.

„Na, spuck schon aus, was du sagen willst", murmelte er.

„Warum lügst du Claudi an? Und was meinte sie damit, du seist seit der Hochzeit komisch? Was ist mit dir los, großer Bruder?“

Er konnte Jack nicht entkommen, das war ihm klar. Sie war wie ein Bluthund, der eine Fährte aufgenommen hatte. Er musste also eine plausible Ausrede finden.

Seiner Erfahrung nach waren solche Dinge besonders glaubwürdig, je näher sie der Wahrheit kamen. Nicht, dass er andauernd geflunkert hätte. Aber ein paar Notlügen waren in der letzten Zeit doch vorgekommen. So was wie Müdigkeit, eine Sonderschicht, die angeblich nur er hatte übernehmen können, obwohl es andere gegeben hätte, solche Dinge eben. Nichts Schlimmes. Nur kleine Sachen, damit er ein wenig mehr Freiheit gehabt hatte.

„Na ja … Claudi hat die ganze Zeit gesagt, wie schön es wäre, wenn wir mal heiraten. Mutter auch. So ungefähr jeder …“, fing er an, dann sprudelten die Worte förmlich aus ihm heraus. „Und irgendwie macht mir das Angst. Ich hab das Gefühl, ich bin noch nicht bereit für diese Art von Bindung. Klar, ich liebe deine Kinder, aber ich hab keine Ahnung, ob ich wirklich Vater sein will und wann. Das setzt mich auch unter Druck … weil ich weiß, dass ihr alle darauf wartet, wann es bei mir losgeht mit Familie und all dem.“

Von ihren Problemen im Bett mal nicht zu sprechen. Aber das war hier auch nicht das Thema.

Mit zusammengekniffenen Lippen nickte Jack.

„Das versteh ich ausnahmsweise sogar. Du bist ein Einzelgänger. Wir kennen dich nicht anders. Ich war sowieso überrascht, dass du es so lange mit Claudi aushältst. Aber sie ist auch die geduldigste Frau des Planeten.“

Sie seufzte.

„Wenn dich das Gerede stresst, dann sag ihr das doch. Claudi hat doch Verständnis für alles. – Hast du ihr etwa wirklich erzählt, du hast dir einen Magenvirus eingefangen, um sie loszuwerden?“

„Ich hab mich wirklich übergeben!“, verteidigte er sich. „Wahrscheinlich mehr wegen des Alkohols, aber es hätte auch was anderes sein können …“

Das waren die falschen Worte gewesen, das merkte er sofort. Jack legte den Kopf schief.

„Und zwar? Auf mich wirkst du nämlich ziemlich nüchtern.“

„Ich weiß es ja selbst nicht!“, fuhr er sie an. Er konnte schlecht sagen, dass ihm beim Sex übel geworden war. „Mein Magen hat plötzlich verrücktgespielt.“

„Wahrscheinlich aus Hochzeitsangst“, machte Jack zynisch und musterte ihn mit so einem durchdringenden Blick, dass er versucht war, den Kopf zwischen die Schultern zu ziehen.

Doch noch ehe er sich eine Ausrede für die Flucht zurechtlegen konnte, spitzte Johanna in die Küche.

„Mamaaaaaa, ich kann nicht schlaaaafen …“

Jack stöhnte und erhob sich.

„War ja klar. Komm, Mausi, ich geh mit dir rauf. – Glaub nicht, dass dieses Gespräch schon beendet ist, Yannik!“

„Sei nicht so streng zu Onkel Yannik, Mama! Du bist zu allen immer so streng!“, verteidigte seine Nichte ihn sofort empört.

„Und du bist zu allen immer so frech, kleine Kröte“, meinte Jack und grinste. „Also rauf mit dir.“

„Ich fahre nach Hause, Jack“, sagte Yannik schnell und trank sein Bier aus, um ebenso aufzustehen.

„Klar. Ruf an, wenn du reden willst.“

Das würde Yannik sich nach ihren bohrenden Fragen ab jetzt zweimal überlegen.

Kapitel 4

Neo

Ein paar Tage nach der Hochzeit betrat Neo die Redaktion der städtischen Zeitung. Er hatte gerade den öffentlichen Teil einer Stadtratssitzung hinter sich gebracht. Lokalpolitik war sein Steckenpferd. Und auch wenn es ihn manchmal ziemlich annervte, fand er es doch wichtig, die Dinge zu verfolgen, die direkt um ihn herum passierten. Es war ja nicht so, dass es krumme Geschäfte nur auf höheren Ebenen gab. Bei Weitem nicht. Deshalb hatte er auch den Stadtrat im Blick.

Mit einem Seufzen legte er seine Laptoptasche und die Kamera auf seinen Schreibtisch, bevor er sich auf seinen Stuhl sinken ließ.

Nach einem Schluck Kaffee stellte er den Laptop wieder an. Die Datei, die er in den Tiefen der Festplatte abgespeichert hatte, entsicherte er mit einem Passwort und seufzte erneut.

„Ich krieg dich noch“, murmelte er, als er die neueste Notiz hinzufügte.

Seit Monaten, eher seit fast einem Jahr, sammelte er Infos für diese Geschichte. Es ging um Bauaufträge und Bestechung. Auch wenn er dem Kern so langsam näher kam, es reichte einfach noch nicht, was ihn wirklich frustrierte.

Dabei würde er seine nicht vorhandenen Eier darauf verwetten, dass Stadtrat Hiller in der Sache bis zum Hals drinsteckte.

Als er hörte, dass jemand in sein Büro trat, schloss er das Dokument sofort.

Doch als er aufsah, erkannte er Luna.

Genervt schob sie ihre Lesebrille ins Haar und zog sich dann auf Neos Schreibtisch hinauf. Distanzlos wie immer, dachte er dabei und grinste.

„Henry fuckt mich heute wieder ab mit seiner Pedanterie“, stöhnte sie über ihren Kollegen im Satz. „Ich hoffe, bei dir läuft es besser. Kommst du von draußen? Ich würde auch gern mal das Sonnenlicht bei der Arbeit sehen.“

„Echt? Wo ich unterwegs bin, würdest du nur erfahren, dass unser Bürgermeister ein Schwätzer ist.“ Neo lachte leise. „Es gibt mal wieder einen Artikel zum Bachviertel. Zum Schnarchen. Da wird in zehn Jahren noch nichts umgestaltet, ist mein Tipp. Und was ist mit Henry?“

„Da fehlt noch ein Millimeter, Luna, sei doch nicht immer so ungenau!“, äffte seine Freundin ihren Kollegen nach, stöhnte dann aber gebeutelt. „Ich will gar nicht mehr dran denken. Gehen wir gleich zusammen in die Pause, Schatz? Bitte, bitte, bitte! Ich will mir noch kurz die Bestätigung vom Reisebüro abholen, damit wir in zwei Monaten endlich in die Flitterwochen starten können.“

„Wie könnte ich denn da Nein sagen? Aber du lässt mich nächste Woche dafür beim Linedance nicht wieder hängen. Ich mag die Mädels, aber mit dir macht es mehr Spaß.“ Normalerweise gingen sie alle zwei Wochen, um ein bisschen abzuzappeln, und Neo war der einzige Mann dort, aber sie lachten immer viel und es war so ziemlich das einzige Sportliche, was ihn begeisterte.

„Natürlich nicht! Aber schön, dass du es mir vorwirfst, weil ich wegen der Planung *meiner eigenen Hochzeit* einmal nicht mitgehen konnte! Du bist ja fast so pedantisch wie Henry.“ Luna schielte ihre Nase an und streckte dabei die Zunge heraus. Dann rutschte sie von seinem Tisch.

„Bist du am Wochenende eigentlich beim Nachhochzeitstrinken dabei? Tommy löchert mich ständig, ich soll dich dran erinnern. Dem hast du mit dem Kuss ganz schön den Kopf verdreht.“

Diesmal zwinkerte sie wenigstens im Scherz.

„Sorry, war echt daneben von mir“, meinte er reuig. „Kommt nicht wieder vor.“

Es war auch unglaublich kindisch von ihm gewesen. Außerdem hatte er damit nicht diesen anderen Kuss rückgängig machen können, diesen Kuss in der Laube.

So oft musste er an den denken. An die einzige aktive Zuwendung, die Yannik ihm hatte zuteilwerden lassen …

Er schalt sich, dass er aufhören musste, daran zu denken. Yannik würde es schon längst abgehakt haben!

„Ach, Schatz, ich zieh dich doch nur auf! Für Tommy und mich war das überhaupt kein Problem. Außer er verlässt mich deshalb, dann ist alles deine Schuld.“

Luna lachte und zog ihn am Ellbogen von seinem Stuhl hoch, um sich bei ihm einzuhängen. „Mittagspause?“

„Tommy würde dich nie verlassen. Auch wenn ich sehr viele Vorzüge habe.“ Neo grinste. „Also erster Stopp Reisebüro?“

„Ich bitte darum.“

Luna nahm ihre Lesebrille nun von ihrem Haar und verstaute sie sorglos in ihrer Handtasche. „Ich kann es kaum erwarten, dreieinhalb Wochen am Strand zu liegen, mich mit Margaritas und Sex verwöhnen zu lassen und in den Tag hineinzuleben.“

Tief seufzend zog sie Neo zum Aufzug und drückte den Rufknopf.

„Dreieinhalb Wochen ohne dich … Das wird ganz schön trostlos. Aber ich gönne es dir.“ Er zwinkerte ihr zu. „Irgendwann mach ich auch mal ’ne Reise auf die Malediven. Nur vermutlich allein.“

„Pfft! Jemand wie du sollte zehn an jeder Hand haben, Schatz! Sieh dir Tommy an. Er würde dich sofort heiraten, hätte er mich nicht schon geheiratet.“

Der Aufzug öffnete seine Türen und sie stiegen ein. Das Ding war leider alt und langsam, weshalb es ewig dauerte, bis sie unten ankamen.

„In dem Fall werd ich wohl Single bleiben müssen. Denn meine wenigen Dates haben sich meist schon erledigt, bevor sie richtig angefangen haben.“ Es war jetzt nicht so, dass sich die Kerle um ihn als trans Mann rissen. Im Gegenteil. Sehr viele zogen sich schlicht zurück, wenn er offen damit umging.

„Der Richtige für dich wird noch kommen, Neo! Tausendprozentig! Die anderen sind doch alle Arschgeigen.“

Wie es ihre Art war, knuddelte Luna ihn warm. Endlich öffnete sich der doofe Aufzug und sie konnten aussteigen. In der Fußgängerzone vor der Redaktion war einiges los. Doch sie reihten sich gemütlich in den Strom der Mittagspäusler ein.

Früher hatte er die Blicke auf sich sehr unangenehm gefunden, gerade als er noch neu in der Stadt gewesen war. Mittlerweile fühlte er sich in seiner Haut wohler als zuvor.

„Soll ich uns einen Döner holen, solange du im Reisebüro bist?“

„Unbedingt! Henry soll leiden bis zum Feierabend!“

Breit grinsend winkte Luna ihm, als sie in die Gasse zum Reisebüro abbog.

Während er beim Dönermann die Version mit extra Zwiebeln und Knoblauchsoße bestellte, wanderten seine Gedanken wieder zu Samstagnacht zurück. Er war wirklich so was von dämlich! Wahrscheinlich hatte er nur viel zu lange keinen Sex gehabt, dass er den Blowjob nicht mehr aus dem Kopf bekam. Ob er Yannik jemals wiedersehen würde? Bisher war der älteste Schmidt-Bruder nie auf einem der geschwisterlichen Treffen, wie beispielsweise Tommys Geburtstagsparty, gewesen.

Er nahm seine Bestellung und schlenderte zum Reisebüro zurück. Hoffentlich brauchte Luna nicht so lange, mittlerweile hatte er doch ziemlich Hunger.

Allerdings sorgte er sich umsonst, sie kam ihm bereits entgegen.

„Oh, du bist ein Engel! Schau mal, ich hab uns noch saure Schlangen geholt."

Zufrieden hielt sie eine kleine, dreieckige Papiertüte mit prallem Inhalt hoch. Die liebte Neo!

Ohne ein Wort darüber verlieren zu müssen, schlenderten sie zu ihrer Bank, auf der sie fast jede Mittagspause zusammen verbrachten.

Zum Glück war die Bank ziemlich versteckt und so fast immer frei.

Er zweifelte auch nicht daran, dass Luna etwaige Besetzer notfalls mit Gewalt vertreiben würde.

„Sag mal … soll ich für Samstag noch was mitbringen? Wer wird überhaupt alles da sein? In der Gruppe hab ich irgendwann den Überblick verloren."

Beiläufig sollte das klingen. Auf keinen Fall so, als würde er hoffen, dass bestimmte Leute kommen würden.

„Keine Ahnung. Die üblichen Verdächtigen haben zugesagt", meinte Luna und biss von ihrem Döner ab. „Ach, und Jack hat erzählt, Claudi sagt Yannik mittlerweile nicht mal mehr Bescheid, wenn es eine Einladung zu irgendeiner Party gibt. Er hat's rausgefunden und war ziemlich verärgert. Kann mir zwar nicht vorstellen, wie Yannik mal verärgert ist, der Mister Gefühlskälte, aber wenn Jack das schon so sagt …"

Mit der Erwähnung des Namens hatte Neo nicht gerechnet, und jetzt bemühte er sich, möglichst uninteressiert zu klingen.

„Also kommt er, oder wie?"

„Das wusste Jack auch nicht. Aber glaubst du ja selbst nicht. Hast ihn doch auf der Hochzeit gesehen, wie schnell der aus den Massen verschwunden ist. Kaum vorstellbar, dass der Leute beschützen soll, wenn die irgendwo im Gedränge sind."

Selbst Luna verdrehte die Augen.

Alle Söhne ihres Schwiegervaters arbeiteten nämlich in dessen Bodyguardfirma. RS Personenschutz hieß die, anscheinend eine ganz große Nummer in der Branche. Neo hatte mal ein bisschen über sie recherchiert, als Luna Tommy kennengelernt hatte.

„Na ja, unauffällig zu sein, gehört ja auch irgendwie zu seinem Beruf, oder nicht?"

Wobei Neo ihn alles andere als unauffällig fand. Im Gegenteil. Schon allein mit seinem Auftreten, seiner reinen körperlichen Erscheinung, würde Yannik nie unbemerkt bleiben.

Wahrscheinlich machte das auch einen guten Bodyguard aus. Diese rohe Gewalt, die aus allen Poren drang … Seine pure Anwesenheit sollte eine Warnung sein.

Wenn Neo genauer darüber nachdachte … Nein, das tat er jetzt bestimmt nicht.

„Der ist doch nicht unauffällig mit dieser Grabesmiene!" Luna gluckste, dann schob sie den Unterkiefer vor, zog beide Mundwinkel nach unten und schloss die Augen zur Hälfte.

„Seht mich an! Ich bin Yannik und soooo gefährlich!", brachte sie mühsam heraus, ehe sie doch wieder lachen musste.

„Ich bin mir sicher, er ist genauso nett wie alle anderen Mitglieder deiner neuen Familie, wenn man ihn erst mal kennt." Ein Schmunzeln konnte er sich zu dieser Imitation nicht verkneifen. Gefährlich? Nun, er hatte ihn anders gesehen … Deswegen würde er es wohl nie so empfinden. „Seine Freundin fürchtet sich wohl nicht vor ihm."

„Claudi? Warum sollte sie auch? Er betet sie doch an. Jeder, der sie kennt, betet sie an. Bis auf Tommy. Und mich." Verlegen grinste Luna. „Ich bin nicht eifersüchtig auf ihre meterlangen Beine und ihr Goldlöckchenhaar. Kein bisschen, nein, nein."

„Er betet sie an?" So hatte es sich aber nicht angehört. Im Gegenteil.

Irritiert sah Luna ihn an.

„Ja, oder nicht? Weißt du Gegenteiliges?"

„Na ja … Ich hab ihn den ganzen Abend nicht gesehen … Und als ich ihn gesehen hab, saß er allein an der Bar."

„Na, wer weiß. Vielleicht wollte er einen Schlummertrunk nehmen. Claudi ist ja vielleicht schon vorgegangen und hat sich in was noch Heißeres als ihr Ballkleid geworfen."

Darüber verdrehte Luna die Augen. Die Eifersucht war stark in ihr, wie es aussah.

„Glücklich hat er nicht gerade gewirkt. Er meinte, sie schläft schon." Beinahe wäre ihm herausgerutscht, dass Yannik gesagt hatte, dass er nicht auf seine Freundin stand. Er redete sich hier um Kopf und Kragen.

Lunas Augen aber wurden groß.

„Warte mal, du hast mit Häuptling Ernste Miene persönlich an der Bar gequatscht? Was hat er erzählt?"

„Nicht besonders viel. Wir haben halt angestoßen und er hat ganz schön gebechert."

„Und dann?" Luna feixte. „Hast du ihn ins Bett getragen?"

Es hatte ein Scherz sein sollen. Wenn sie nur wüsste, wie nahe sie der Wahrheit damit kam. Neo spürte, wie er rot wurde.

„Hast du wirklich?!“ Seine Freundin war fassungslos. „Und dann??“

Erst wand er sich, aber jetzt hatte er sich ohnehin verraten.

„Nicht ins Bett … Wir sind raus in den Garten zu einem der Pavillons.“ Neo schluckte leicht, seine Kehle war ganz trocken. „Wir haben ein bisschen geredet, nun, wohl mehr ich und … ich … ich hab ihm einen Blowjob angeboten.“

Bei dem Geständnis fiel Luna fast der Döner aus der Hand.

„Und … Und … Und … dann?“

Neo konnte sie nicht ansehen, stattdessen blickte er auf den Boden neben der Bank.

„Na ja … dann hab ich ihm den gegeben.“

Für einen Moment starrte Luna ihn verständnislos an. Ihr schienen die Worte zu fehlen und Neo konnte es ihr nicht verdenken. Im Grunde war es unsagbar, was er da mit Yannik gemacht hatte, obwohl er eine Freundin hatte!

Dann auf einmal lachte sie wie irre auf.

„Du hast Yannik einen geblasen und mit demselben Mund seinen Bruder geküsst?!“

„Ich hab Zähne geputzt“, gab er lahm zurück.

Seufzend legte er den Rest seines Döners auf die Serviette neben sich. Dann rieb er sich übers Gesicht. Verdammt, er schämte sich so.

Wie war er nur auf die hirnrissige Idee gekommen, Yannik unbedingt haben zu wollen? Warum ausgerechnet Yannik?!

„Ach, Schatz, das war doch nur ein Witz. Aber … wie hast du den denn überhaupt rumgekriegt? Hätte mir nie vorstellen können, dass er auf einen Kerl anspringt.“ Luna verstummte für einen Moment nachdenklich. „Ist sonst noch was passiert? Wollte er mehr?“

„Ich hab halt auch ein wenig viel getrunken und … na ja, ich hab einfach gefragt. Hätte nie gedacht, dass er Ja sagt. Wahrscheinlich war er eben auch viel zu voll. Aber er ist zwei Minuten danach geflüchtet, als wäre ich der Teufel persönlich."

„O Gott, Neo!" Luna schlug sich die Hände vor das Gesicht. „Er hat 'ne Freundin! Du hast … Du hast ihn zum Fremdgehen verleitet! Du bist doch sonst so ein Braver!"

Das machte Neos schlechtes Gewissen kein bisschen besser, doch Luna merkte gleich, was sie angerichtet hatte, und umarmte ihn fest.

„Entschuldige. Du bist nicht der Teufel. Yannik war vielleicht einfach … verwirrt? Wahrscheinlich hat ihn das mehr überrascht als den Rest der Welt."

„Wenn die beiden am Samstag kommen, dann kann ich nicht dabei sein. Ehrlich. Ich kann nicht in einem Raum mit ihm sein. Mit ihm und seiner Freundin." Mit Sicherheit würde Yannik ihm dann noch mals zeigen müssen, wie sehr „nicht schwul" er war.

„Das find ich für dich raus, Neo! Oder soll ich Tommy sagen, dass er sie auslädt? Für dich macht er das bestimmt. Immerhin ist er nicht so dicke mit Yannik."

„Er kann doch nicht seinen Bruder ausladen … Oh, bitte, erzähl Tommy das nicht! Scheiße, ich hab seinen verdammt vergebenen Bruder verführt …"

Erst jetzt wurde ihm das Ausmaß der Katastrophe so wirklich bewusst. Tommys restliche Geschwister waren auch meist dabei und keinem von ihnen würde er mehr in die Augen sehen können.

„Besser, ich bleib daheim."

„Nein, nein, nein! Auf keinen Fall! Willst du dich jetzt vor jeder Party drücken, bei der er auch mal nur eingeladen ist?" Luna maß ihn mit stechendem Blick. „Das kommt nicht in die Tüte! Ich werd meinen besten Freund doch nicht entbehren, weil Yannik notgeil ist! Und du glaubst doch selbst nicht, dass er kommen wird! Vielleicht weiß er von dem Blowjob ja auch gar nichts mehr? Wenn er so voll war?“

„Am nächsten Morgen, da kam er zu uns an den Tisch. Er hat mich nicht mal angesehen und seine Freundin extra festgehalten … Der erinnert sich an alles, glaub mir. Es war ja auch meine Schuld. Ich war offensichtlich der Notgeile von uns beiden.“

„Neo, mach dich deshalb nicht so fertig! Was glaubst du, was auf Hochzeiten sonst so alles passiert? Das ist doch irgendwie ziemlich normal. Oder was denkst du, warum es darüber sonst so viele Filme gibt?“

Lunas Hand auf seiner Schulter war tröstlich.

„Was soll ich denn jetzt machen? Ich kann keinem Schmidt mehr in die Augen sehen …“

Luna drehte seinen Kopf zu sich und bohrte den Blick in seinen.

„Machst du aber gerade. Und tut überhaupt nicht weh, oder? Außerdem sind die Schmidt-Geschwister alle sehr viel weniger eng, als sie alle glauben machen wollen. Da weiß keiner so richtig was vom anderen, abgesehen von Jack und Tommy vielleicht. Solange du es niemandem erzählst, wird es keine Menschenseele erfahren! Also, einfach dichthalten und dann wird es mit der Zeit von selbst besser. Okay? Ich steh dir bei, Schatz, du bist nicht alleine.“

„Okay“, murmelte er. „Aber notfalls geh ich früher.“

„Notfalls schmeißen wir Yannik raus.“ Sie zwinkerte ihm zu und nahm ihn dann erneut in den Arm. „Versprich mir nur, dass du ab jetzt die Hände von allen Schmidts lässt, ja? Die sind auf Dauer anstrengend.“

„Es wird nicht wieder vorkommen. Versprochen.“

Das musste aber nicht heißen, dass er es sich nicht wünschte.

Kapitel 5

Yannik

Der Platz war voll, was Yannik den Job nicht unbedingt erleichterte. In seinem schwarzen Anzug mit weißem Hemd, schwarzer Krawatte und Knopf im Ohr stand er an der Seite der Bühne, auf der seine Schutzperson eben die Ehrung empfing. Stadtrat Hiller würde daraufhin noch zehn wohlformulierte Sätze sagen, dann brachte Yannik ihn zu seiner Limousine und begleitete ihn nach Hause.

So war der Ablaufplan. Bis dahin richtete er den Blick in die Menge der Bürger auf dem Marktplatz, auf dem der ganze Spaß stattfand, und suchte nach Auffälligkeiten.

„Alles gut hinter der Bühne", meldete Alex, einer seiner Kollegen, über die Standleitung. „Limousine fährt vor."

Yannik blickte zu Hiller, der bereits das Händeschütteln abgeschlossen hatte und am Rednerpult stand.

„Zwei Minuten", gab Yannik knapp zurück und konzentrierte sich wieder auf die Massen vor der Bühne.

Hiller hatte seit einigen Monaten schon Bedenken um seine eigene Sicherheit und hatte deshalb die Firma seines Vaters, RS Personenschutz, engagiert. Tja, und da Hiller die Besten wollte, war ihm nun eben Yannik zugeteilt worden. Hillers Wachmannschaft umfasste acht Mitarbeiter, die jeweils in Vierergruppen rotierten. 24-Stunden-Dienste, vor dem Haus, bei Veranstaltungen, auf Reisen. Hiller ließ sich seine Sicherheit einiges kosten.

Applaus brandete auf, aber auch ein paar Pfiffe und Buhrufe, als Hiller seine Rede beendete.

Yannik blieb aufmerksam, als er seine Schutzperson von der Bühne kommend entgegennahm und deren Rücken erst mal gegen die Menge abschirmte.

„Das lief doch großartig! Was meinen Sie, Schmidt?“, versicherte Hiller sich zufrieden bei ihm, als Yannik ihm den Weg zum Auto wies. Darin, Buhrufe zu überhören, war Hiller ein Profi.

„Sehr gut, Herr Stadtrat“, antwortete er knapp.

Alex erschien vor dem Wagen und öffnete die Hintertür für den Industriemagnaten.

„Gute Rede, Herr Stadtrat“, sagte auch er unaufgefordert. Man wusste nach ein paar Wochen, wie man die Schutzperson zu nehmen hatte.

Hiller wirkte außerordentlich zufrieden und stieg in die Limousine. Yannik folgte und Alex schloss die Tür.

Jetzt ging es zurück zu seinem Anwesen, eine der alten Stadtvillen, die er vor ein paar Jahren hatte aufwendig restaurieren lassen. Danach war seine Schicht vorbei und er würde auf Tommys vermaledeite Party gehen. Nur aus einem Grund. Er würde diesem Neo sagen, dass er sich von ihm und seiner Familie fernhalten sollte. Und dass so etwas nie wieder passieren würde, weil er nämlich Claudia irgendwann heiraten würde. Vielleicht nicht gleich morgen, aber demnächst.

Er musste nur endlich über seinen Schatten springen. Den Ring hatte er schon über ein Jahr, er war nur zu feige gewesen. Aber es war unausweichlich, das wusste er. Er gewöhnte sich jetzt langsam an den Gedanken und machte ihr einen Antrag, wenn er so weit war.

Und dann konnte er diesen Neo endlich vergessen. Für immer.

„Großartige Zuschauer!“, blökte Hiller und Yannik sah ihn erstaunt an. Aber der Bauunternehmer telefonierte, das hatte er so tief in Gedanken gar nicht bemerkt. Er musste sich konzentrieren! Das hier war Arbeit!

Doch nach ein paar weiteren Worten versank er wieder ins Brüten. Er war schon ein bisschen sauer gewesen, als er mitbekommen hatte, dass Claudi ihm die Einladungen nicht mehr ausrichtete. Aber verdenken konnte er es ihr auch nicht.

Sie hatten darüber gesprochen und er hatte ihr versichert, er würde nun ab und zu auch zu den Einladungen erscheinen.

Sie hatte sich richtig darüber gefreut, nachdem sie sich tausend Mal dafür entschuldigt hatte. Aber wie hätte sie auch wissen können, dass er auf einmal auf die Partys seiner Geschwister gehen wollte?

Er behandelte Claudia nicht gut genug dafür, dass sie ihn Jahr und Tag ohne Motzen ertrug.

Sie war perfekt und trotzdem … Er seufzte tief, sodass Alex und Herr Hiller ihn gleich ansahen. Er sollte sich wirklich zusammenreißen.

„Entschuldigung“, sagte er nur, doch Hiller grinste.

„Sehnen Sie sich so nach Ihrer Partnerin, Schmidt? Claudia, nicht wahr?“

Einmal hatte Yannik Claudi auf Einladung von Hiller zu einer Gala mitgebracht. Seitdem ging sie ihm – wie vielen anderen auch – nicht mehr aus dem Kopf.

„Ja, Claudia. Ab und an“, antwortete er aber nur.

„Immer noch kein Schwätzer. Schmidt, das schätze ich an Ihnen.“

„Danke, Herr Hiller.“ Er nickte ihm kurz zu.

Dass sie heute nicht zu Tommys Party mitging, lag daran, dass sie auf einen Junggesellinnenabschied eingeladen war.

Eigentlich sollte er darüber nicht froh sein. War er aber. Das verringerte die Wahrscheinlichkeit, dass sie ihn mit Neo erwischte. Alsodass sie ihn mit Neo sprechen sah. Nur das natürlich.

Wo zur Hölle sollte das nur hinführen? Er war ja jetzt schon völlig durcheinander!

Wahrscheinlich war dieser Blowjob das Beste gewesen, was ihm hatte passieren können. Dadurch hatte er erkannt, dass er mehr Stabilität in seinem Leben brauchte! Mehr Claudia, mehr Familie.

Eigentlich sollte er Neo danken, was er natürlich nicht tun würde. Er würde Klartext reden, dass er sich von Tommy und vor allem dessen Lippen fernzuhalten hatte!

„Wäre ich zehn Jahre jünger …" Hiller zwinkerte Yannik zu und lachte.

Yannik gab sich Mühe zu lächeln. Claudia hatte genauso einen Narren an Hiller gefressen seit damals.

Sie verließen die Innenstadt und fuhren auf die Umgehungsstraße. Zehn Minuten, dann konnte er Hiller seinen Kollegen überlassen und selbst Feierabend machen. Endlich.

Als er das Anwesen verließ, war es dann doch zu spät, um sich noch zur Party umzuziehen. Auch egal. Hemd mit Anzug ging ja immer. Nur die ersten beiden Knöpfe öffnete er schon mal, bevor er die Adresse ins Navi eintippte.

Eigentlich war er davon ausgegangen, dass es bei Tommy stattfand, aber gestern hatte Claudia ihm noch eine neue Adresse geschickt.

Aber bei Tommy sollte man wohl auch kaum überrascht sein.

Dem fiel schließlich immer wieder neuer Unsinn ein.

Seufzend fuhr Yannik los und hielt zwanzig Minuten später in einem ihm völlig unbekannten Stadtrandviertel voller älterer Einfamilienhäuser. Er runzelte die Stirn, als er bemerkte, dass das Grundstück, zu dem er gelotst worden war, unbebaut und verwildert war.

Hatte Tommy sich mit ihnen einen Scherz erlaubt? Oder gar Claudi?

Aber das würde sie doch nicht machen! Wenn Claudia eines nicht besaß, dann war es diese Art von garstigem Humor.

Trotz allem stieg er aus und verriegelte seinen Wagen mit der Fernbedienung. Er trat an den maroden Jägerzaun und sah auf einmal bunte Lichter zwischen den letzten Grundmauern eines abgerissenen oder eingefallenen Hauses. Außerdem hörte er Stimmen.

Er musste wohl doch richtig sein. Nach ein paar Schritten entdeckte er eine Lücke im Zaun und betrat das Grundstück. Es war noch früh im Jahr, das lange Gras vom letzten Sommer war trocken und vom Schnee niedergedrückt. Es knirschte unter seinen Schritten.

Hinter einer großen, ziemlich verwilderten Hecke, die vielleicht mal eine Terrasse eingerahmt hatte, entdeckte er schließlich den brandneuen Stoffpavillon mit den bunten Lichtern.

„Hallo zusammen“, sagte er, als er weiter darauf zuging. Irgendwie fühlte er sich wie ein ungebetener Gast.

„Yannik! Du hier?“, rief Niklas verblüfft und erhob sich von einer der Bierbänke, die im Pavillon aufgereiht waren. Die Tische standen voller Flaschen, Becher und Knabbereien. Alle seine Geschwister waren schon da, samt Lebensgefährten. Ein paar Freunde schienen auch eingeladen zu sein, Yannik kannte sie von der Hochzeit.

Er gab sich größte Mühe, nicht zu Neo zu sehen, der neben Luna saß. Stattdessen nickte er in die Runde, die ihn verblüfft ansah.

„N’Abend.“

„Yannik, Mensch, wie schön!“

Tommy kam als Erster zu ihm, um ihn zu umarmen.

„Jack hatte es ja angedeutet, dass du kommen willst, aber glauben konnte ich es nicht."

Auch Niklas und Jack traten zu ihm und umarmten ihn.

„Claudi ist auf einem Junggesellinnenabschied, richtig?", fragte Jack, wobei sie ihn aufmerksam musterte. „Geht es deinem *Magen* wieder besser?"

Er wusste, was das hieß. Sie fragte, ob er sich seit dem Wochenende und dem Besuch bei ihr beruhigt hatte.

Er nickte.

„Nur zu viel getrunken. Passiert mir nicht mehr."

„Sehr gut. Ich bin mir sicher, es ist noch genug alkoholfreies Bier da. Vielleicht auch Wein. Weil Luna die Weltbeste ist, die auf ihre schwangere Schwägerin achtet." Bei den letzten Sätzen drehte sie sich zu ihr um und prostete ihr zu.

Luna grinste und prostete zurück, während ihr zweiter Arm um Neos Schultern lag. Warum? Kuschelten die jetzt auch schon? Machte dieser Kerl sich an Tommy und gleichzeitig an Luna ran?!

„Komm, setz dich zu uns!", lud Tommy ihn jetzt ein und führte die kleine Schmidt-Gruppe zurück zu den Tischen. „Ich muss nämlich noch was loswerden, nachdem jetzt alle da sind."

Er suchte sich einen Platz bei Niklas, möglichst weit entfernt von Neo, und wartete auf die große Ankündigung. Was hatte sein kleiner Bruder nur jetzt schon wieder vor?

Verkündete er jetzt gleich die Ehe zu dritt? Schnell nahm er einen Schluck und atmete tief durch. Dumme Gedanken.

„Meine Lieben, erst mal herzlich willkommen zur Alkoholrestevernichtung nach der schönsten Hochzeit des Jahres für euch und der schönsten des ganzen Lebens für mich", begann der gut aussehende jüngste

Schmidt-Bruder nun mit breitem Grinsen. Er prostete mit seinem Becher in die Runde und hielt dann die Hand auf, damit Luna sich erhob und zu ihm kam. Sie drückte sich an ihn und er küsste sie liebevoll.

„Ihr fragt euch sicher alle, warum ich gerade diesen Ort gewählt habe, um die Party steigen zu lassen. Ich will euch und meine geliebte Frau nicht länger im Dunkeln lassen. Dieses Grundstück hier habe ich diese Woche käuflich erworben und innerhalb des nächsten Jahres wird hier das schönste und heimeligste Haus gebaut werden, das ihr euch nur vorstellen könnt. Ein Nest für Luna, mich und unsere zukünftige Familie. – Was sagst du dazu, mein Augenstern? Ist es so, wie du es dir immer vorgestellt hast? In Stadtnähe, trotzdem im Grünen, eine schöne Nachbarschaft …?“

Tommy glänzte Luna an, die genauso fassungslos aussah wie die meisten Gäste. Nur Yannik schürzte die Lippen. Das sah seinem Bruder so ähnlich.

Während Luna ihrem Mann quietschend um den Hals fiel, applaudierten Niklas und ein paar seiner Freunde. Natürlich auch Neo. War ja klar. Bestimmt plante man auch ein Zimmer für ihn mit ein.

Schnell sah Yannik wieder weg. Er musste warten, bis sich die Party ein bisschen zerstreute, ehe er sich Neo krallen und Klartext sprechen konnte. Solange musste er einfach durchhalten, auch wenn ihm dieses gesellige Beisammensein nicht behagte.

Was sollte er mit den Leuten reden? Interessierten die sich überhaupt dafür, was er zu sagen hatte?

Interessierte es ihn, was die zu sagen hatten? Eher nicht.

Außerdem … was hatte er denn zu sagen? Es gab Arbeit und Claudi. Mehr passierte ja nicht. War beim Rest der Gäste sicher nicht anders. Trotzdem plapperten sie ohne Unterbrechung.

Yannik saß schweigend in ihrer Mitte und hörte zu. Er sagte bestimmt eineinhalb Stunden kein Wort, bis Jack sich auf einmal ihm gegenüber niederließ.

„Wie weit bist du mit der Wiege, Bruderherz?“

Darüber lachte Yannik ausnahmsweise.

„Du bist doch erst im dritten Monat.“

„Das nennt sich Nestbautrieb, dagegen kann ich gar nichts machen.“ Jack streckte ihm die Zunge heraus.

„Die wird schon rechtzeitig fertig. Entwurf liegt schon im Keller“, brummte er daraufhin sacht amüsiert.

Er liebte es, zu handwerken. Das war seine große Leidenschaft, seit er denken konnte. Er hatte Jack schon für jedes ihrer Mädchen eine Wiege gebaut, jetzt war die dritte dran. Nächstes Jahr im Sommer würde er mit ihnen ihr erstes Baumhaus bauen, wie er es für Niklas' Jungs gemacht hatte. Seinen Eltern hatte er Regale für die Garage gebastelt. Aber er arbeitete nicht nur gern mit Holz, sondern auch mit Metall und Elektronik. Von Jack und Tommy hatte er ein Schweißgerät zum 25. Geburtstag bekommen, das er immer noch heiß und innig liebte und pflegte.

„Super. Ich danke dir. Eigentlich weißt du ganz genau, wie man sich ein Nest baut, großer Bruder.“

Dazu zuckte er die Schultern. Was hätte er auch sagen sollen?

Dass man ein Nest für den einen lieber baute als für andere?

„Dazu wollte ich dich sowieso noch fragen, Yannik.“ Auf einmal rutschte Tommy neben ihn und Yannik bemerkte, wie Neos Aufmerksamkeit vom anderen Ende des Tisches seinem kleinen Bruder folgte. Dieser unerhörte Vogel!

„Hast du nicht Lust, uns ein paar der schönen Regale zu machen, sobald das Haus steht? Oder gleich eine Schrankwand! Ich weiß noch, wie toll die Kommode für Tante Annegret aussah, die du damals gebaut hast!“, fuhr Tommy aufgeregt fort.

Yannik wurde ganz verlegen ob des Lobes.

„Ja“, meinte er einsilbig und senkte den Blick. „Klar kann ich das.“

Solange es keine Möbel für Neos Zimmer wurden, würde er ihnen alles basteln, was sie nur wollten.

„Ist das schlimm, dass ich auf Tante Annegrets Ableben warte und hoffe, dass sie mir die Kommode vermacht?“, feixte Tommy und Jack warf ein: „Kannst du vergessen! Die reiße ich mir unter den Nagel! Du hast von Annegret schon immer die teuren Spielsachen zu Weihnachten bekommen!“

„Eigentlich sollte der Älteste die wertvollsten Sachen bekommen“, ließ sich auch Niklas vernehmen.

„Yannik ist der Älteste“, gab Jack zu bedenken, aber Niklas winkte lachend ab.

„Yannik gilt nicht! Er kann sich das schließlich selbst bauen!“

Yannik gilt nicht. Genau, das Gefühl hatte er auch oft.

Ihm wurde das sowieso zu bunt, deshalb erhob er sich.

„Ich such mir ’nen Baum“, erklärte er auf Tommys fragenden Blick hin.

„Okay, okay, das Bier muss ja auch wieder raus.“ Sein Bruder zwinkerte ihm zu. „Aber bleib nicht zu lange weg.“

„So interessant ist dein Garten auch nicht.“

Yannik gab sich Mühe zu lächeln, dann verschwand er im Dunkeln. Mit seiner Handykamera schlug er sich in die Büsche und pinkelte gegen den ersten Baum, den er fand.

Auf dem Rückweg hörte er ganz in seiner Nähe Schritte und sah ebenso eine einsame Handylampe, die sich durchs Gebüsch schlug.

„Der Baum da hinten eignet sich ganz gut“, brummte er, bevor er auch die Handylampe wieder anmachte.

Bekannte blaue Augen mit langen Wimpern unter einem roten Haarschopf blinzelten in sein Licht und Yanniks Inneres zog sich für einen Moment zusammen.

Da war er also, der Tunichtgut, mit dem er noch ein Hühnchen zu rupfen hatte! Etwas Vorbereitung auf diesen Moment wäre ihm lieber gewesen.

„Schleichst du dich schon wieder an mich ran?“, verurteilte Yannik ihn sofort.

Was sollte er sonst für einen Grund haben, ausgerechnet jetzt hier draußen zu sein?

„Was?!“ Neo zuckte zusammen. Dann antwortete er kühl: „Ich war eigentlich gerade dabei zu gehen.“

„Nicht, bevor du mir nicht versichert hast, meine Familie in Ruhe zu lassen mit deinen unangebrachten Avancen!“, knurrte Yannik gefährlich.

Er richtete sich auf und spannte seine Schultern an, was ihn noch massiger wirken ließ. Neo sollte wissen, mit wem er es zu tun bekam, wenn er sich nicht an Yanniks Vorgaben hielt!

„Welche Avancen?“ Neo lachte freudlos. „Darf ich dich dran erinnern, dass du nicht Nein gesagt hast?“

„Weil du mich angegraben hast, als ich stockbesoffen war! Obwohl du wusstest, dass ich eine Freundin habe! Und dasselbe ziehst du mit Thomas auch ab! Aber das lasse ich nicht zu! Seine Beziehung zerstörst du nicht!“, schoss Yannik zurück.

Warum sah der Kerl aus, als würde es ihm mies gehen? Yannik fuhr seine Abwehr zurück. Der war vorerst keine Gefahr.

„Du hättest Nein sagen können! Es ist ja nicht so, als wärst du bewusstlos gewesen! Du wusstest schließlich auch, dass du ’ne Freundin hast, oder nicht?“

Neo starrte ihn grimmig an.

Eigentlich wollte Yannik es nicht mal vor sich selbst zugeben, aber der Kerl hatte verdammt recht. Er hatte Claudia betrogen. Und er war sich in dem Moment darüber sehr bewusst gewesen.

Deshalb knurrte er jetzt nur tief.

„Lass deine Finger von Tommy! Verstanden? Ihn machst du nicht unglücklich!“, besann er sich auf das wichtigere Thema.

„Um Himmels willen! Ich will doch nichts von Tommy! Ich geh jetzt! Den Schwachsinn muss ich mir nicht anhören.“ Neo schüttelte den Kopf und wollte doch tatsächlich an ihm vorbeilaufen.

Das konnte doch nicht sein Ernst sein! Erst zog er diesen Scheiß mit ihm ab und dann wollte er ihn stehen lassen?!

„Bleib gefälligst hier!“

Yannik berührte ihn nicht, aber er vertrat ihm den Weg, sodass Neo erschrocken zu ihm aufblickte. „Lass mich nicht stehen, nachdem du … nachdem du … *das* mit mir gemacht hast! Ich krieg das nicht mehr aus meinem Kopf, du verfolgst mich, verdammt!“

Sein Herz raste. Er hatte das nicht sagen wollen. Aber es stimmte leider.

„Und was soll ich jetzt tun, deiner Meinung nach?“, fragte Neo.

Ihn kühl musternd stand der andere vor ihm. Fast einen Kopf kleiner als Yannik war Neo. Im Gegensatz zu ihm trug er eine enge Jeans, ein ebenso enges weißes Shirt und eine schwarze Lederjacke.

Sie waren so verschieden und er hatte auch so gar nichts mit Claudia gemeinsam.

„Verschwinde aus meinem Kopf!“, blaffte Yannik ihn an. Dauernd musste er an ihn denken, jetzt verglich er ihn schon mit Claudia! „Ich will wieder mit meiner Freundin schlafen können, ohne … ohne … Verdammt.“

Verzweifelt und hilflos drückte Yannik sich Daumen und Zeigefinger auf die Augen. Das geriet außer Kontrolle!

Er hatte ihn zurechtweisen wollen und jetzt jammerte er ihm was vor?!

Auf einmal spürte er eine Hand auf seiner Schulter.

„Hey … Es ist in Ordnung. Mir ging es auch mal so. Jedem, der schwul oder bi ist …“

Mit einem Ruck schüttelte Yannik seine Hand ab.

„Ich bin nicht schwul!“, polterte er und erinnerte sich erst danach daran, dass in der Nähe noch irgendwo seine Familie saß. Hoffentlich hatten sie das nicht gehört!

„Ich bin nicht schwul!“, wiederholte er noch einmal flüsternd und starrte Neo dabei in die Augen. Er roch verdammt gut.

Was? Nein!

„Wenn du es dir noch öfter sagst, glaubst du es vielleicht irgendwann selbst. Tatsache ist: Ich hab dir einen geblasen und du wolltest das. Es hat dir gefallen. Du warst schon hart, bevor ich dich nur berührt hab. Also mach mich nicht zum Bösewicht in deiner Geschichte!“

Wenn er wüsste, wie sehr ihn die Erinnerung an diesen Blowjob angeheizt hatte beim Sex mit Claudia! Er würde ihn auslachen!

„Das war der Alkohol“, widersprach Yannik stur und lehnte sich ein wenig nach vorne, um noch mal eine Nase von dem Duft zu erhaschen.

Gott, dieser Duft und der Blowjob auf der Hochzeit …

Seine Hose wurde enger und er wollte es nicht glauben. Das gab’s doch nicht, was stimmte nicht mit ihm?! Warum übte dieser Kerl so eine Wirkung auf ihn aus?

„Sicher“, gab Neo zurück und er hatte noch nie so viel Sarkasmus in nur einem Wort gehört, wie in diesem. „Also, sind wir hier jetzt fertig oder was?“

„Sind wir nicht."

Bebend stand Yannik ihm gegenüber und funkelte ihn an.

„Was willst du denn noch von mir, verdammt?" Auch Neo wurde nun ungeduldig, sodass Yannik blaffte: „Ich weiß es doch auch nicht! Ich kann dich nicht vergessen! Ich will, dass das aufhört! Ich will keinen Ständer mehr bekommen, nur weil ich mich an die Hochzeit erinnere! Ich will das nicht!"

Jetzt kam Neo einen Schritt näher. Und noch einen.

„Ich fürchte, dabei kann ich dir nicht helfen", sagte er leise. „Auch wenn ich es gern rückgängig machen würde."

„Ja, verdammt. Ich auch."

Yanniks Stimme versagte. Er war sich Neos Anwesenheit so schmerzhaft bewusst wie vor knapp einer Woche. Er sog seinen Duft ein, senkte den Kopf, bis seine Stirn Neos rotes Haar berührte. Seine Fingerspitzen begannen zu kribbeln, weil sie das weiche Haar wieder anfassen wollten.

Nein, verflucht! Das musste ein Ende haben! Er konnte sein dämliches Hirn nicht mit *noch mehr* Erinnerungen an ihn füttern!

„Ich … sollte jetzt wirklich gehen, Yannik. Es tut mir leid, dass ich dich in diese Situation gebracht habe", hörte er Neo murmeln. Nur dass dieser sich daraufhin nicht bewegte.

Yannik rührte sich ebenso wenig.

Er schluckte schwer und das Geräusch brachte Neo dazu, das Gesicht zu ihm zu heben. Sie starrten einander für endlose Sekunden in die Augen. Dann bewegte Yannik sich die fehlenden Millimeter auf Neo zu und drückte die Lippen auf seine.

Darauf schien der andere nur gewartet zu haben. Diesmal blieb der Kuss keine Sekunde lang unschuldig, ehe sich ihre Zungen berührten.

Heiße Hände legten sich auf seinen unteren Rücken, zogen ihn näher heran, während sie sich weiter küssten. Wobei es Yannik nicht gewundert hätte, wenn sich ihre Zungen verknotet hätten, so heftig wie sie miteinander spielten.

Er zog Neo an sich, spürte den sehnigen, schlanken Körper endlich an sich und drückte sein hartes Gemächt an ihn.

Am liebsten hätte er ihn hier und jetzt auf den Boden gedrückt und … Und was? Vernascht?

Das war ein Kerl!

Yannik schob den letzten Rest seiner Vernunft unwillig beiseite und griff stattdessen wieder in diese wunderbar weichen Haare. Er keuchte vor Lust.

Auch Neo seufzte heiser auf, bevor sie sich wieder küssten. Wobei … verschlangen war wohl das passendere Wort.

Eine von Neos Händen verließ seinen Rücken, strich stattdessen über die Beule in Yanniks Hose.

Das fühlte sich tausendmal besser an, als wenn Claudia ihn berührte! Sein gesamter Unterleib begann zu kribbeln und er hielt Neos schlankes Handgelenk sanft fest, um seinen Ständer dagegen zu pressen.

Yannik entschlüpfte ein Stöhnen. Wo sollte das enden? Wie sollte er das hier noch vor sich selbst rechtfertigen?

„Ist das gut so?“, flüsterte Neo rau und küsste ihn wieder.

„Unbeschreiblich.“

Yannik konnte kaum atmen vor Lust und Aufregung. Jede Berührung machte ihn nur noch geiler. Vor allem, als Neo begann, mit der Hand fest über seinen Schritt zu streichen. Ächzend ließ Yannik sein Handgelenk los und suchte wieder nach seinen heißen Lippen.

Kaum hatte er Neo die Zunge in den Mund geschoben, saugte der andere daran, was ihn fast schon zum Kommen brachte. Aber das durfte noch nicht passieren. Dazu war es viel zu gut.

Mit beiden Händen umfasste Yannik Neos Hintern, der nicht so perfekt rund war wie Claudias. Aber der hier machte ihn dafür sehr viel mehr an!

„Ich will … Neo, deine Hand … in meiner …“, brachte er mühsam mithilfe der letzten, funktionierenden Gehirnzelle heraus, doch da vervollständigte Jack trocken seinen Satz: „Hose?“

Eine Handylampe flammte auf und Yannik blinzelte unwillig in das grelle Licht.

Neo schaltete einen Moment schneller und befreite sich von ihm.

„So, so“, machte Jack nur. „Hochzeitsangst also.“

„Es … Jack, ich …“, stammelte er. Sämtliches Blut wurde nun in seine brennenden Wangen gepumpt. Von seiner Erregung war schlagartig nichts mehr übrig.

„Es ist nicht so, wie es aussieht“, sagte Neo die berühmtesten Worte aller Fremdgänger. Skurril.

„Ich glaube, es ist genau so, wie es aussieht“, erwiderte Jack schneidend, sodass Neo den Blick senkte.

„Yannik, wolltest du mir das am Sonntag sagen? Dass du schwul bist?“

„Ich bin nicht …“, begann er, aber Jack unterbrach ihn: „Auf keinen Fall! Du hast Neo also nur zufällig fast aufgefressen, weil es so dunkel war! Hör schon auf damit!“

Düster blickte Yannik seine Schwester an. Sie sah nicht einmal enttäuscht aus, auch nicht sauer. Was wollte sie dann von ihm, verdammt?

„Yannik, flüchtest du deshalb vor Claudi?“, fragte sie nun leise, doch das entflammte seinen Widerwillen nur noch mehr. Was hatte Claudia denn hiermit zu tun?!

„Ich muss los.“

Mit einem Ruck drehte er sich um und ging in die Richtung der Straßenlaternen zur Straße.

„Das ändert nichts daran, dass es passiert ist, wenn du jetzt abhaust, Yannik!“, rief Jack ihm nach, doch er ignorierte sie.

Es war sicher nicht fair, Neo mit ihr stehen zu lassen, aber was hätte er tun sollen?

Er hätte nie herkommen dürfen!

Schwer atmend erreichte er sein Auto. Zum Glück musste er nicht mehr nach einem Schlüssel suchen, denn die Tür ging auf, wenn er ihn auch nur an sich trug.

Er ließ sich hinter das Steuer fallen und zündete den Motor. Doch das Geräusch reichte noch lange nicht, um seine schreienden Gedanken zu übertönen. Deshalb drehte er die Musik so laut auf, dass es in seinen Ohren schmerzte, ehe er das Gaspedal durchtrat und auf die leere Straße schoss.

Nur bei einem war er sich sicher: Er würde Neo niemals wiedersehen.

Kapitel 6

Neo

Verdammt. Fuck, fuck, fuck! Wie hatte das nur so aus dem Ruder laufen können? Eigentlich hatte er nur nach Hause gehen wollen, weil er Yanniks Anblick nicht mehr ertragen konnte. Stattdessen … Und jetzt stand er da mit Yanniks Schwester, die sie in flagranti erwischt hatte.

Als wäre es nicht schlimm genug, dass er schon wieder mit einem vergebenen Mann rumgemacht hatte.

„Ich … weiß nicht, was ich sagen soll“, meinte er, nachdem Yannik verschwunden war.

„Immerhin bist du erwachsen genug, nicht gleich abzuhauen wie mein lieber Bruder“, schnauzte Jack in der Dunkelheit Yannik hinterher. Dann drehte sie sich seufzend zu ihm um.

„Ich weiß auch nicht, was ich sagen soll, Neo. Auch wenn einiges jetzt mehr Sinn ergibt. Warum Yannik am Sonntag bei mir aufgetaucht ist und nach dir gefragt hat. Warum er Claudia verheimlicht hat, wo er hingeht. Warum er dauernd davon redet, dass er keine Familie gründen und nicht heiraten kann …“

„Es … tut mir leid. Ich wollte nicht, dass so was passiert.“

Er wischte sich über die Augen. Gerade war er über die Tatsache froh, dass das mit dem Weinen seit der Testosteronbehandlung nicht mehr so einfach funktionierte. Gerade war ihm nämlich verdammt nach Heulen zumute.

„Hey, Kopf hoch.“

Jack trat überraschend einfühlsam zu ihm und legte tröstend den Arm um ihn.

„Weißt du, das würde so viel erklären. Wenn Yannik schwul ist, gibt es wenigstens einen Grund dafür, warum er sich immer so anstellt. So wie dich gerade habe ich ihn noch keine seiner Freundinnen küssen sehen. Noch nie. Das ist doch eigentlich ein Kompliment, oder?“

„Na ja … ich weiß nicht. Davor haben wir uns ziemlich gezofft. Er will, dass ich seine Familie in Ruhe lasse … und vermutlich hat er damit auch recht. Ich hätte das nicht tun sollen.“

Nun rutschte Jacks rechte Braue nach oben.

„Was hättest du nicht tun sollen? Ich hab das alles gesehen und du warst hier nicht die treibende Kraft.“

„Na ja … auf der Hochzeit … da“, begann er zu nuscheln, dann riss er sich zusammen. „Da ging das schon eher von mir aus.“

„Auf der Hochzeit, hm?“ Nachdenklich kaute Jack auf ihrer Unterlippe herum, doch da näherten sich bereits Rufe.

„Jack? Bist du hier irgendwo? Bist du okay?“

Luna näherte sich ihnen.

„Alles in Ordnung, Luna. Ich hatte da nur so eine seltsame Ahnung … Wenn ich auch nicht recht wusste, was ich finden würde.“

Neo blickte auf den Boden. Zumindest war es dunkel, was seinen hochroten Kopf nicht ganz so in den Fokus rückte.

„Neo? Bist du okay? Du siehst zumindest nicht so aus.“ Luna trat in den Lichtkreis von Jacks Handylampe und eilte erst einmal zu ihm, um ihn in ihre Arme zu ziehen.

„Yannik?“, fragte sie leise.

„Du wusstest davon?“ Jack seufzte. „Ja, natürlich …“

„Ich sollte wirklich nach Hause gehen. Yannik hat recht, ich …“, begann Neo niedergeschlagen, doch Jack unterbrach ihn: „Yannik ist ein Vollidiot! Der hat mit gar nichts recht, dieser Betrüger und Schwindler! Bescheißt Claudi, lässt dich stehen und belügt mich! Das wird er noch bereuen!“

Kurzerhand begann sie, auf ihrem Handy herumzutippen.

„Nein! Bitte nicht. Ich … Ich bin schuld an allem. Ich wusste von seiner Freundin und es hat mich auch nicht aufgehalten. Ich werd mich in Zukunft von ihm fernhalten.“

So schwer ihm das fiel, es war das einzig Richtige. Diese Anziehung zwischen ihnen war heftig, aber mit etwas Abstand zwischen ihnen würde sich alles schon wieder beruhigen.

„Nichts da!“, knurrte Jack verärgert und Luna fragte fassungslos: „Was machst du da, Jack? Du wirst Claudia doch nicht alles sagen, oder?“

„Pfft! Claudia ist mir doch völlig egal!“

Im nächsten Moment meldete sich Neos Handy in seiner Jackentasche, sodass er es erstaunt herauszog.

Er hatte eine Nachricht von Jack erhalten mit sämtlichen Kontaktdaten von Yannik inklusive seiner Adresse.

„Dasselbe von dir hab ich ihm geschickt“, erklärte sie und pikste ihren Zeigefinger dann in Neos Brust. „Wehe, du hältst dich jetzt von ihm fern! So entflammt hab ich meinen Bruder noch nie erlebt und ihr lotet gefälligst aus, wohin das führt!“

„Aber das will Yannik doch gar nicht!“, protestierte er. „Ich bin auch kein Versuchskaninchen für ihn …“

„Yannik will nicht?! Bevor oder nachdem er dir die Zunge in den Hals gesteckt und nach mehr gebettelt hat?“

Vielsagend stemmte sie die Arme in die Hüften.

„Er hat was? Da wär ich ja zu gern dabei gewesen …“ Luna wirkte ganz aus dem Häuschen.

„Du bist unmöglich“, murmelte er. „Und ehrlich gesagt, wäre es mir lieber, keiner hätte das gesehen.“

„Dann versteckt euch das nächste Mal nicht vor der Nase einer Soldatin, herrje.“ Jack verdrehte die Augen.

„Es gibt kein nächstes Mal. Das ist besser für uns alle.“

Er hatte doch Yanniks Blick gesehen. Ganz egal, ob er auf Neo stand. Das hier war besser vorbei, bevor es angefangen hatte.

„Weißt du was? Ihr seid erwachsen. Macht, was ihr wollt“, wiegelte Jack auf einmal ab. „Aber so was Kanten- und Seelenloses wie Claudia hat mein Bruder nicht verdient. Ich sehe ihn lieber so wie gerade, wenn man merkt, dass ihn das alles was angeht, nicht so gleichgültig, wie er mit Claudi ist. Aber das liegt nicht in meiner Hand. Ich hab getan, was in meiner Macht stand.“

Sie hob beide Hände, als wolle sie damit ihre Unschuld beweisen, dann drehte sie sich um und stapfte zurück ins Dickicht.

Dafür sah Luna Neo fragend an.

„Glaubst du, sie könnte recht haben?“, fragte sie leise.

„Ich weiß nicht … Aber ich will nicht seine Beziehung kaputtmachen. Das hat er mir vorgeworfen.“ Neo schluckte. „Das würde er mir vielleicht immer vorwerfen. Also muss es jetzt von ihm kommen.“

Luna dagegen seufzte, als sie sich bei ihm einhängte und ihn zum Pavillon zurückzog.

„Na, ob wir da nicht vergeblich drauf warten …“

„Ich weiß nicht, ob ich noch bleiben will. Vielleicht wäre es doch besser, ich würde gehen.“

„Komm schon, Neo, du solltest jetzt nicht alleine sein. Wenn du gehst, komme ich mit.“

„Es ist doch eure Party.“ Er schüttelte mit dem Kopf. „Na gut. Ein bisschen noch.“

Am Ende war es doch auch egal, an welchem Ort er Trübsal blies.

Kapitel 7

Yannik

Verdammt früh am Morgen war es noch kühl. Nicht so kühl, dass Yannik seinen Atem sehen konnte, aber kühl genug, dass er noch eine Jacke trug, obwohl er joggte.

Auch wenn seine Wangen glühten, weil er nicht mehr aufhören konnte, an die Vorkommnisse im Garten seines Bruders zu denken. An die Küsse, die ihn fast um den Verstand gebracht hatten. Ach was, sie hatten ihn offensichtlich um den Verstand gebracht! Denn er konnte sie nicht vergessen. Er konnte Neo nicht vergessen.

Verdammt, gestern hatte er gedacht, wenn er sich auf Sex mit Claudia einließ, würde ihn das auf andere Gedanken bringen. Aber weit gefehlt! Er hatte nicht mal mehr einen hochgekriegt, als es ernst wurde. Erst als er Neo und seiner Zunge gestattete, wieder in seinen Kopf zu kommen. Und als er seine Verlobte dann gevögelt hatte, hatte er Neo in Gedanken…

Seitdem war es ihm klar. Er war schwul. Er konnte es nicht mehr leugnen! Er musste sich damit abfinden, dass er auf Männer stand. Auch wenn er das nie zuvor bemerkt hatte. Aber Neo hatte ihn aufgeweckt mit seinen leidenschaftlichen, heißen Küssen. Er war ihm verfallen, wie er noch nie einer Frau verfallen war.

Und auf einmal ergab das auch Sinn. Er verstand jetzt, warum er nie so viel Lust auf Sex gehabt hatte. Warum er nur selten auf die Idee gekommen war, mit seinen Freundinnen zu schlafen. Warum das alles mehr Pflicht als Spaß gewesen war.

Viele vor Claudia hatten ihn deshalb verlassen. Sie mochten ihn, aber der Sex … Klar brachte er sie zum Höhepunkt. Dafür hatte er seinen Acht-Punkte-

Plan. Aber sich überhaupt aufzuraffen, das zu tun, schaffte er zu selten. Bisher hatte er immer gedacht, er sei schlichtweg nicht so sexuell veranlagt …

Dass ihn gerade das so attraktiv gemacht hatte, war ein schlechter Scherz des Schicksals gewesen. Nicht nur eine hatte ihm beim Schlussmachen gesagt, dass sie es zu schätzen gewusst hatte, dass er nicht sofort mit ihr ins Bett gewollt hatte. Dass sich das natürlich durch die ganze Beziehung ziehen würde, hatten sie nicht gedacht.

Wieso war er nicht früher darauf gekommen, dass er schwul war? Wahrscheinlich weil es noch nie einen Mann gegeben hatte, der ihn angezogen hatte. Nicht bis zur Hochzeit seines Bruders.

Warum hatte er sich nie zu Männern hingezogen gefühlt?

In der Schule war er einer der seltsamen Jungs gewesen, für die sich kein Mädchen interessiert hatte. Er hatte zu wenig gesprochen und zu wenig Interesse gezeigt. Irgendwie hatte er es geschafft, entjungfert zu werden, bevor es komisch wurde, und dann … Ja, dann war er zur Bundeswehr gegangen. Überall Typen und noch mehr Vorurteile. Yannik war in seiner Einheit beliebt gewesen. Er war loyal, verlässlich und schweigsam. Dinge, die Kindsköpfe magisch anzogen. Aber keinen von denen hatte Yannik attraktiv gefunden. Zumindest nicht, dass er es bemerkt hätte.

In seinem Job in der Firma seines Vaters war es danach genauso gewesen. Vorurteile, aufgepumpte Typen …

Was war an Neo nur so anders, dass er die Finger nicht von ihm lassen konnte?!

Wenn er nur an seine heißen Küsse dachte, wurde er schon wieder hart. Mitten auf seiner Joggingstrecke!

Nein, das mit Claudia hatte keine Zukunft, das wusste er jetzt. Er konnte sie nicht noch länger hinhalten. Sie wünschte sich eine Hochzeit und Familie, er wünschte sich, niemals wieder mit ihr ins Bett gehen zu müssen. Er wünschte sich, Neo jeden Tag küssen und dessen Finger an seinem Schwanz spüren zu können. Und das nach nur zwei kurzen Zeitspannen mit ihm. Er wollte Neo so heftig, dass es zum Schämen war.

Ob Neo ähnlich dachte? Konnte auch er Yanniks Küsse und die Hände auf seiner Haut nicht vergessen? Wünschte er sich ebenso mehr?

Nach dem, was er bei ihren ersten beiden Treffen abgezogen hatte, konnte er sich das kaum vorstellen. Er hatte ihn beschimpft und bedroht. Er hatte sich wie ein zu groß geratenes Rumpelstilzchen aufgeführt. Wütend mit dem Fuß auf den Boden gestampft.

Neo wäre ein Idiot, sich mit ihm einzulassen!

Und doch … Yannik wollte es versuchen.

Dass er sich von Claudia trennen würde, war ihm glasklar. Das musste ein schnelles und sauberes Ende finden.

Nicht heute, nachdem er gestern Nacht noch mit ihr geschlafen hatte. Er wollte nicht, dass es wie ein Abschiedsfick wirkte. Nächste Woche aber war Gras über die Sache gewachsen und dann … Ach, die Geschäftsreise! Na, ob er nun Montag, Mittwoch oder Samstag Schluss machte, war nach zwei Jahren auch egal. Aber er würde es tun. Und dann würde er sich bei Neo melden. Vielleicht tat er das auch gleich …

Mit einem vorfreudigen Lächeln beschleunigte er seine Schritte.

Kapitel 8

Neo

Hoffentlich war dieser Hinweis, den Neo erhalten hatte, keine Luftnummer. Seit fast einer Stunde stapfte er quer durch den Wald, um den Standort zu erreichen. Die Bäume und Sträucher wuchsen dicht hier. Den Forstweg hatte er schon längst verlassen.

Leider waren die Informationen, was er dort eigentlich finden würde, nicht besonders hilfreich. Der Tipp war anonym per Mail eingegangen. Irgendjemand hatte scheinbar mitbekommen, dass er Hiller hinterherschnüffelte. Vielleicht würde ihm das endlich den Durchbruch bringen.

Dummerweise erinnerte ihn der Gang durchs Gestrüpp sehr an Samstagnacht. Tommys Grundstück war ähnlich wild bewachsen gewesen. Mit dem Gedanken daran war auch seine Begegnung mit Yannik wieder präsent.

Drei Tage war es jetzt her, dass Jack sie erwischt hatte. Vielleicht war das auch Rettung in letzter Sekunde gewesen. Viel hätte nicht gefehlt und alles wäre außer Kontrolle geraten. Was hatte dieser Mann nur an sich, dass er ihn so aus der Bahn warf?

Der Gedanke an ihre Küsse und Yanniks hartes Glied, das er unmissverständlich an ihn gedrückt hatte, ließ ihm sofort wärmer werden.

Mühsam verdrängte er die Erinnerung daran. Es reichte, dass sie ihn nachts kaum schlafen ließ, und es war verdammt schwer, sich nicht selbst dazu zu befriedigen.

Während er noch darüber nachdachte, ob er das vielleicht heute doch zulassen sollte, stolperte er über eine Wurzel und fiel nach vorn auf die Knie.

„Verdammt! Konzentrier dich, du Idiot!“, schimpfte er mit sich selbst.

Womöglich sollte er seine Moral wirklich etwas zurückdrängen, wenn es dazu führte, dass er sich hinlegte.

Knurrend rappelte er sich auf. Zum Glück war seine Kamera sicher eingepackt, eine neue würde die Zeitung sicher nur nach einer guten Erklärung springen lassen. Und dieser Ausflug war kein offizieller Arbeitsauftrag.

Er warf einen Blick auf sein Handy, sobald er wieder stand. Jetzt sollte der markierte Platz nicht mehr weit entfernt sein. Hoffentlich war es endlich etwas Handfestes, denn langsam wurde es nervig.

Schließlich umrundete er einen Busch und sah den Eingang zu einem alten Bunker. Davon gab es hier in der Gegend einige. Die meisten in Privatbesitz, manche waren aber auch verlassen. Dieser hier hatte aber eine neue Kette an der Tür, das sah er schon aus der Ferne.

Er zückte seine Kamera und schoss ein paar Fotos. Der Eingangsbereich war freigeräumt. Auch Reifenspuren waren im getrockneten Matsch zu sehen. Auf jeden Fall ging hier etwas vor.

Er wollte den Bunker gerade umrunden, da meldete sich sein Handy mit dem Nachrichtenton. Genau jetzt, das war mal wieder klar.

Seufzend zog er das Smartphone aus der Tasche und blickte auf den Text im Messenger.

Wake up, Neo …

Was sollte das denn be- …

Doch dann sah er den Namen, der über der Nachricht angezeigt wurde. Yannik.

Er hatte die Nummern, die Jack ihm geschickt hatte, wider besseres Wissen eingespeichert. Yannik offensichtlich auch.

Sein Herz klopfte einen aufgeregten Takt, als er noch ein paar Sekunden lang die drei Worte anstarrte.

Yannik meldete sich wirklich bei ihm! Ob Jack recht gehabt hatte?

Soll ich jetzt als Nächstes 'nem weißen Kaninchen folgen?, gab er mit klopfendem Herzen zurück. Seinen Namen hatte Neo nicht umsonst gewählt. Neu geboren in seiner Realität.

Kaum eine Sekunde später war Yanniks Antwort da:

Folg erst mal nur dem Text ;)

Wer machte denn heutzutage noch solche Smileys?

Irgendwie fand Neo das süß. Nichts an dem Kerl war normal oder wie man es erwartete.

Kann ich dich kurz nerven? Oder hast du zu tun?

Ich steh in 'nem verlassenen Wald, von daher hab ich Zeit. Hier würde am helllichten Tag sicher nichts passieren und Fotos konnte er auch nachher noch machen.

Ich frag lieber nicht, was du da machst ^^ Ich wollte mich für Freitag entschuldigen. Ich bin dich ganz schön angegangen, das war nicht in Ordnung. Also … Ich meine vor dem Geknutsche XD

Wow. Damit hatte Neo nun wirklich nicht gerechnet. Erstens nicht, dass Yannik sich meldete, und zweitens, dass er sich tatsächlich entschuldigte. Und überhaupt … Yannik kam so locker rüber, als wäre er gerade ein anderer Mensch.

Ja, ich weiß nicht recht, was da so in dir vorging … Und beim Geknutsche bist du auch ganz schön rangegangen, by the way …

Jetzt dauerte es etwas, ehe eine Antwort kam. Lang genug, um sich auf einen umgefallenen Baumstamm in der Nähe zu setzen.

Ähm … Ja. Sorry dafür.

Darunter erschien ein GIF, in dem eine Animefigur sich verlegen am Hinterkopf kratzte. Neo lächelte. Er mochte den Anime.

Hör mal, ich muss ehrlich sein.

Ob Neo überhaupt wissen wollte, was jetzt kam? Yannik war so unberechenbar, dass er sich nicht sicher war, ob ihn seine nächsten Zeilen nicht zerschmettern würden.

Ich kann seit Freitag an nichts anderes mehr denken als unser Stelldichein im Garten. Das war das Heißeste, was mir je passiert ist. (Hochzeit von Tommy auf Platz 2.) Ich hab … Mein Gott, ich schreib das wirklich. Ich hab am Wochenende versucht, mit meiner Freundin zu schlafen. Und das ging nur, weil du dabei in meinem Kopf warst.

Für einen Moment ließ Neo das Handy sinken. Er war sich nicht sicher, ob das ein Fall von „too much information" oder ein Kompliment war. Doch ihm stellte sich gerade eine einzige Frage: *Und? Hast du es dann durchgezogen?*

Scheiße ja, ich konnte sie nicht schon wieder enttäuschen.

Der Schmerz, der wie ein Filetmesser in Neos Seele stach, verging nicht sofort wieder.

Entschuldige, schob Yannik sofort hinterher.

Ich hab mich nie für einen sehr sexuellen Menschen gehalten. Ich hatte nie großartig Lust auf Sex, meine Freundin ist daran gewöhnt. Aber jetzt auf einmal hab ich Lust auf Sex, nur eben … Nur eben nicht mit ihr.

Neo seufzte. Er dagegen hatte wenig Lust, sich Yannik mit seiner Claudi vorzustellen. Noch weniger darauf, zu wissen, dass er beim Sex mit ihr in seinem Kopf die Hauptrolle gespielt haben könnte.

Das ist nicht gerade fair von dir. Weder ihr noch mir gegenüber.

Das ist mir bewusst und das quält mich mehr, als ich sagen kann. Deshalb werde ich das mit Claudia diese Woche noch beenden. Das hat sie nicht verdient, dafür ist sie ein viel zu guter Mensch.

Neo hielt den Atem an. Was bedeutete das für ihn? Für sie beide? Er wollte ihm jetzt nicht zu dieser Entscheidung gratulieren. Ein Urteil stand ihm auch nicht zu.

Und dann?, fragte er, nicht ohne einen Funken Hoffnung.

Dann … Dann hatte ich gehofft, dass du vielleicht Lust hättest, dich mit mir zu treffen. Nur auf einen Kaffee, wenn du willst. Oder 'ne Pizza. Oder Gefummel und Geknutsche … Vergiss das, nur ein Witz. ;)

Neo überlegte kurz. Dass er es wagen wollte, war ihm klar. Ob es richtig war, würde sich noch zeigen. Aber definitiv wollte er dieses Mal nicht gestört werden.

Über Ostern hab ich frei. Komm doch am Freitag zu mir.

Fuck, darauf hatte ich nach meiner ganzen Show nicht mehr gehofft.

Und eine Sekunde später: *Danke, Neo.*

Und wieder kurz darauf: *Ich weiß, was ich für ein Loser bin, und rechne dir das hoch an.*

Die Nachricht brachte ihn zum Grinsen. Der Kerl war wirklich seltsam. Sprechen tat er ja kaum, doch beim Schreiben taute er richtig auf.

Du bist kein Loser.

*Das bin ich. Ich wollte meiner Freundin immer ein guter Mann sein. Ich habe Moralvorstellungen, die mir wichtig sind. Und ich habe jede einzelne gebrochen. Das nennt man gemeinhin einen Loser. Und genau dieser Loser steht am Freitag bei dir vor der Tür.^^*

Auch Neo hatte die Regel gebrochen, dass vergebene Männer tabu waren. Außerdem hätte Neo ihm längst sagen sollen, dass er trans war. Es war überfällig, vor allem, wenn es zu mehr Geknutsche oder Gefummel kam. Sollte er jetzt …?

Noch kannst du es dir anders überlegen, Neo. Bis Freitag steht dir alles offen. Ich bin nicht böse, wenn du mir noch absagst.

Du liebe Güte, Yannik wurde ja wirklich von Zweifeln geplagt. Mühsam versuchte Neo, sich wieder auf seinen letzten Gedanken zu konzentrieren.

Nein, er würde es ihm lieber persönlich sagen, beschloss er.

Nein, nein, ich sag nicht ab. Keine Angst.

XD Ich komm mir vor wie ein Halbwüchsiger beim ersten Date. Und jetzt, wo wir das abgehakt haben und ich nicht frustriert in meiner Werkstatt verschwinden muss: Was machst du da in dem verlassenen Wald?

Gute Frage. Ich bin mir selbst noch nicht ganz sicher. Ich hoffe, es hat mit Arbeit zu tun.

Neo schüttelte über sich selbst den Kopf. Yannik wusste vermutlich nicht mal, was er arbeitete.

Du hoffst? Wenn du das nicht weißt, wer weiß es dann?

Manchmal weiß man erst später, ob einen ein Ausflug irgendwohin weitergebracht hat, meinte er jetzt. *Aber ich bin vorhin an illegal entsorgtem Sperrmüll vorbeigekommen, ein Artikel darüber wird zumindest meinen Chef beruhigen.*

Du bist Journalist? Erstaunlich, ich weiß gar nichts von dir.

Ja … Sehr erstaunlich … Wo wir uns bei den zwei Treffen doch so intensiv unterhalten haben.

Er lachte und fragte sich, ob Yannik jetzt ebenfalls grinste.

XD

Tat er offensichtlich. Aber er schrieb noch mehr: *Sei froh, dass du mich abgelenkt hast, sonst hätte ich dir ein Ohr abgekaut.*

Das kann ich kaum glauben. Aber du kannst es am Freitag ja beweisen.

Das war nicht ganz ernst gemeint, gab Yannik da zu. *Ich rede nicht sonderlich gern.*

Hör mal, lieferte er nach und Neo wurde auf einmal wieder ganz flau. Das klang schon wieder, als wolle Yannik den nächsten Hammer auf ihn loslassen.

Ich fahre heute Abend auf Geschäftsreise und werde erst Freitagmorgen zurück sein. Wenn wir uns Freitag treffen … Ich werde bis dahin nicht mit Claudia geredet haben. Wir sehen uns arbeitsbedingt heute nicht mehr und dann … Was ich sagen will: Am Samstag habe ich viel Zeit und werde das mit ihr klären. Ich will nicht, dass du denkst, ich würde dich oder sie hinhalten wollen.

Neo überlegte, was das in ihm auslöste. Ja, er wollte Yannik sehen. Definitiv. Auch mehr als nur sehen. Ihn berühren. Küssen. Aber konnte er das wirklich, wenn noch nicht Schluss war zwischen den beiden?

In dem Fall sollten wir uns wohl ein wenig zurückhalten. Denkst du, das schaffst du?

Nope.

Nicht mal, wenn ich dich lieb bitte?

grml … Vielleicht.

Na ja, ich weiß ja selbst nicht, ob ich das aushalte, gab Neo schließlich schmunzelnd zu. *Aber fair wäre anders.*

Über fair sind wir einen Blowjob weit hinaus, meinst du nicht?

Touché.

Würde lügen, wenn ich sagen würde, ich wäre nicht erleichtert. Ich denke jede verfickte Sekunde an dich.

Das wird deinen Auftraggeber freuen. Mit einem Seufzen blickte er auf das Handy. *Geht mir aber nicht anders, falls dich das beruhigt.*

<3 Das beruhigt mich tatsächlich, Neo. Ich würde dir gern ein Kompliment machen, aber ich weiß nicht so recht, wie das geht mit einem Mann.

Oh, Shit … Dieses Herz bescherte ihm lächerlich viele Schmetterlinge im Bauch. Er kam sich vor wie ein Teenie und es war ein Gefühl, wie er es sich damals gewünscht hatte.

Da gibt es keine Geschlechtergrenzen.

Okay … Dann versuch ich es einfach, einverstanden? Du stoppst mich, wenn es komisch wird.

Okay.

Da saß er also auf einem Baumstamm mitten im Wald, einen Bunker voller düsterer Geheimnisse vor sich und anstatt zu versuchen, mehr herauszufinden, wartete er auf die nächste Nachricht.

Deine Augen sind unglaublich. Sogar im Dunkeln im Pavillon haben sie noch so gestrahlt. Und die langen Wimpern dazu … Dein Haar ist so weich, ich musste es unbedingt anfassen. Und die Art, wie du die Beine übereinanderschlägst … Ich hab das Gefühl, es gibt keine Bewegung, die dich nicht absolut sexy wirken lässt. Von deinen Küssen ganz zu schweigen. Du bist so heiß. Ich dachte, ich verbrenne wegen dir.

Zu viel, zu creepy?

Neo schluckte. Niemand hatte ihm je etwas so Schönes geschrieben. Würde Yannik das auch noch denken, wenn er ihm sagte, dass er trans war? Aber für jetzt wollte er es genießen, dass Yannik ihn so sah.

Du schreibst mir das und fährst dann weg? So was gehört verboten …

Höhere Gewalt, Neo.^^ Aber ich nehm mein Handy mit auf Dienstreise. Nur mal so als kleinen Hinweis. Scheiße, du wirst enttäuscht sein, wenn ich am Freitag vor dir stehe und wieder keinen Ton rausbringe.

Dann werd ich dir wohl schreiben müssen, wenn du neben mir auf dem Sofa sitzt.

Peinlich, aber ja, wäre wohl besser XD Falls du noch schreiben kannst, während wir knutschen.

Das könnte schwierig werden.

^^ Ich bin erleichtert, Neo, danke. Das hat mir echt gutgetan. Ich muss in einer halben Stunde los und gleich noch duschen. Darf ich dir später vielleicht noch schreiben?

Sicher. Ich sollte eh auch noch was arbeiten …

Gut. Ich denke unter der Dusche auch an dich ;) Bis später

Bis später, schickte Neo noch, dann steckte er sein Handy ein. Hatte er das nur geträumt? Nein, ganz sicher nicht, das hatte er ja hier schwarz auf weiß.

Jetzt musste es nur erst mal Freitag werden und das schien ihm gerade noch eine Ewigkeit hin.

Kapitel 9

Yannik

Der Dienstagabend zog sich wie verdammter Kaugummi. Hiller war bei einem hochinoffiziellen Abendessen bei irgendeinem alten Studienkumpel, sodass Yanniks Dienste nicht benötigt wurden. Blöd im Auto vor dem Anwesen herumsitzen musste er trotzdem.

Gelangweilt zog er sein Handy heraus und warf einen Blick auf die Uhr. Nach zehn. Ob Neo noch wach war?

Einen Versuch war es wert.

Hey, Rotschopf … Noch wach?

Ja klar, bin schließlich noch unter 30.

Oh, damit hatte Yannik gar nicht gerechnet. Unter 30, was für ein junges Gemüse.

Bist du? Ich meine, natürlich, das sieht man dir an. XD

Geht's noch? Ich bin 28. :) Und du?

Neo war ja wirklich ein junger Hüpfer. Zehn Jahre jünger als er. Yannik seufzte tief. Er fühlte sich uralt.

Achtundmurmelhintergrundrauschen. Also gar nicht soooo viel älter als du.

Er grinste in sich hinein, weil er sich wirklich wie ein Teenie fühlte. Per Chatnachricht etwas von seiner Person of Interest erfahren, das war so Neunziger.

Soso … ein Sugar Daddy. Prust

Beschämt drückte Yannik sich die Finger auf die Augen. War er das?

Das war so unglaublich peinlich! Er hatte sich nie Gedanken darüber gemacht, wie alt Neo war. Aber zehn Jahre Altersunterschied war kein Pappenstiel.

Reichte das aus, damit er sich zurückzog? Sollte er das gar? Oder suchte er nur eine Ausflucht, weil er kalte Füße bekam?

Stört dich das?, fragte er stattdessen ehrlich.

Kein bisschen. Ich hab dich verführt – schon vergessen? Er wünschte, er könnte Neo gerade sehen. Ob er schmunzelte oder wieder so umwerfend lächelte.

Verführt klang auch so … So, als ob Yannik das gern sofort wiederholen würde. Er war zuvor noch nie verführt worden.

Ach ja, du bist ja der schlimme Finger. Ich vergaß. Ich hätte nie gewettet, dass du noch keine dreißig bist. Diese erwachsene Ausstrahlung hast du einfach.

Vielen Dank. Du wirkst übrigens auch nicht wie ein Daddy. Das war nur ein doofer Spruch. Du bist nur unerhört sexy.

Jetzt klang es noch mehr so, als würde er ihr Stelldichein wiederholen wollen.

Yannik spürte, wie das Blut in seine Wangen schoss.

Ehm… Danke. Dir habe ich das ja schon gesagt. Ich habe noch nie so einen schönen Mann wie dich gesehen.

O Gott, wie das klang. Er hätte sich am liebsten dafür geohrfeigt. Flirten konnte er echt nicht.

Danke. Du machst mich noch ganz verlegen.

Puh, Glück gehabt. Neo hielt ihn noch immer nicht für einen Creep. Diesen Status musste er bis Freitag nur irgendwie aufrechterhalten.

*Meiner Meinung nach solltest du das dauernd hören. Zumindest wäre ich bereit, es dir dauernd zu sagen.^^*

Feel free. Ich werde mich nicht dagegen wehren. :)

Du bist wunderschön.

Yannik lachte still in sich hinein.

Was machst du sonst so, außer Sugar Daddys am laufenden Band den Kopf zu verdrehen?

Na ja, ich gehe mit Luna einmal die Woche zum Linedance. Das macht total Laune.

*Linedance? Was es nicht alles gibt. Jetzt fühle ich mich langweilig. *gg**

Quatsch. Aber du kannst mal mitkommen, dann wäre ich nicht immer der Hahn im Korb.

Aber nur zum Gucken. Hab das noch nie gesehen. Ist bestimmt cool. Gibt es Videos von dir, wo du tanzt? <3

Neo beim Tanzen … Wenn das genauso sexy aussah, wie wenn er die Beine übereinanderschlug, musste Yannik das sehen!

Nein, von mir nicht. Also nicht, dass ich wüsste. Aber im Netz findest du jede Menge Videos.

Na, mal sehen. Guck ich mir später mal an. Magst du nicht jetzt eins für mich aufnehmen? Nur von dir allein?

Eher schwierig. Ich könnte dir aber vielleicht ein Foto schicken.

Ein Foto von Neo? Jetzt?

Gern. <333

Das würde ihm die Nacht auf jeden Fall versüßen.

Es dauerte ein paar Minuten, dann kam die Benachrichtigung. Schnell öffnete er den Messenger und sah Neo, der neben Luna stand. Er trug eine enge Jeans, einen Gürtel mit großer silberner Schnalle und ein blauschwarz kariertes Holzfällerhemd, das in die Jeans gesteckt war. Komplett war der Look mit einem Paar Schuhe, das ein bisschen was von Cowboystyle hatte.

Yanniks dreckige Fantasie machte sich sofort selbstständig, aber er unterdrückte das.

Stattdessen konzentrierte er sich auf Neos reizvolles Lächeln. Er schien Spaß an der Sache zu haben, sich wohlzufühlen. Dinge, die er mit Yannik bisher noch nicht erlebt hatte.

Ich will dich unbedingt mal live tanzen sehen. Du siehst toll aus. Als wärst du ganz in deinem Element. Bist du vielleicht doch ein Entertainer? ;)

Nein, das überlasse ich gerne anderen.

Verständlich. Ich stand auch nie gern im Mittelpunkt.

Und was gibt es über dich Interessantes zu erzählen?

Ja, was gab es Interessantes? Das einzig Interessante in seinem Leben war die wie auch immer geartete Beziehung zu Neo.

Ich kann zum Beispiel nicht tanzen.

Ach was. Woher willst das wissen? Bestimmt hast du es nur noch nie probiert.

Es hatte einen Grund, warum ich auf Tommys Hochzeit nicht getanzt habe. Ich habe zwei linke Füße, das bringt wirklich gar nichts. Der Tanzkurs in der achten Klasse war eine Qual für mich und meine Partnerin.

So schlimm ist es bestimmt nicht. Vielleicht hattest du nur nicht den richtigen Partner?

Jeder Mensch hat ein Negativtalent. Meines ist die Koordination meiner Füße zu Musik. Hast du auch so was?

So dieses ganze Handwerkliche liegt mir nicht besonders. Möbel von Ikea aufbauen geht gerade noch, aber da endet es auch schon.

Ikea macht's möglich. XD Womit vertreibst du dir heute Abend die Zeit?

Bis vorhin hab ich ein wenig ferngesehen. Aber eigentlich nur aus Langeweile.

Hey, du bist unter 30, hab ich mir sagen lassen. Ich dachte, du bist ständig auf der Piste, wie die jungen Leute das so machen?

Aus Langeweile fernsehen war immerhin besser, als gelangweilt im Wagen seines Chefs zu sitzen. Und das vermutlich noch sehr, sehr lange.

Nee, ist nicht so mein Ding. Oder hab ich auf dich wie der Partyhengst gewirkt?

Tatsächlich hatte ich keine Augen für dich während der Party. Ich hab mir meine Nichten geschnappt und bin abgehauen, damit ich nicht tanzen und mich nicht übers Heiraten unterhalten musste. Aber die Schnulzen waren für uns beide ja der Abturner. ;) Was ist deine Lieblingsmusik?

Ich mag gerne 80er-Musik und wegen des Linedance auch ab und zu ein bisschen was in Richtung Country.

Na ja, das musste ja nicht unbedingt schlecht sein. Viele 80er-Lieder waren immerhin Rocksongs und die mochte Yannik auch.

Soll ich dir von meinem kleinen musikalischen Guilty Pleasure erzählen?

Du darfst mir von allen Guilty Pleasures erzählen …

Das klang definitiv zweideutig.

Yannik grinste.

Musikalisch: Michael Jackson. Ansonsten: Blowjobs auf Hochzeiten. XD und deine Guilty Pleasures?

Und er betete, dass Neo sich irgendetwas Versautes entlocken ließ. Unglaublich, wie heiß ihn allein der Gedanke an ihn schon wieder machte…

Musikalisch: Scooter. Ansonsten: Einen schönen Schwanz im Mund zu haben.

Yannik erschauerte bis zu den Zehenspitzen. Verdammte Scheiße. Dieser Kerl … Er öffnete das Fahrerfenster, um die kalte Nachtluft hereinzulassen. Vielleicht kühlte ihn das ab.

Scooter, mhm. Hyper Hyper war das, oder? Und ja verdammt, ich lenke ab, weil mir jetzt schon heiß ist.

Ach, wirklich? Weißt du, was ich daran so gern mag?

Yannik stöhnte.

Der Kerl brachte ihn um den Verstand. Ob das mit Männern immer so war?

Was denn?

Den Blick, den ich bekomme, wenn ich ihn endlich ausgepackt hab und meine Lippen langsam drum schließe.

Fuck. Das konnte er doch nicht mit ihm machen!

Gegen seinen Willen wurde Yannik hart. Verdammte Scheiße!

Er musste das sofort beenden! Auch wenn er nicht wollte. Er wollte ganz und gar nicht!

Warum machst du das mit mir?

Was? :)

Du bist ein Schlitzohr. Sexy, klug und ausgebufft.

Und du bist ein sexy schweigender Riese.

Dafür labere ich hier schon wieder ganz schön viel.

O Gott sei Dank, wieder ein normales Thema. Erleichtert stieß Yannik die Luft aus.

Schreiben scheint dir tatsächlich leichter zu fallen. Mal sehen, was ich dir die nächsten Tage noch alles entlocken kann …

Er würde ihm alles entlocken, wenn er so weitermachte. Und Yannik fürchtete sich ein bisschen davor, wenn er ehrlich war.

Das hat ein Ende, wenn wir uns in persona gegenüberstehen. ;) Sagst du, wenn du ins Bett willst? Ich will dich nicht von deinem Schönheitsschlaf abhalten.

Klar, aber ich hab noch 'ne halbe Stunde ungefähr. Und wie lange bist du noch beschäftigt?

Lange. Vor eins/zwei rechne ich nicht damit, ins Bett zu kommen.

Wenn er nur daran dachte, hasste er seinen Job wieder inbrünstig.

Was machst du sonst an so einem Abend? Wenn du nicht tanzt und dich der unschweigsame Riese nicht zutextet?

Mich langweilen. Was lesen. Oder fernsehen. Manchmal arbeite ich auch noch was.

Du Partytier. Warum gehst du nicht aus? Meine Geschwister sind nach der Arbeit immer im Freizeitstress. Ich glaube, Tommy hat 50 Hobbys.

Ist nicht meine Welt. Manchmal schleppt Luna mich mit, wenn sie losziehen. Oder ich werd zu den Partys eingeladen. Schlag deiner besten Freundin mal was ab …

Das ist gut, wenn sie dich rausschleppt. Du bist jung, du musst was erleben. Komm mal in mein Alter, da bereust du alles, was du nicht gemacht hast. ;)

Das war leider wirklich so. Hätte er nur mal vor zwanzig Jahren bemerkt, dass er schwul war. Warum er das nie hatte, verstand er sowieso immer noch nicht. Warum war er nie auf einen Mann getroffen, den er anziehend gefunden hatte?

Du bist nicht 100. Du kannst immer noch alles machen, was du möchtest.

Aber Yannik wollte diese Dinge mit ihm machen. Er wollte mit Neo all das erkunden, was er bisher verpasst hatte. Wovon er nicht einmal einen kleinen Schimmer hatte. Konnte er ihm das sagen? Nein, das erzeugte zu viel Druck. Am Ende stand er dann doch wieder allein da.

Bei ein paar Dingen könnte ich wohl deine Hilfe gebrauchen.

Das klang nicht ganz so verzweifelt.

Ich geh dir gerne zur Hand.

Klingt verflucht zweideutig ;) Ich würde lügen, wenn ich sagen würde, ich mag es nicht.

Was magst du lieber: einen Handjob oder wenn ich zweideutig klinge?

Definitiv beides. Solang es deine schlanken, zärtlichen Hände sind.

;) Bevor es jetzt zu Cybersex ausartet, sollte ich mal ins Bett gehen.

Verdammt. Das hatte er ja mal schön versaut.

Entschuldige, bitte. Ich wollte nicht aufdringlich sein.

Am liebsten hätte er alles gelöscht und den Kontakt blockiert, weil er sich so schämte.

Blödsinn. Entschuldige dich bloß nicht dafür! Aber ich halte es sonst nicht bis Freitag aus. <3

Ob er das nur vorschob? Oder meinte er das wirklich ernst?

Das Herzchen ließ sein eigenes Herz höherschlagen. Vielleicht hatte Neo ja wirklich auch etwas für ihn übrig.

Ja, das wird hart. Dann schlaf mal gut, Neo. Darf ich mich morgen wieder bei dir melden?

Jederzeit – falls ich mich nicht zuerst bei dir melde.

Die Vorstellung gefiel Yannik.

Ebenso jederzeit gern. Süße Träume, Neo. Du hast mir den Abend versüßt. Danke und gute Nacht.

Gute Nacht.

Mit einem unangebrachten Grinsen legte Yannik sein Handy in die Mittelkonsole. Das war ja mal ein völlig unerwartet nettes Gespräch gewesen. Er hoffte, im Laufe der Woche würde es noch mehr davon geben. Viel mehr.

*

Es war irgendwie doch noch Freitag geworden und Yannik stand vor dem Mehrparteienhaus, in dem Neo lebte. Es war Nachmittag und das erste Mal seit Tagen zeigte sich die Frühlingssonne. So als wolle sie ihn bestärken, endlich zu klingeln.

Der Schweiß, der ihm jetzt allerdings den Nacken hinabrann, hatte nichts mit der Wärme zu tun.

Er hatte keinen Schimmer, was ihm da drin bevorstehen würde. Neo hatte in den letzten Tagen, in denen sie natürlich immer wieder geschrieben hatten, klargemacht, dass heute eigentlich nichts laufen durfte. Er war ja noch mit Claudia zusammen, wenn auch nur noch für ein paar Stunden. Und trotzdem wusste Yannik, dass er sich daran nicht würde halten können. Sein Verlangen nach dem rothaarigen Kerl mit dem feinen Sinn für Humor war ins Unermessliche gestiegen. Er begehrte ihn, wie er noch nie zuvor einen anderen Menschen begehrt hatte. Auch wenn er ein Mann war.

Und genau das machte ihm Kopfzerbrechen. Neo war ein Mann und Yannik hatte noch nie mit einem Mann … Die Mechanik war ihm vertraut, natürlich. Aber ob er sein Verlangen noch aufrechterhalten konnte, wenn er sich einem fremden Penis gegenüber sah … Er hatte schwerwiegende Bedenken.

Und trotzdem wollte er da reingehen. Er musste nur noch genug Mut sammeln, den Klingelknopf zu drücken.

Er würde es tun, weil er es wollte. Weil er Neo begehrte. Weil er ihn sogar mochte.

Seufzend streckte er die Hand aus, aber sie zitterte so sehr, dass er sie wieder sinken ließ.

Er musste da rein! Dringend!

Nur wie?

Yannik legte seufzend den Kopf in den Nacken. Neo würde glauben, er habe ihn versetzt!

Da kam ihm eine Idee. Er zog sein Handy heraus und schrieb ihm eine Nachricht.

Knock, knock, Neo.

Die Gegensprechanlage knackte nur eine halbe Minute später.

„Na, komm schon rein in den Kaninchenbau."

Selbst der schlechte Lautsprecher versteckte nicht Neos Amüsement.

Yannik drückte gegen die summende Tür und trat in das Treppenhaus aus den 80ern mit den großen Glasbausteinen als Treppenhausfront.

Er hatte zwar eher das Gefühl von Alice im Wunderland, die in den Kaninchenbau fiel, doch er machte sich Mut. Immerhin wurde er freudig erwartet und das war doch schon eine Menge. Eine Menge mehr, als er nach ihrem holprigen Start hatte erwarten können.

Joggend brachte er die Treppe in den ersten Stock hinter sich, wo Neo ihn bereits in der Tür zu seiner Wohnung erwartete.

„Hello, Mr. Smith." Der Rotschopf grinste, sodass Yannik aufgeregt nur ein Lächeln und Nicken zustande brachte.

Wie er befürchtet hatte, verlor er schon wieder seine Stimme!

„Hi, Auserwählter."

Immerhin hatte er nicht wie ein Stummfisch dagestanden und ihn angeglotzt. Denn er sah mal wieder fabelhaft aus.

Bewundernd ließ er seinen Blick über das schwarze enge Shirt wandern, das an seinem Oberkörper saß wie eine zweite Haut. Seine langen Beine steckten in einer engen stonewashed Jeans. Er konnte sich erst mal gar nicht sattsehen.

„Komm rein." Neo lächelte ihn an. „Ich hab nichts gekocht, ich dachte, wir bestellen uns einfach was, okay?"

„Klar."

Yanniks Appetit beschränkte sich sowieso eher auf erotische Nahrung.

Er trat hinter Neo in eine so winzige Wohnung, dass er sich unwillkürlich fragte, wie man darin leben konnte, ohne zu ersticken.

Der Gang bestand praktisch nur aus Türen. Eine zur Küche nach rechts, die Tür war allerdings ausgehängt. So, wie es aussah, konnte man sich in dem kleinen Raum gerade noch umdrehen. Die Tür links führte ins Bad, zumindest wenn man nach dem Quietscheentchenschild ging, das daran hing.

Neo führte ihn durch die geöffnete Tür am Ende in den Wohnraum.

„Willkommen in meinem kleinen Reich."

Klein traf es definitiv.

Es gab hinten im Zimmer eine Nische, in der ein 1,40 m breites Bett stand, mit einem einzigen Nachtschränkchen daneben. Gleich anschließend an der Wand stand ein Schrank. Vor dem Fenster stand ein mit Stapeln von Unterlagen übersäter Schreibtisch und in der Ecke noch ein quadratischer Esstisch.

„Schnuckelig", sagte Yannik, weil er nicht wusste, wie er es sonst beschreiben sollte.

Neo zog die Brauen hoch und wollte ihn definitiv mit irgendeiner Spitzfindigkeit festnageln, doch da fiel ihm noch etwas ein.

„Hab dir was mitgebracht."

Schnell beugte er sich zu der obersten Seitentasche seiner Cargohose und zog den Reißverschluss auf. Klar, war das uncool, in einer Cargohose zu einem Date zu gehen. Aber er besaß entweder Anzüge für die Arbeit oder Cargohosen für sein Hobby. Oder Jogginghosen, aber in denen hätte selbst er sich nicht bei Neo blicken lassen. Und Anzüge hatte er so was von satt.

Er griff in die Tasche und zog zwei Holzeier heraus, die er Neo hinhielt. Dessen Gesicht war fassungslos jenseits jeglicher Beschreibung, deshalb beeilte Yannik sich schnell zu erklären: „Das sind Handschmeichler aus Weißtanne. Und ich dachte, weil Ostern ist, mach ich Eier draus."

Neos Gesichtsausdruck war nun überhaupt nicht mehr zu deuten, dann breitete sich ein Lächeln auf den Lippen aus, nach denen er sich schon sehnte, seit er die Wohnung betreten hatte. Nun, genau genommen schon länger.

„Danke. Ich hab aber nichts für dich."

Er trat näher und nahm ihm die Holzeier ab. Dabei berührten sich ihre Hände.

„Ist ein Gastgeschenk. Du widmest mir schon deine Zeit", gab Yannik verlegen zurück.

Da, wo er auf Neos Finger getroffen war, prickelte seine Haut. Er kaute innen auf seiner Unterlippe, während Neo die Eier zu seinem Schreibtisch schaffte und darauf ablegte. Irgendwie musste er Nähe herstellen! Und zwar dringend, ehe er einfach über ihn herfiel!

Das würde Neo ihm nämlich sicher übel nehmen.

„Möchtest du dich setzen?" Neo deutete auf einen winzigen grauen Zweisitzer, auf dem zwei blaue Kissen lagen, der ihm bei seiner Roomtour vorhin irgendwie entgangen war. Perfekt.

„Gern. Danke."

Yannik setzte sich in Bewegung, konnte den Blick aber nicht von dem geschmeidigen Gang seines Gastgebers wenden.

Komm schon, sei nicht so ein Feigling, feuerte Yannik sich innerlich an. Neo hatte sich so sehr über die Komplimente per Messenger gefreut. Wie sehr würde er sich über ein Ausgesprochenes freuen?

„Du siehst toll aus", sagte er und griff schlichtweg auf dem Weg zur Couch nach seiner Hand, was Neo stoppte.

„Danke", sagte dieser und wirkte verlegen. „Du auch. Die legere Kleidung steht dir."

Das war zwar eine glatte Lüge, Yannik sah aus wie ein Bauarbeiter vor der Schicht, aber er nutzte die Nähe, um Neo einmal an der Hand um sich selbst zu drehen und zu bewundern. Diesen Move hatte er sich von Tommy abgeguckt und er hoffte, dass er funktionierte.

„Echt sexy."

Neo schluckte bei seinem Blick.

„Schmeichler", sagte er mit belegter Stimme.

Und Yannik wagte es, ihn an der Hand näher zu sich zu ziehen, bis sein schlanker Körper Yanniks berührte. Behutsam legte er einen Arm um Neo und beugte sich langsam zu ihm hinunter. Er roch sein Parfüm, das herber und intensiver duftete als das letzte Mal. Es umfing ihn und hüllte ihn ein, als er kurz vor Neos Lippen anhielt.

„Darauf freue ich mich seit Tagen", raunte er mühsam beherrscht.

„Halten wir uns also nicht mehr zurück?" Es war nur ein Flüstern, doch die Sehnsucht darin erkannte Yannik ganz genau.

„Ich kann mich nicht zurückhalten, wenn du schon in meinen Armen liegst", antwortete er schwer atmend.

Es war nur noch ein Millimeter, den er überbrücken musste, um ihn endlich zu küssen, aber er zögerte. Suchte in Neos wahnsinnig blauen Augen nach der Erlaubnis, ihm so nahe sein zu dürfen.

Doch die Entscheidung nahm Neo Yannik ab, da der wunderbare warme Mund nur einen Moment später auf seinem lag.

Geduldig wollte er diesmal sein, das schwor er sich. Nicht gleich mit der Tür ins Haus fallen, ihn nicht überrumpeln. Aber nach wenigen Sekunden übermannte ihn die Lust genauso rücksichtslos wie das letzte Mal. Er konnte sich nicht zügeln und öffnete Neos Lippen mit der Zunge, um ihn zu schmecken. Er schlang gleichzeitig den zweiten Arm um den zarten Körper, als könnte er so eins mit ihm werden.

Sein Kuss wurde jedoch genauso heftig erwidert, also machte er es wohl richtig.

Hoffentlich würde Neo wieder an seiner Zunge saugen. So was Heißes hatte noch keiner sonst mit ihm gemacht.

Als hätte er seine Gedanken gelesen, geschah im nächsten Moment genau das und Yanniks Unterleib begann zu kribbeln wie ein Ameisenhaufen. Ihm entfuhr ein Stöhnen und er ließ alle Bedenken mit einem Mal fahren. Kurzerhand umfasste er mit beiden Händen Neos Hintern und hob ihn hoch. Der gab einen erstickten, nichtsdestotrotz hingerissenen Laut von sich und schlang von selbst die Beine um Yanniks Hüften.

War das scharf!

Yannik konnte schon fast nicht mehr. Seine Unterhose war zum Platzen eng, aber er wollte noch mehr! Noch mehr Küsse, noch mehr Saugen an allen möglichen Körperstellen!

Er schob eine Hand hinten in Neos Jeans und umfasste die zarte Pobacke.

„Yannik …“ Oh, diese Stimme! Wie es sich wohl anhörte, wenn er wirklich stöhnte? Wenn er kam … „Bitte, wir müssen vernünftig sein.“

Kapitel 10

Neo

Verdammt. Er wollte gerade nicht vernünftig sein. Wirklich nicht. Aber erstens hatte Yannik mit Claudia noch nicht Schluss gemacht und zweitens musste er ihm reinen Wein einschenken, bevor mehr zwischen ihnen passierte.

„Hmmh“, machte Yannik und nachdem Neos Lippen nicht mehr zur Verfügung standen, küsste er jetzt eben seinen Hals. Und wie er ihn küsste! Neo hätte schmelzen können! Aber einer von ihnen musste das Richtige tun.

„Komm … sei brav, ja? Wir … hnn … haben doch drüber gesprochen“, brachte er mühsam heraus.

Ja, natürlich war er selbst auch heiß. Zwischen seinen Beinen pulsierte es förmlich.

Und dass er Yanniks megaharten Ständer ganz in der Nähe davon spürte, machte es nicht besser.

„Ja, du hast recht“, nuschelte Yannik, hörte aber weder mit seinen Küssen auf, noch zog er die Hand aus Neos Hose. Im Gegenteil, er ließ seine Finger langsam zwischen seine Pobacken wandern.

„Bitte, Yannik. Wir müssen jetzt aufhören.“

Er hatte lauter gesprochen und endlich kamen alle wunderbaren Berührungen zum Erliegen. Keuchend ließ Yannik von seinem Hals ab und legte den Kopf auf seine Brust.

„Entschuldige, bitte. Du machst mich so endlos heiß.“

Seine Stimme zitterte vor unterdrückter Lust. Seine Hände bebten. Und trotzdem stand dieser große Mann mit Neo auf den Hüften fest wie ein Baum.

„Mir gefällt es ja auch … Aber wir haben darüber gesprochen, ja? Wir setzen uns jetzt und … reden."

„Hmmmh", brummte Yannik unzufrieden, doch dann sah er hoffnungsvoll auf. Der Blick seiner dunkelblauen Augen ging direkt bis in Neos Seele.

„Kannst du auf meinem Schoß sitzen?"

„Okay. Aber wir bleiben beide angezogen, ja?" Neo lächelte und drückte einen Kuss auf Yanniks Nasenspitze.

Der lächelte ebenso und ließ sich, so wie sie standen, rückwärts auf den Zweisitzer sinken. Neo faltete lachend die Beine nach hinten, sodass er schließlich über Yanniks Schoß kniete. Das war kein bisschen unverfänglicher als vorher.

Aber Yannik wirkte zufrieden, als er den Kopf auf der Lehne ablegte, um Neo zu mustern. Dieser hübsche Mann. Neo lehnte sich ein wenig nach vorn, um zart mit den Händen über sein kantiges Kinn zu streichen. Er war glatt rasiert wie immer, nur sein sonst so ordentlich in einen Seitenscheitel gekämmtes, schwarzes Haar war inzwischen völlig durcheinander. Yannik brummte wohlig unter Neos Berührungen.

„Wie war deine Geschäftsreise?", fragte Neo leise.

Darüber hatten sie nicht einmal geschrieben. Stattdessen hatten sie miteinander gescherzt. Hatten über ihre Hobbys gesprochen und Yannik hatte gesagt, er wollte ihn unbedingt mal tanzen sehen. Es tat so gut, dass er sich für ihn auch als Mensch interessierte. Da war mehr als nur sexuelle Neugier.

„Lang, uninteressant und einsam." Der große Mann winkte ab. „Nicht der Rede wert. Erzähl mir von deiner Woche. Erzähl mir irgendwas. Ich habe deine Stimme vermisst."

„Mein Ausflug in den Wald war nur teilweise erfolgreich, muss ich zugeben. Also vom Umweltaspekt her nicht, aber weswegen ich eigentlich dort war", begann er und berichtete vom Klatsch und Tratsch in der Redaktion. Auch dort war nichts Spannendes passiert, aber Yannik hörte aufmerksam zu.

Dabei streichelten seine Hände sanft über Neos Oberschenkel. Irgendwann fuhren sie an den Außenseiten hinab und er fand Neos Füße. Ein Lächeln huschte über sein Gesicht, als er damit begann, an deren Risten entlangzufahren.

Es war fast so, als wollte er ihn überall berühren. Nicht nur ansehen. Das machte Neo einerseits kribbelig, andererseits schenkte ihm das Geborgenheit.

„So, mehr gibt es nicht zu erzählen“, meinte er schließlich.

„Dann erzähl mir was anderes. Egal was.“

So sanft hatte er Yanniks Stimme noch nie gehört. Auch er schien sich wohlzufühlen. Seine Erektion war vergangen und der ganze Mann schien weich zu sein. Anschmiegsam, nähebedürftig.

Neo konnte nicht widerstehen und bettete sich auf seine breite Brust. Sofort lagen Yanniks Arme um ihn, ganz zärtlich und behütend.

Sollte er jetzt diese Stimmung unterbrechen mit seinem Outing? Möglicherweise würde er danach so etwas nie wieder passieren. Aber er konnte doch nicht falsche Tatsachen vorspielen!

Ein Kuss in sein Haar, ganz liebevoll.

„Schönster Moment seit immer.“

Dann legte Yannik die Wange an seinen Scheitel.

Neo hätte am liebsten für immer in diesem Moment verharrt, der so vertraut und leise war.

Aber er musste doch endlich ehrlich zu Yannik sein! Yannik war es immerhin auch zu ihm gewesen!

„Ich … Ich muss dir noch was sagen“, murmelte er.

Normalerweise ging er offen mit seiner Identität um, zumindest wenn es nötig war. Doch er hatte das

Gefühl, dass dieses Outing eins der schwersten seit Langem werden würde. Er hatte auch schon ewig nicht mehr so eine Angst vor der Reaktion seines Gegenübers gehabt.

„Sag mir was.“ Zärtlich fuhr Yannik mit beiden Händen durch Neos Haar, wobei er ihm in die Augen blickte.

Es wurde dadurch nicht leichter.

Für einen Moment stellte er sich vor, wie Yannik ihn nach der Eröffnung von seinem Schoß schubsen würde, weshalb er beschloss, ihn lieber gleich selbst zu verlassen.

Kaum hatte er das Bein angehoben, da legte Yannik seine große Hand darauf. Auf seiner Stirn war eine tiefe Falte erschienen.

„Wo willst du hin?“

„Ich möchte dich dabei ansehen, okay? Es ist wirklich wich- …“

Auf einmal unterbrach ein Handyklingeln seinen Satz.

Seufzend zog Yannik sein Telefon aus der Hosentasche, warf einen Blick darauf und drückte den Anruf dann weg. Wortlos warf er es neben sich auf die Couch und sah Neo wieder an.

„Entschuldige. Weiter, bitte.“

Er versuchte, sich jetzt ein bisschen von Yannik zurückzuziehen und setzte erneut an.

„Also, es gibt etwas über mich, dass du wis- …“

Wieder das Handy.

„Herrgott, Jack!“, maulte Yannik sein Handy an und drückte sie wieder weg. „Entschuldige. Meine Schwester ist manchmal …“ Er konnte den Satz nicht einmal beenden, weil das Handy schon wieder anfing zu klingeln.

„Vielleicht solltest du rangehen.“

Neo rutschte nun widerwillig komplett von seinem Schoß. Vielleicht war die Unterbrechung das, was sie beide für sein Geständnis brauchten.

„Lass sie nicht weiter warten, ja?“

„Okay.“

Auch Yannik schien keine Lust zu haben, doch er drückte Neo völlig unerwartet noch einen Kuss auf die Lippen, ehe er das Handy nahm und sich erhob. Er trat mitten in den Raum hinein, bevor er abnahm.

„Was ist denn nur los?! Wehe, es ist nicht jemand gestorben!“, blaffte er seine Schwester verärgert an.

Neo beobachtete ihn. Ein bisschen geschmeichelt war er schon von Yanniks Ärger darüber, dass ihre Kuschelei unterbrochen worden war.

Doch auf einmal wurde Yannik leichenblass.

„Sag mir, dass du mich hochnimmst!“ Seine Stimme war nur noch ein Krächzen. „Wirklich?“

Yannik brach ab und schloss die Augen.

Plötzlich wurde er wieder ein ganz anderer Mensch. Straffte sich. Alles Weiche, Anschmiegsame war plötzlich verschwunden. Er hörte noch ein paar Momente zu, reagierte aber gar nicht mehr.

Schließlich legte er auf, verharrte noch kurz in der Pose, als würde er nachdenken oder erstarrt sein von der Nachricht, die er bekommen hatte.

Zurückhaltend erhob sich Neo.

„Ist alles okay? Yannik?“

Ein Ausdruck des Schmerzes huschte über Yanniks Gesicht, dann sah er Neo mit kalten, blauen Augen an.

„Ich muss los“, sagte er knapp und wandte sich zur Tür.

„Ist was passiert? Soll ich dich fahren?“

Die Situation machte ihm Angst. Als wäre Yannik plötzlich meilenweit von ihm entfernt. Schnell ging er zwei Schritte auf ihn zu, wollte ihn am Arm berühren. Zurückholen.

Aber Yannik wich ihm aus und lenkte seine Schritte zur Wohnungstür.

Kurz bevor er sie erreichte, hielt er noch mal inne. Er drehte den Kopf halb über seine Schulter und sagte: „Danke für alles. Aber wir werden uns nicht wiedersehen. Leb wohl."

Fassungslos sah er den großen Mann an.

„Was? Hab ich was falsch gemacht? Bitte … reden wir wenigstens darüber."

Seine Kehle brannte und er hatte das Gefühl, dass gerade eine Faust sein Herz zerquetschte.

„Leb wohl."

Yanniks Stimme schwankte, aber trotzdem zog er die Tür auf und war im nächsten Moment auch schon nach draußen verschwunden.

Bevor Neo weiter nachdenken konnte, stürzte er zur Tür und riss sie wieder auf.

„Yannik! Komm zurück, bitte!" Er wurde leiser. „Sag mir doch zumindest, warum …"

Doch alles, was er hörte, waren die schweren Schritte eines Mannes, der entschlossen war, zu gehen. Und kurz darauf auch die zufallende Haustür.

„Fuck."

Neo schloss die Tür und ließ sich dagegen sinken.

Kapitel 11

Yannik

An der Brunchtafel der Schmidts war es wie immer laut. Alle Geschwister waren da samt Ehegatten und Kindern. Jack saß an der linken Seite von Richard am Tischkopf, ihrem neuen Stammplatz seit ihrem großen Streit wegen der Scheidung. Neben ihr ihre Kinder und danach John. Zu Richards rechter Seite hatte Helena Schmidt Platz genommen, ihre Mutter. Sie trug ihr dichtes, schwarzes Haar offen, das alle Kinder von ihr geerbt hatten. Nur die Augen hatten sie alle von ihrem blonden Vater. Die dunkelblauen, tiefgründigen Augen. Man sagte, Yannik sei ihm wie aus dem Gesicht geschnitten. Ihm fehlte eigentlich nur noch der Schnauzer, um beinahe mit Richard Schmidt verwechselt werden zu können. Sein Vater sah das ebenfalls in ihm – sein eigenes Ebenbild –, weshalb er Yannik immer wieder seinen Nachfolger nannte. Yannik hasste das. Er war kein Geschäftsmann wie sein Vater. Das sollte ruhig Niklas übernehmen.

Neben Helena hatte sich Tommy mit Luna niedergelassen und turtelte unablässig mit ihr. Sie fütterten einander mit Rührei und Toast. Yannik konnte kaum zusehen. Daneben saß Niklas mit Mira und ihren Söhnen. Die Jungs benahmen sich ausnehmend gut an der Tafel ihres Großvaters. Ein Zustand, der noch nicht so lange vorherrschte. Auf der anderen Seite, ganz am Schluss des langen Tisches, saß Yannik selbst neben Claudia. Ihre Laune war blendend, sie genoss die Familienzusammenkünfte regelmäßig.

Yannik mochte wetten, dass er diesen Zustand noch steigern konnte.

Er machte sich innerlich Mut. Immerhin war er zu einem Zweck hierhergekommen. Und je länger er es herauszögerte, desto schwerer würde es werden.

Deshalb klopfte er nun mit seinem Messer gegen sein Wasserglas, sodass sich alle Blicke auf ihn richteten. Er erhob sich und sah in die erwartungsvolle Runde.

„Familie, ich habe euch allen etwas Wichtiges mitzuteilen."

Er vermied es, irgendjemanden direkt anzusehen, vor allem nicht Jack oder Luna, weil er wusste, dass er sonst nur an die besten Momente in seinem Leben erinnert wurde. Und an die Tatsache, dass es so viele Momente gab, die er nicht mehr erleben würde, weil sie nie passieren würden.

Aber er hatte keine Wahl. Jetzt nicht mehr. Das Schicksal hatte entschieden. Gegen Yannik.

Deshalb richtete er seinen Blick auf Claudia.

„Eigentlich habe ich nur einer Person etwas zu sagen. Claudi …"

Er reichte ihr die Hand, um sie in ihrem hübschen, bunt geblümten Kleid auf die Beine zu ziehen. Sie sah darin aus wie die Frühlingsgöttin. Yannik fand eine stonewashed Jeans und ein schwarzes enges Shirt viel anziehender.

Seine Freundin allerdings erhob sich mit einem engelsgleichen Lächeln und einem bezaubernden Blick.

„Claudi, ich habe dich so lange warten lassen, dabei war allen klar, dass wir zusammengehören." Ihm würde übel. Aber er riss sich zusammen. Es gab kein Zurück. Niemals wieder.

„Deshalb möchte ich dich bitten …" Er zog das Ringetui aus der Tasche seiner Anzughose und ging dann auf ein Knie. Er hasste jede Millisekunde davon und hoffte, er würde ihr nicht gleich auf die Sandalen kotzen müssen. Deshalb hob er den Blick zu ihr.

„… erweise mir die Ehre und werde meine Frau.“

„Yanni …“ Claudia hatte Tränen in den Augen, lächelte aber. Dann nickte sie zuerst heftig. „Ja, Yanni!“

Yannik hatte sich kaum erhoben, da fiel sie ihm um den Hals und küsste ihn. Er öffnete die Lippen nicht. Er würde Neos Geschmack so lange auf seiner Zunge behalten, wie er konnte.

Der Gedanke an ihn befeuerte die aussichtslose Lage noch mehr, machte die Übelkeit schlimmer.

Er durfte nicht mehr an ihn denken. Das Kapitel war abgehakt, bevor es richtig begonnen hatte. Dabei hatte er sich nie zuvor so wohl in der Nähe eines anderen Menschen gefühlt wie mit ihm.

Um ihn herum klatschte die restliche Familie und sein Vater sagte für alle deutlich zu hören: „Na, das war wohl längst überfällig.“

Zum Glück ließ Claudia endlich von seinen Lippen ab. Keinen Moment zu früh.

Yannik würgte, aber im allgemeinen Trubel ging das unter.

Reiß dich zusammen, das ist ab jetzt dein Leben!

Nur Claudi blickte ihn besorgt an.

„Alles in Ordnung, Yanni?“, flüsterte sie, sodass er ein Lächeln auf seine Lippen zwang.

„Aufgeregt“, brachte er hervor.

Um sich und Claudia abzulenken, klappte er das Etui auf und befreite ungeschickt den Ring daraus. Er war silbern und trug einen großen Stein eingefasst. Er fand ihn furchtbar hässlich, aber er hatte ihn nach Claudias Vorstellungen gekauft.

Vorsichtig nahm er ihre Hand in seine und streifte ihn über ihren Ringfinger.

Jetzt war es besiegelt. Ihm war flau im Magen und für einen Augenblick hatte er das Gefühl, er müsste ersticken.

Hilfe suchend blickte er zur Terrassentür, die in den Garten führte, während Claudi sich wieder an ihn warf. Hörte er sie schluchzen?

Um Gottes willen, bitte, nicht das auch noch!

Hilflos tätschelte er ihren Rücken.

„Alles gut, Claudi", sagte er leise. Beherrscht, fast schon kühl. „Nicht weinen. Komm, die anderen wollen gratulieren."

„Du hast recht. Aber es bedeutet mir so viel. Genau im rechten Moment, Yannik. Wie immer."

Durch vor Glück tränende Augen sah sie ihn an. Er zog einen Mundwinkel hoch, aber da war auch schon Mira bei ihnen.

„Ich freue mich so für euch!"

Sie umarmte Claudi und auch Yannik musste sich eine Umarmung gefallen lassen. Danach von Tommy, der Yannik seltsam dabei ansah. Ach ja, Yannik hatte vergessen zu lächeln.

Die Nächste, die ihn an sich zog, war Jack.

„Terrasse, *sofort*", knirschte sie dabei in sein Ohr.

Er schüttelte fast unmerklich den Kopf. Schließlich kamen gerade seine Eltern auf sie zu. Außerdem … was sollte es bringen? Sie selbst hatte das hier doch angestoßen.

„Yannik braucht kurz frische Luft!", verkündete Jack allerdings laut und hängte sich fest an seinen Arm dabei. „Unserem menschenscheuen Bruder ist die Aufmerksamkeit wieder zu viel!"

Sie lachte und alle anderen stimmten darin ein.

„Jack, nicht", knirschte Yannik leise, aber da griff sie nach seinen Fingern und nahm sie unauffällig in einen schmerzenden Polizeigriff. Yannik unterdrückte einen Laut und ließ sich von ihr abtransportieren. Sie verließen das Esszimmer über die Terrassentür und zur Sicherheit zerrte Jack ihn hinter den Gartenschuppen.

„Was soll die Scheiße, verdammt?! Ich wollte dich warnen und nicht dich zu dieser Dummheit verleiten!“, zischte sie ihm zu, sobald sie ihn losgelassen hatte und er die schmerzenden Finger massierte.

„Was hätte ich bitte sonst tun sollen? Das ist es doch, was ihr alle wolltet! Genau wie Claudi.“ Jetzt verschränkte er die Arme vor der Brust. Vielleicht half das dabei, dass sein Herz nicht gleich in tausend Stücke brach.

„Du Dummkopf!“

In ihrer Wut trat Jack ihm saftig vor das Schienbein.

„Au!“

Fassungslos blickte Yannik sie an, wie sie ihn zornig mit bebenden Nasenflügeln anschnaubte.

„Ich wollte nie, dass du die da heiratest! Du und Neo, das war einen Versuch wert!“

„Dann hättest du mich nicht bei ihm rauszerren dürfen mit deinem Scheißanruf!“, blaffte Yannik zurück.

Neos Blick, seine verzweifelten Worte. Er würde das niemals vergessen können. Aber er hatte keine Wahl gehabt. Die würde er niemals mehr haben.

Zum Glück boxte Jack ihm jetzt in den Bauch, sodass er sich krümmen konnte. Nicht wegen ihres Schlages, sondern wegen der Hoffnungslosigkeit.

Er hatte zurückgehen wollen, zurück in seine Arme. Dass Neo glaubte, es wäre seine Schuld … Irgendwann würde er die Wahrheit erfahren. Vermutlich schon ziemlich bald, nachdem Luna mit ihm zusammen arbeitete.

Er konnte nur hoffen, dass Neo ihn dann genug hasste, um auf keine gemeinsame Feier mehr zu kommen.

Ihn zu sehen und nicht mit ihm zusammen sein zu können, nicht mal mit ihm reden zu können, würde ihn vermutlich umbringen.

„Du Hornochse! Warum sagst du mir das denn nicht?!“

Unbarmherzig warf Jack sich gegen ihn, um ihn wohl zu Fall zu bringen, aber nichts brachte Yannik Schmidt zu Fall. Er stand wie ein Baum. Immer. Auch wenn sein Inneres bereits ausgehöhlt war.

„Hör jetzt auf, Jack“, warnte er sie dunkel.

„Was willst du dagegen machen?! Eine schwangere Frau schlagen?“, giftete sie sauer. Doch sie stellte ihre Attacken erst mal ein.

„Glaubst du, du könntest meine Hölle noch verschlimmern, indem du mich schlägst?“, fragte er düster, während er sich wieder aufrichtete.

„Du musst das nicht tun! Es gibt kein Gesetz, dass es dir vorschreibt. Mach es dir doch nicht so schwer.“

„Glaubst du, ich könnte sie einfach so im Stich lassen?! Glaubst du, ich wäre so ein elender Feigling?! Ich stehe zu meiner Verantwortung!“, raunzte er, so leise er konnte. Sonst hätte er schreien müssen und seine Familie hätte alles gehört.

„Und dafür machst du dich unglücklich!? Irgendwann wird Claudia bemerken, dass irgendwas nicht stimmt. Vielleicht nicht heute, vielleicht erst in einem Jahr.“

„Dann ist es zu spät. Dann sind wir verheiratet und …“

Er würgte wieder, aber diesmal konnte er es nicht zurückdrängen. Schnell drehte er sich um und übergab sich hinter den Schuppen.

„Ach, Yannik.“

Jacks sanfte Hand auf seinem Rücken sorgte gleich für die nächste Kotzsalve.

Als es vorbei war, fühlte er sich kein bisschen besser. Er wollte nur noch sterben. Alles wäre besser als das hier. Aber er würde sich zusammenreißen und gute Miene machen.

Für den Rest seines ganzen, verdammten Lebens.

Ihm wurde schwindlig und er griff Hilfe suchend nach Jacks Schulter, um sich abzustützen.

„Geht es wieder? Ich hätte ja schon gute Lust, dir noch ein paar zu verpassen, aber wie ich sehe, du bist schon am Boden."

„Fällt dir früh auf."

Ächzend streckte Yannik den Rücken durch. Er musste da wieder rein. Sie waren schon zu lange hier draußen.

„Drinnen warten sie auf uns. Ich sollte Claudi nicht so stehen lassen", meinte er.

„Yanni?"

Auch das noch.

Schnell wischte Yannik sich über den Mund und trat zusammen mit Jack hinter dem Schuppen hervor.

„Da bist du ja!" Claudia lächelte selig, dann wandte sie sich an Jack: „Lässt du mich mit meinem Verlobten bitte kurz allein? Wir müssen noch etwas besprechen."

Sie zwinkerte Jack zu, die sich ein Lächeln auf die Lippen zwang.

„Klaro."

Ein letzter böser Blick zu Yannik, dann war seine Schwester verschwunden.

„Hey, alles in Ordnung?", fragte Claudia ihn lächelnd. „Ich weiß, dir ist das drinnen alles zu viel."

Sie strich an seinem Arm entlang. Hätte Neo das getan, er hätte in Flammen gestanden.

Aber sie war nicht Neo und statt der Flammen überfiel ihn wieder Übelkeit.

„Ja, Verzeihung."

„Entschuldige dich bitte nicht. So bist du eben. Und ab jetzt werde ich dir für immer den Rücken freihalten, das verspreche ich dir."

Für immer. Das war schlimmer als jeder Schlag von Jack.

Yannik zog beide Mundwinkel hoch und hoffte, damit nicht gruselig auszusehen.

„Danke“, brachte er krächzend heraus. Er wusste nicht, was er noch sagen sollte. In diesem Moment fühlte er sich vollkommen leer.

„Yanni, ich muss dir noch was sagen.“

Claudia trat näher zu ihm und drückte sich an ihn, während sie mit einem glücklichen, nach innen gekehrten Lächeln an seinem Hemdkragen herumnestelte.

Jetzt kam es. Was er schon seit Freitag wusste, würde jetzt grausame Realität werden. Und er hatte keine Ahnung, wie er reagieren sollte.

Er wollte sie nicht enttäuschen. Niemanden wollte er enttäuschen. Und doch hatte er Neo enttäuscht.

„Yanni, ich habe … ich habe am Freitag einen Test gemacht, weißt du? Und er war positiv! Ich bin schwanger! Du wirst Vater!“

Sie strahlte ihn an, aber er konnte ihre Freude nicht teilen. Das lag nicht an dem Kind, das in ihr heranwuchs. Es lag an ihr.

Um seine Qual nicht zu zeigen, zerrte er sie an sich und drückte sie fest.

„Wunderbar“, krächzte er.

„Ich hab mir so gewünscht, dass du dich freust! Endlich werden wir eine richtige Familie“, sagte sie sanft, während sie ihren weichen, perfekten Körper an ihn drückte.

Am liebsten hätte er sich wieder übergeben, aber mühsam behielt er es drinnen.

So nah wollte er sie nicht bei sich. Er wollte einen ganz anderen Körper an sich spüren. Aber sein Schicksal war besiegelt.

Nie im Leben würde er sein eigenes Kind im Stich lassen. Nie im Leben würde er die Frau im Stich lassen, die er geschwängert hatte.

Deshalb hatte er die Sache mit Neo auch so schnell und endgültig beenden müssen. Die Versuchung wäre sonst zu groß gewesen. Aber die Nachricht von Claudias Schwangerschaft hatte alles verändert.

Er hasste sich, weil er Neo damit wehgetan hatte. Aber er hätte sich noch mehr gehasst, wenn sein Kind ohne ihn hätte aufwachsen müssen.

Und das war es. Er würde für immer unglücklich mit Claudia werden. Unausweichlich. Hoffnungslos. Einsam.

Kapitel 12

Neo

Es war ziemlich normal, dass Neo an Feiertagen allein war. Außer an Weihnachten, da lud Luna ihn seit Jahren ein. Nicht, dass ihm nach einer Ostereiersuche gewesen wäre. Seit Yannik am Freitag so überstürzt aufgebrochen war, lag er nur auf dem Bett und starrte an die Decke.

Es war vollkommen still, nicht mal eine Uhr tickte.

Wenn er wenigstens weinen könnte … Stattdessen spürte er nur dieses ständige Brennen in seiner Kehle. Und sein Herz, das bei jedem Schlag zu schmerzen schien.

Der Liebeskummer hatte ein völlig neues Level erreicht. Denn ja, er hatte sich natürlich gleich verlieben müssen.

Er war so ein verdammter Idiot. Wahrscheinlich hatte Jack irgendeinen ihrer Kontakte genutzt und herausgefunden, dass er trans war. Was hätte ihn sonst dazu gebracht, gleich zu flüchten?

Wie sehr musste er sich vor ihm ekeln …

Es war jetzt nicht so, als wäre das komplett neu, aber in der Regel war es dann nicht mal zu einem Date gekommen.

Der Sonntag wollte und wollte nicht vergehen … Gerade mal 3 Uhr.

Morgen war auch noch frei. Wie sollte er den Tag überstehen, wenn er nicht mal arbeiten konnte?

Entgegen jeder Erwartung klingelte es an der Haustür. Kraftlos hob Neo den Kopf und überlegte, ob er überhaupt öffnen sollte.

Vielleicht war es ja Yannik? Quatsch, der würde sich hier niemals wieder blicken lassen.

Wer konnte es sonst sein?

Wenn er weiterhin hier liegen blieb, würde er es nie herausfinden. Also stemmte er sich hoch und schlurfte zur Wohnungstür.

„Wer ist da?“, fragte er in die Gegensprechanlage.

„Ich bin’s, Schatz, lass mich rein!“

Die Sprechanlage knackte, trotzdem erkannte er Lunas Stimme. Auch wenn sie komisch klang. Er drückte auf den Summer.

Sollte Luna nicht im Kreise ihrer neuen Familie Ostern feiern? Sie hatte schon gesagt, dass sich der sogenannte Brunch meist über den ganzen Tag zog.

Mit letzter Kraft öffnete er die Wohnungstür.

Kaum warf er einen Blick hinaus, rauschte Luna auch schon die Treppe herauf und an Neo vorbei in seine Wohnung.

„Woah, dieser Lügner! Dieser Betrüger, dieser ätzende Vollarsch!“, wütete sie dabei völlig außer sich, sodass Neo die Brauen hochzog.

Was war denn da los?

Langsam folgte er seiner zornigen Freundin, die mitten im Wohnzimmer angehalten hatte und mit hochrotem Kopf und geballten Fäusten einen Wutschrei losließ.

„Dieser undankbare, widerliche, bescheuerte …“

Endlich dämmerte es Neo.

„Oh nein, Luna, was hat Tommy angestellt?!“

Zwar hätte er Thomas niemals etwas Schlimmes zugetraut, aber wenn Luna so in Rage war …

„Hat es etwas mit dem Grundstück zu tun?“

„Tommy?“

Irritiert zog Luna jetzt die Nase kraus.

„Ich spreche doch nicht von Tommy! Ich spreche von Yannik, dem grandiosen Vollarsch!“

Neo knickten bei der Erwähnung seines Namens fast die Knie ein. Aber er hielt sich tapfer aufrecht.

„Was ist mit dem?“, fragte er mit belegter Stimme.

„Erst macht er mit dir rum und dann … dann macht er seiner scheiß Claudia einen Heiratsantrag! Ich hätte ihm am liebsten ins Gesicht geboxt! Und ich hab noch nie jemandem ins Gesicht geboxt!“

„Er hat …“ Neo schluckte und musste sich an der Türklinke abstützen. „Er hat …“

„Schatz?“ Luna bemerkte offenbar, dass mit ihm etwas nicht stimmte. „Bist du okay?“

Er konnte nur den Kopf schütteln. Irgendwie funktionierte er gar nicht mehr richtig. Heiratsantrag. Das konnte nur ein Albtraum sein!

Seine Beine gaben nach und sofort stürzte Luna zu ihm, um ihn aufzufangen. Doch sie konnte ihn nicht halten, sodass sie beide auf dem Boden landeten. Trotzdem zog Luna ihn in ihre Arme.

„Hat er dir so viel bedeutet?“, flüsterte sie mitfühlend.

„Er … ich …“ Ein Schluchzen entkam ihm. „Ich hab mich in ihn verliebt.“

„Was?“ Lunas Stimme war leise, aber man hörte ihr an, dass sie nicht verstand, wie er das meinte. „Aber … ihr habt doch nur zweimal miteinander …“

„Letzte Woche, da hat er mir geschrieben und wir haben seitdem … Am Freitag war er hier und alles war total schön. Dann hat Jack ihn angerufen.“

„Jack? Und dann?“

„Dann hat Yannik gesagt … dass wir uns nicht mehr wiedersehen werden.“

„Waaaas?! Und vorher war alles okay? Was hat Jack ihm denn gesagt?“, hakte Luna fassungslos nach und zog Neo noch fester an sich.

„Das wollte er mir nicht sagen. Ich durfte ihn nicht mal mehr anfassen. Ich wollte ihm gerade alles erzählen, aber ich schätze mal, da ist Jack mir zuvorgekommen."

Fassungslos riss Luna die Augen auf.

„Du glaubst, Jack hat ihm gepetzt, dass du …" Auf einmal schüttelte sie vehement den Kopf. „Nein, das kann ich mir nicht vorstellen! Woher sollte Jack das denn wissen? Und wenn sie es wüsste, warum sollte sie sich da einmischen? Ich kenne Jack jetzt schon ein paar Jahre und mir ist nie aufgefallen, dass sie … ich weiß nicht, homophob oder transfeindlich wäre!"

„Was soll es denn sonst gewesen sein? Aber jetzt ist sowieso alles aus … wenn er jetzt doch seine Claudi heiraten will."

„Keine Ahnung! Aber aus Liebe hat er ihr den Antrag nicht gemacht! Den hättest du hören sollen! Hätte Tommy mir so den Antrag gemacht, hätte ich abgelehnt!", spuckte Luna verächtlich. „Nicht mal das Wort Liebe kam drin vor! Und Claudia hat trotzdem gestrahlt wie so ein bescheuertes Honigkuchenpferd!"

„Na ja, Yannik ist eben nicht Tommy. Er ist nicht so gut im Reden." Im Schreiben allerdings … Niemand hatte ihm je so was Schönes geschrieben.

„Ich bleib dabei. Wenn man jemanden liebt, klingt der Antrag anders." Tief seufzend gab Luna Neo einen Kuss ins Haar. „Was machen wir denn jetzt mit dir? Ich kann dich doch hier so nicht alleine sitzen lassen."

„Ich warte einfach, bis der Schmerz vorbeigeht. Irgendwann muss er das ja." Kraftlos lehnte er sich an sie.

Es war schlimm genug, dass Yannik abgehauen war, so ganz ohne Erklärung. Aber mit dem Wissen, dass er nun Claudia heiraten wollte, statt mit ihr Schluss zu machen, war es noch um einiges schlimmer als vorher.

„Aber nicht hier und nicht allein“, verfügte Luna und zog ihr Handy hervor. „Ich ruf Tommy an, er soll uns abholen. Du packst ein paar Sachen zusammen und bleibst für eine Weile bei uns, okay? Ach was, du wirst gar nicht gefragt! Das machen wir so!“

„Das geht doch nicht … Ich stör euch bloß“, widersprach er. Außerdem quälte ihn der Gedanke, dass ihn Tommys Augen an Yanniks erinnern würden.

„Du störst uns nie! Wir sind für dich da, Neo. Immerhin sind wir die einzige Familie, die du noch hast.“ Lunas Stimme wurde ganz leise. „Und außerdem hat Tommy sicher nichts dagegen, wenn du in der Besucherritze schläfst.“

Sie feixte und Neo verdrehte die Augen.

„Da hätte Yannik ja doch noch recht gehabt, dass ich mich in eure Ehe einmischen will.“ Trotz des Kummers schmunzelte er leicht.

„Und zwar so was von! Wenn ich einen zweiten Ehemann haben wollte, käme keiner außer dir infrage.“

Grinsend stand Luna auf und zog Neo dabei mit auf die Füße.

„Komm schon, Gatte Nummer 2! Pack dein Zeug! Du kommst mit!“

Er nickte ergeben. Vielleicht war es nicht die schlechteste Idee.

„Okay …“ Er senkte den Kopf. Seine Gedanken kreisten natürlich immer noch nur um eines. „Was denkst du, warum er das getan hat? Er wollte mit ihr Schluss machen am nächsten Tag …“

„Ich wünschte, ich wüsste es. Aber ich werde es herausfinden! Wenn Jack da mit drin hängt, kriegen wir das raus! Wir holen Tommy mit ins Boot, der erfährt schließlich alles!“

„Aber nicht Jack hat sich entschieden, Luna. Yannik hat die Wahl getroffen.“

„Und Jack weiß, warum! Vertrau mir, Schatz, wir lösen das Rätsel schon!“

Kapitel 13

Neo

3 Monate später

Die warme Junisonne war zum ersten Mal seit Tagen herausgekommen und in der Innenstadt war alles rappelvoll. Die Eiscafés platzten aus allen Nähten, gerade jetzt am Nachmittag.

Neo hatte die Aufgabe, die Straßeninterviews mit Passanten zu machen, die immer in der Wochenendausgabe erschienen. Niemand riss sich darum, weshalb sie sich abwechselten. Dieses Mal ging es um den Erhalt eines alten Freibads in der Vorstadt.

Während alles um Neo herum vor Leben pulsierte, fühlte er sich noch immer wie ein Zombie. Der akute Schmerz war nach ein paar Tagen vorbeigegangen, stattdessen hatte er sich nun tief in ihn eingegraben.

Gerade fühlte er sich wie im Stillstand. Das Leben ging weiter, aber er wurde höchstens mitgerissen, wie Treibgut auf einer Welle.

Jedes Mal, wenn das Wort Hochzeit fiel, was Luna so gut es ging vermied, war es, als würde man ihm ein Messer in den Bauch stoßen.

Wie war es nur möglich, sich innerhalb von so kurzer Zeit so heftig zu verlieben?

Er seufzte. Wieder einmal musste er sich dazu zwingen weiterzugehen. Wie lange hatte er da nur so gestanden? Er wusste es nicht.

Ziellos trottete er weiter in die Fußgängerzone hinein. Lustlos hielt er auf ein voll besetztes Café zu und merkte nicht, dass er dabei einem Pärchen direkt vor die Füße lief. Im letzten Moment wich die Frau aus.

„Neo!“

Erstaunt darüber, seinen Namen zu hören, blickte er auf – und sah direkt in Claudias Gesicht. In ihr breites Gesicht, stellte er fest. Doch nach dem Gesicht sah er nach rechts, denn von dort starrte ihn ein dunkelblaues Augenpaar fassungslos an.

„Hallo“, brachte er mühsam heraus.

Plötzlich war der Schmerz wieder da, genauso frisch wie am ersten Tag. Schnell sah er weg, da bemerkte er die Wölbung von Claudias Bauch.

Völlig vor den Kopf gestoßen starrte er sie an, wie sie glücklich lächelte.

„Jetzt kann ich es bald nicht mehr verstecken“, freute Claudi sich auch schon und legte dabei die Hand auf ihren gerundeten Unterleib. „Seit letzter Woche ist er so groß. Ich war am Wochenende nicht mal mit beim Familientreffen deswegen.“

Sie kicherte und Neo hatte Mühe, seinen Ekel zu verbergen. Besonders als er sah, wie sie Yanniks Hand umfangen hielt.

„Glückwunsch“, würgte er irgendwie heraus.

Das war also der Grund. Yannik würde bald seine eigene glückliche Familie haben. Nicht, dass er besonders glücklich aussah.

„Danke schön! Wir kommen gerade vom Ultraschall. Und es wird ein Mädchen! Wir sind schon ganz aufgeregt!“ Claudi hängte sich zu allem Überfluss an Yanniks Arm und küsste ihn, aber er hielt den Kopf nur hin, ohne die Zärtlichkeit zu erwidern.

Neo traf auf seinen Blick und Yannik sah weg.

„Am Wochenende werden wir es der Familie verkünden. Ich bin ganz aufgeregt!“, plapperte Claudia weiter.

Gott, warum hörte sie nicht auf?!

„Schön, das freut mich für euch“, sagte er mit einem freudlosen Lächeln. „Ich muss jetzt leider weiter. Alles Gute.“

Er hob kurz die Hand zum Gruß und flüchtete in eine offen stehende Tür nur fünf Meter weiter. Keine Ahnung, was es für ein Geschäft war, Hauptsache, er musste sie nicht länger sehen.

Angestrengt atmend verzog er sich drinnen zwischen zwei Kleiderständer mit Hosen und tat so, als würde er sie genau mustern, obwohl er sie nicht einmal sah.

Claudia war schwanger. Yannik wurde Vater. Das war der Grund gewesen, aus dem er verlassen worden war. Auf einmal war Neo sich ganz sicher. Damit war Yannik für immer für ihn verloren.

„Ich konnte mein Kind nicht im Stich lassen", sagte auf einmal Yanniks dunkle Stimme direkt neben seinem Ohr und Neo fuhr zusammen. Er sah zu dem großen Mann auf, dessen gequältes Gesicht seinem so nah war.

„Du hättest mir zumindest sagen können, was los ist! Du hast mich da einfach stehen lassen!" Neo unterdrückte seine Bitterkeit nicht, obwohl er leise sprach. „Weißt du eigentlich, wie beschissen das ist, zu denken, dass man selbst das Problem ist?"

„Ich … konnte nicht. Ich bin nicht … Ich konnte nicht."

Dieses Gespräch schien Yannik mehr Kraft abzuverlangen, als er hatte.

„Du hättest es mir wenigstens erklären können! Anstatt wegzulaufen und meine Nummer zu blockieren!" Langsam übernahm die Wut das Ruder. Er wollte kein Mitleid haben! Mit Sicherheit hätte es Möglichkeiten gegeben, mit der Situation umzugehen, die keine Hochzeit verlangten. Stattdessen hatte Yannik das zarte Pflänzchen zwischen ihnen ausgerissen.

Er hörte, wie Yanniks Atem sich beschleunigte.

„Ich … musste."

Prüfend sah er sich um. Hatte er Angst, dass Claudia jeden Moment reinkommen könnte?

„Warum bist du dann jetzt zu mir gekommen?“, wollte er wissen. Wenn er ihm nicht mehr sagen wollte als das, hätte er auch mit seiner *Verlobten* weiter seines Weges gehen können. Das hatte er ja sowieso vor.

„Weil … Ich …“

Yannik machte ein frustriertes Geräusch.

„War ein Fehler.“

Damit drehte er sich um und war einen Augenblick später auch schon aus dem Laden hinaus.

Im ersten Reflex wollte Neo ihm nachlaufen, aber es ging nicht. Yannik hatte sich entschieden. Für Claudia. Egal, ob Liebe im Spiel war oder nicht.

Dann tat Neo das Einzige, was ihm gerade einfiel: Er wählte Lunas Nummer.

„Hey, Schatz! Was gibt’s?“, meldete sie sich fröhlich.

„Claudia ist schwanger“, sagte er nur.

Erst herrschte Stille. Dann röhrte Luna in den Hörer: „NEEEEIIIINN!“

„Doch. Sie hat es mir selbst gesagt. Und Yannik stand daneben.“

„NEEEEEIIIN!!“ Diesmal eine Oktave höher.

„Doch. Sie wird es euch am Wochenende groß verkünden.“

„NEEEEIIII …“

„Luna, das hilft mir nicht!“

„Entschuldige. Ich fall nur gerade aus allen Wolken! Was hat Yannik gesagt? Hast du mit ihm sprechen können?“, riss seine Freundin sich wieder zusammen.

„Ich bin erst mal geflüchtet und er ist mir nachgekommen“, erzählte er leise. Er fühlte sich immer noch wie vor den Kopf gestoßen. „Aber er hat nur gesagt, er kann sein Kind nicht im Stich lassen und sonst hat er nur vor sich hin gestammelt.“

„Oh, Neo. Das klingt ja fast schon … Irgendwie ist das doch süß, oder?“ Luna machte ein hilfloses Geräusch. „Wo bist du? Soll ich dich abholen? Gehen wir ein Eis essen?“

„Ich bin mit den Interviews noch nicht fertig … und … ich weiß nicht, was ich denken soll. Wirklich nicht.“

„Was steht denn zur Auswahl? Bist du wenigstens halbwegs okay?“

„Ich fühl mich ziemlich beschissen und trau mich kaum aus dem Laden raus“, gab er zu.

„Bleib, wo du bist, ich hol dich gleich ab! Wir machen die Interviews gemeinsam zu Ende!“, versprach sie kurz entschlossen.

*

Drei Stunden später saß Neo wieder auf seinem Bett. Wie versprochen hatte Luna ihn abgeholt und sich viel Mühe gegeben, um ihn ein wenig aufzumuntern. Mit mäßigem Erfolg.

Die Begegnung mit Yannik hatte die ganze Verzweiflung und den Kummer wieder aufbrechen lassen, wie eine nicht verheilte Wunde.

Wäre es besser gewesen, sie nicht zu sehen und es nicht zu wissen? Vermutlich. Andererseits wusste er nun endlich, wo er stand. Er war ein Fehler gewesen. Den hatte Yannik ja nun offenbar wieder korrigiert.

Er schwankte immer noch zwischen Wut und Trauer.

Gerade als er wieder Yanniks angestrengte Miene vor seinem inneren Auge sah, meldete sich sein Handy.

Knock, knock, Neo.

Das konnte nicht sein Ernst sein! Schlagartig war er auf den Beinen, fest entschlossen, ihn wegzuschicken, wenn er es ehrlich wagte, hier aufzutauchen.

„Warum bist du hier?“, knurrte er in die Gegensprechanlage.

Stille. Dann Yanniks tiefe Stimme.

„Lass mich rein. Bitte."

Obwohl er es besser wissen sollte, drückte er auf den Knopf zum Öffnen.

Sein Herz klopfte heftig. Das war sicher keine gute Idee.

Er brachte nicht sofort den Mut auf, die Tür zu öffnen, auch nicht, als er Yanniks schwere Schritte näher kommen hörte.

Direkt gegenüber der Tür hielten sie an. Dann klopfte es zweimal ganz sanft dagegen.

„Neo?"

Mit zitternden Fingern schloss er schließlich auf und sah sich Yannik gegenüber. Fast wie vor drei Monaten und doch ganz anders.

„Komm rein", meinte er und trat gleich mehrere Schritte zurück.

Doch dieser Sicherheitsabstand hielt Yannik nicht auf. Mit wenigen, schnellen Schritten war er bei ihm und zog Neo kompromisslos in seine Arme. Er machte keinen Versuch, ihn zu küssen oder sonst etwas zu tun. Er hielt ihn einfach fest.

So lange hatte er sich gewünscht, wieder in diesen Armen zu liegen. Für einen Augenblick schien alles in Ordnung zu sein.

Yanniks Atem ging stoßweise, als hätte ihm der Weg bis hierher alles abverlangt. Hatte er vielleicht auch.

„Neo … Ich kann nicht …", presste er heraus, als hätte ihm jemand die Zähne zusammengeklebt.

„Was kannst du nicht?", flüsterte er, obwohl er noch vorher gute Lust gehabt hätte, ihn anzuschreien.

„Widerstehen. Ich kann dir nicht widerstehen."

Der Laut, der nach diesem Geständnis aus Yanniks Brust drang, spottete jeder Beschreibung. Er klang genauso erleichtert wie verzweifelt. Dieser Mann litt mindestens genauso sehr, wie Neo gelitten hatte. Drei Monate lang.

„Warum bist dann bei ihr geblieben? Wir hätten doch eine Lösung gefunden …“

„Und wie sollte die aussehen?“ Auf einmal ließ Yannik ihn los und stützte sich an der Flurwand ab, die Stirn am Putz.

„Ich habe zwei Tage lang über alles nachgedacht. Ich kann mein Kind nicht dafür bestrafen, dass ich seine Mutter nicht liebe. Die Kleine wird darunter leiden, egal wie ich es drehe und wende. Und dabei ist sie die Unschuldige.“

Er schnaufte heftig und Neo merkte, wie angestrengt er schluckte. Weinte er? Oder was …

Aber da verschwand Yannik auch schon durch die Tür ins Badezimmer und Neo hörte, wie er die Toilette aufklappte und sich übergab.

Nachdem die Laute verstummten, öffnete er die Tür und fand Yannik vor dem Klo kniend. Der große Mann atmete erschöpft, zitterte.

Sachte streichelte Neo über seinen Rücken.

„Geht es wieder?“, fragte er.

„Ich kotze jeden Tag. Jeden verdammten Scheißtag, seitdem ich das letzte Mal aus dieser Wohnung rausgegangen bin“, keuchte er sauer.

Sauer auf wen? Neo? Claudia? Sich selbst?

„Scheiße, Yannik …“, murmelte er. „So geht es doch nicht weiter. Ich bin immer noch verdammt sauer und enttäuscht, aber ich kann dich auch nicht leiden sehen.“

Daraufhin machte Yannik nur ein zynisches Geräusch.

„Was schlägst du vor? Meiner Meinung nach hilft nur noch eine Kugel in meinem Kopf.“

„Du redest Blödsinn, weißt du das? Du brauchst erstens ’nen Termin beim Gastrologen oder welcher Arzt auch immer deinen Magen untersucht, und zweitens brauchst du ’ne Hühnerbrühe. Und wehe du widersprichst mir jetzt.“

„Okay …“, machte Yannik nur mit dem dünnen Versuch eines Lächelns und ließ sich von Neo auf die Beine helfen. Er stützte sich schwer auf Neos Schultern, als er ihn ins Wohnzimmer zu seinem Zweisitzer brachte.

Neo stellte eine Flasche Wasser und ein Glas auf den Beistelltisch.

„Bin gleich wieder da“, meinte er.

Leider hatte Neo keine selbst gekochte Brühe im Haus, aber etwas Pulver musste in dem Fall reichen. Dazu warf er noch ein paar dünne Nudeln in den Topf. Das sollte Yanniks Magen zumindest etwas beruhigen und ihm guttun.

Wie konnte er nur immer noch an dieser Entscheidung festhalten, wenn es ihm dadurch sogar körperlich schlecht ging? Wenn er nicht mit Neo zusammen sein wollte, dann wäre es so, aber bei Claudia zu bleiben, war doch Wahnsinn!

„Tut mir leid“, sagte Yannik in dem Moment und es hätte nicht besser zu Neos Gedanken passen können.

„Was tut dir leid?“, fragte er trotzdem beschäftigt, während er im Topf rührte.

„Dass ich dich blockiert habe. Aber ich wusste, ich könnte das nicht durchziehen, wenn du noch eine Option dargestellt hättest.“

Neo wollte sich eben umwenden und ihn anschnauzen, aber Yannik hob schon sacht abwehrend die Hand.

„Ich weiß, wie das klingt. Aber du musstest aus meinem Kopf raus. Und anders hätte ich das nicht geschafft. Verzeih mir.“

„Yannik …“, murmelte er. „Was soll ich dazu jetzt sagen? Ich muss deine Entscheidung akzeptieren, ob ich will oder nicht, das weiß ich. Aber kann es wirklich richtig sein, wenn du leidest? Wir beide?“

Yannik stöhnte gebeutelt.

„Ich kann Claudia nicht sitzen lassen. Sie ist von mir schwanger! Ich habe dieses Kind gemacht! Du hast keine Vorstellung, was in meiner Familie los wäre, wenn … Was in meinem Kopf los wäre …“

„Es gäbe auch Wege, sie zu unterstützen, selbst wenn ihr nicht mehr zusammen wärt“, sagte Neo ein bisschen heftiger als vorher. „Ja, vielleicht hast du dieses Kind gemacht, das heißt aber nicht, dass du gleich losrennen und sie heiraten musst! Es hat mir das Herz rausgerissen, verstehst du das? Und es nicht mal von dir selbst zu erfahren …“

„Das verstehe ich.“

Yanniks Stimme war leise, aber auf einmal genau neben Neo, der eben Suppe in eine Schüssel füllte und jetzt zusammenzuckte.

„Und es tut mir unendlich leid.“

Ganz vorsichtig legte Yannik die Arme von hinten um seinen Bauch.

Unwillkürlich musste er seufzen. Es fühlte sich unendlich gut an und Schmetterlinge, die er tot geglaubt hatte, flatterten vorsichtig.

„Was jetzt?“, fragte er und wusste nicht, ob er die Frage sich oder Yannik stellte.

„Ich weiß es nicht.“

Auch Yannik seufzte.

„Ich kann nicht ohne dich. Ich will nicht ohne dich.“

„Aber ich werd nicht deine kleine schmutzige Affäre neben Claudia sein“, stellte er klar und drehte sich in Yanniks Armen um. „Das kann ich nicht.“

„Dann … Dann müssen wir wohl … ähm … Freunde sein.“

Yannik lächelte vorsichtig und suchte in Neos Augen nach einer Antwort. Der hoffnungsvolle Ausdruck in seinem Gesicht war allerliebst.

„Und glaubst du, das geht auch nur für eine halbe Stunde gut?“

„Ich würde es gerne zumindest eine halbe Stunde lang versuchen.“

Spitzbübisch grinste er und senkte schon den Kopf zu Neos Lippen, dann riss er sich zusammen und räusperte sich.

„Wenn ich die Wahl habe, dich nur als Freund in meinem Leben zu haben oder andererseits gar nicht, dann weiß ich, wofür ich mich entscheide. Ohne dich habe ich versucht. Funktioniert nicht.“

Wieder seufzte Neo. Das würde vermutlich die reinste Qual werden. Aber er konnte im Moment auch nicht Nein sagen.

„Setz dich wieder rüber, ich bring dir die Suppe. Hast du überhaupt normal gegessen?“ Erst jetzt fiel ihm auf, dass die Hose, die Yannik trug, etwas um ihn herumschlackerte.

„Ich hab einen Großteil meiner Zeit im Bastelkeller verbracht. Da bin ich allein.“

Yannik wirkte verlegen, als er die Hände von Neos Hüften zog.

„Immerhin sind drei Wiegen fertig geworden.“

„Drei? Du lieber Himmel, wie viele Schwangere kennst du denn? Wie … wie geht es Jack? Sie ist jetzt im sechsten Monat, oder?“

Yannik wollte, dass sie Freunde waren, also würden sie über Freunde-Themen sprechen.

Grinsend ließ Yannik sich auf die Couch fallen.

„Ich hab gepokert. Ich war mir sicher, Luna kommt schwanger aus den Flitterwochen zurück. Deshalb hab ich die Wiege schon mal fertig gemacht.“

Er gluckste, während sie ins Wohnzimmer hinüber gingen.

„Und ja, Jack wird langsam ungenießbar. Lebensgefahr besteht allerdings erst ab dem achten Monat."

„Sie hat es dir gesagt, das mit Claudia, oder?"

Neo stellte die Schale auf dem Beistelltisch ab. Er musste es jetzt wissen. Dass wirklich das der Grund gewesen war. Gleichzeitig überlegte er, ob jetzt, wo keine sexuelle Spannung zwischen ihnen herrschte, der richtige Zeitpunkt für das Outing war.

„Jack? Ja", antwortete Yannik mit dunklem Blick. „Claudia hat ihr ein Foto vom Schwangerschaftstest geschickt mit dem Hinweis, dass unsere Kinder wohl bald zusammen spielen können. Sie hat mich warnen wollen. Damit ich nicht in irgendwas reinstolpere. Als ich Claudi daraufhin den Antrag gemacht habe, hat sie mich verprügelt."

„Du hättest bleiben sollen, Yannik", sagte Neo leise, dann riss er sich zusammen und zwang sich zu einem Lächeln. „Iss jetzt. Und morgen machst du den Arzttermin. So viel übergeben kann für die Speiseröhre und für den Magen echt nicht gesund sein. Versprichst du mir das?"

„Ich konnte nicht bleiben", erwiderte Yannik und Neo entging nicht, dass er seine Ermahnungen unter den Tisch fallen ließ. „Mir sind alle Sicherungen durchgebrannt. Es war nicht möglich."

Er wollte nicht weiter darüber diskutieren, dass Reden einfacher gewesen wäre. Das machte nichts besser und nichts ungeschehen.

„Ich frag dich morgen übrigens nach dem Arzttermin", meinte er und versuchte, einen etwas scherzhaften Ton zu finden.

Das entlockte Yannik ein Grinsen. Selten genug.

„Und wenn ich keinen habe? Was machst du dann? Kommst du vorbei und …" Er unterbrach sich, da er anscheinend etwas Anzügliches auf der Zunge gehabt hatte. „… und schimpfst mich?“

„Da kannst du deinen Arsch drauf verwetten“, erwiderte er trocken. Das „schönen“ sparte er sich.

In Yanniks Augen tanzte der Schalk, aber er erwiderte nichts darauf.

Stattdessen streckte er die Hand aus und bat: „Kommst du her?“

Neo nickte leicht. Nur ganz sachte drückte er die Hand, bevor er sich neben Yannik fallen ließ. Sein Sofa war zu klein, um sich nicht beim Sitzen zu berühren. Himmel und Hölle gleichermaßen.

„Wie lief es bei dir? Ich erinnere mich nicht daran, schon das Ende vom Wald zu kennen.“

Yannik sah ihn neugierig an, wobei er begann, die Suppe zu löffeln.

„Na ja, da hat sich nicht viel getan. Ich war immer mal wieder am Bunker, aber ich hab nie was entdeckt. Und da ich nicht der Typ bin, der irgendwo einbricht, sollte ich das wohl als Spur ins Nichts abhaken.“

Großartig Elan hatte er sowieso nicht gehabt, Hiller weiter irgendetwas nachweisen zu wollen. Seine normale Arbeit hatte ihn genug beansprucht.

„Was soll denn in dem Bunker sein?“, hakte Yannik neugierig nach, während er Suppe schlürfte.

„Das ist es ja.“ Neo seufzte. „Ich weiß es nicht. Nur dass da der Hinweis auf illegale Geschäfte meines Verdächtigen ist. Es könnte alles sein – oder eben auch nichts.“ Vielleicht war es auch egal.

Für einen Moment verstummte Yannik nachdenklich.

Als Nächstes sagte er trocken: „Ich habe viel Werkzeug.“

Das brachte Neo zum ersten Mal seit Wochen ehrlich zum Lachen.

„Ich glaube nicht, dass das eine gute Idee ist.“

„Ich knack dir ein Halbzylinderschloss in … sagen wir … zwanzig Sekunden. Merkt niemand, solange innen keiner auf uns wartet."

„Das Problem wäre eher, dass wir nicht wissen, wie die Sicherheitsvorkehrungen sonst sind. Es waren zwar keine Kameras zu sehen, nicht mal Wildkameras, das heißt aber nicht, dass sie nicht da sind."

„Ist dir eigentlich klar, in welcher Branche ich arbeite?" Yanniks Laune schien sich plötzlich um zweihundert Prozent zu heben. „Ich kenne mindestens fünf Leute, die jede Kamera im Umkreis von einem Kilometer um den Bunker für dich auftreiben, ohne auch nur ihren Schreibtisch zu verlassen."

„Das ist wirklich lieb, aber ich fürchte, das wäre auch so verdammt illegal wie die Machenschaften, die dort vielleicht laufen." Neo schüttelte den Kopf. „Ich bin nicht *so* ein Journalist. Es soll sauber ablaufen."

„Hm", machte Yannik unzufrieden. „Wenn du Hilfe brauchst, gib mir Bescheid. Ich bin lieber bei dir, wenn du was potenziell Gefährliches machst."

„Ich pass schon auf mich auf. Hier geht es nicht gerade zu wie im Tatort." Er grinste. „Wie ist die Suppe? Fühlst du dich besser?"

„Viel besser, danke."

Mit einer fließenden Bewegung stellte Yannik die fast leere Schüssel auf den Beistelltisch zurück.

„Jetzt fehlt mir eigentlich nur noch eins."

Damit schlang er die Arme um Neos Hüften und zog ihn, wie vor drei Monaten, rittlings auf seinen Schoß.

Das Gefühl von damals war im gleichen Moment wieder da. Die Ruhe. Die Nähe. Ihre Blicke, die sich trafen.

War das nur Freundschaft? Natürlich nicht. Aber noch konnte er sich nicht dagegen wehren.

Im ersten Moment spürte Neo, wie sich Yanniks Atem beschleunigte, doch er gab dem Verlangen offensichtlich nicht nach. Stattdessen drückte er sanft Neos Kopf auf seine breite Brust und legte die Arme danach liebevoll um ihn. Züchtig, ohne eine verräterische Berührung.

„Das, Neo. Nur das.“

Gerade war ihm nicht klar, ob ihn das beruhigte. Es war ja nicht so, dass er Yannik nicht ebenso begehrte. Ob das auf Dauer gut gehen konnte?

Seufzend saugte er den Duft ein, genoss die Wärme.

Ein sanfter Kuss in sein Haar und dann lange Stille.

Vertraute Stille. Heimelige Stille.

„Dir liegt ja wirklich was daran, dich zusammenzureißen“, stellte Neo irgendwann fest und hob den Kopf. Er traf auf Yanniks Lächeln, das ihn fast umhaute. Der Drang, ihn zu küssen, wurde auf einmal wieder fast übermächtig. Aber Yannik bewegte sich kein Stück.

„Mir liegt eine Menge an dir. Genug, um das hinzukriegen.“

Kapitel 14

Yannik

„Yanni? Ich fahr los!“

Es war kaum vorstellbar, wie sehr Yannik sich zusammenreißen musste, um diesen affigen Spitznamen noch zu ertragen.

Wer zur Hölle sagte zu jemandem Yanni, der Yannik hieß?! Er fühlte sich da immer wie der Bruder der Zwillinge Hanni und Nanni. Hanni, Nanni und Yanni.

Er verdrehte die Augen, erhob sich aber trotzdem von der Skizze, über der er seit einer Weile brütete.

„In Ordnung“, gab er zurück, während er durch das Wohnzimmer in den Flur ging.

Claudi stand ausgehfertig an der Tür und strahlte ihn an.

„Bis nachher, Schatz, warte nicht auf mich. Es kann ein bisschen dauern, bis ich etwas Passendes gefunden habe“, sagte sie und gab ihm einen Kuss. Wie immer blieben Yanniks Lippen fest geschlossen. Er hatte seit ihrer Verlobung auch nicht mehr mit ihr geschlafen. Es ging einfach nicht. Manchmal verwöhnte er sie mit der Hand oder dem Mund, aber mehr ging nicht. Nicht ohne dass er sich vorkam, als würde er sich selbst verraten. Sich und Neo.

Er musste lächeln, als er an ihn dachte. Keine Ahnung, wie lange sie am vergangenen Abend gekuschelt hatten. Es mochten ein oder zwei Stunden gewesen sein. Und Yannik war stolz auf sich, dass er das durchgehalten hatte. Obwohl er nicht daran geglaubt hatte. Aber alles war besser, als wieder ohne ihn zu sein.

In den vergangenen drei Monaten hatte er unzählige Male vor seiner Haustür gestanden. Hatte in der

Straße geparkt und nur darauf gewartet, ihn zu sehen, um einen Anlass zu finden, ihn anzusprechen. Aber Neo war nie aufgetaucht und Yannik wieder gefahren. Zum Klingeln hatte sein Mut nicht gereicht.

Er war ein Feigling, das war ihm immerhin klar geworden. Nicht nur ein Loser, sondern auch ein Feigling.

Diese Ehe mit Claudia würde er nur eingehen, weil er nicht die Eier hatte, sich von ihr zu trennen. Er schob es auf das Kind, auf die Verantwortung. Aber eigentlich war es nur fehlender Mut.

Ein Wunder, dass er es gestern überhaupt zu Neo geschafft hatte.

„Und wenn ich zurückkomme, steht unserer Trauung nichts mehr im Wege", flötete Claudia noch, ehe sie die Tür aufzog und hinausging. Um ihr Hochzeitskleid zu kaufen. Mit all ihren Freundinnen. Hochzeitskleid. Hochzeits …

Yannik wurde sofort wieder übel.

Er hielt noch aus, bis die Tür ins Schloss gefallen war, dann rannte er hinüber zum Badezimmer.

Da kam ihm Neos besorgter Blick wieder in den Sinn und seine noch malige Ermahnung beim Abschied, deswegen zum Arzt zu gehen. Irgendwie drängte er so die Übelkeit etwas zurück.

Neo. Das war doch die Lösung!

Keuchend und inzwischen vor der Schüssel kniend zog er sein Handy hervor und tippte auf die kleine Kamera neben Neos Namen im Messenger. Ein schwarzer Bildschirm baute sich auf, während er versuchte, den Drang, sich zu übergeben, im Zaum zu halten.

Schon nach zweimal Klingeln ging er ran.

„Yannik? Ist alles in Ordnung?"

Sein besorgtes Gesicht zu sehen, die blauen ehrlichen Augen, erleichterte Yannik augenblicklich.

„Erzähl mir was. Schnell. Irgendwas!", brachte er schwer schluckend hervor, weil die Galle schon herauf drängte. In dem kleinen Fenster oben rechts konnte er sehen, wie blass er war.

„Ähm, okay …“ Für einen Moment lang wirkte Neo irritiert, dann legte er los: „Ich musste heute doch tatsächlich einen Bericht über den Kaninchenzüchterverein schreiben. Ist das zu glauben? Eines der Kaninchen hat einen Preis gewonnen.“ Neo grinste jetzt. „Das Tier sah aus wie jedes andere. Ich hab erst mal das Falsche fotografiert.“

Das hatte gesessen.

Yannik platzte auf einmal so mit dem Lachen heraus, dass ihm das Telefon aus der Hand fiel. Zum Glück nicht ins Klo, sondern nur auf den Boden. Schnell hob er es auf und lehnte den Rücken bequemer an die Badewanne, während er versuchte, sich zu beruhigen.

„Komischerweise fand der Vorsitzende das gar nicht sooo komisch. Ich glaube, da sollte ich mich nicht so schnell wieder blicken lassen.“

„Erzähl mir mehr über den Hasen. Bitte, Neo!“

Ungläubig wischte er sich die Lachtränen aus den Augen. Er konnte immer noch nicht aufhören zu kichern. Schnappte er jetzt langsam über, oder was?

„Ach, der Hase war tatsächlich nicht besonders interessant. Als ich endlich den Richtigen vor der Linse hatte, musste der natürlich erst mal abkötteln. Ich glaube, das war seine Rache dafür, dass ich ihn als Preisträger nicht erkannt habe.“

Die deutlich amüsierte Stimme klang so warm und tröstlich. Wie hatte er es so lange ausgehalten, nicht mit ihm zu sprechen?

„Was für eine Beleidigung, ich versteh den Hasen“, antwortete er mit einem ganz warmen Gefühl im Bauch. Die Übelkeit war vergangen. Seine Beine fühlten sich auch nicht mehr wie Pudding an, sodass er es wagte, aufzustehen.

„Trotzdem … so ordinär hätte die Reaktion darauf aber auch nicht ausfallen müssen.“

Der süße Schmollmund jagte einen Schauer über seinen Rücken. Ein Glück, dass sie nur über Handy verbunden waren. Das hätte seine Beherrschung doch ins Wanken gebracht.

Yannik fehlten augenblicklich die Worte, um darauf zu antworten. Stattdessen lächelte er und ging ins Wohnzimmer hinüber.

„Sieh mal, womit ich heute Morgen angefangen habe."

Er drehte das Handy, damit die Kamera auf die Skizze zeigte.

Wahrscheinlich kannte Neo sich mit technischen Zeichnungen nicht so aus, deshalb schob er nach: „Erkennst du das? Das ist dein Wohn-Schlafzimmer."

„Was hast du denn damit vor? Ich hab kein Geld, alles neu einzurichten, das weißt du doch." Neo schüttelte den Kopf.

„Wer spricht hier denn von Geld? Deine Sardinenbüchse ist so eng, da müssen wir den Platz optimaler nutzen. Ich hab mir ein paar Videos von chinesischen Möbelfaltsystemen angesehen und schon ein paar gute Ideen. Wenn ich fertig bin, kannst du dir ein Geheimlabor aus dem Schrank falten."

Es hatte Spaß gemacht, sich damit zu beschäftigen, und dass es mit Neo zu tun gehabt hatte, war natürlich auch nicht unwesentlich. Es beruhigte ihn, an den Rotschopf zu denken. Beinahe angsteinflößend, wenn es nicht auch so schön gewesen wäre.

„Klingt ja nach einem interessanten Projekt. Aber ich brauch gar kein Geheimlabor."

Neo kicherte. Ein Geräusch, das Yannik bisher auch noch nicht gehört hatte.

„Dann eben meinetwegen ein Wald mit Bunker. Oder ein Gästebett, wenn du es ganz langweilig haben willst." Im Scherz verdrehte Yannik die Augen.

Er musste aufpassen, dass er wegen des Kerls nicht noch zur Plaudertasche wurde. Völlig gelöst fühlte er sich auf einmal. Warum hatte er das in den letzten drei Monaten nur aufgegeben?!

„Ich überlege mir was. Aber ich hab dem Plan noch nicht zugestimmt, das mal fürs Protokoll“, meinte Neo schmunzelnd. „Zum Glück hast du jetzt wieder Farbe im Gesicht. So gefällst du mir schon besser.“

„Dein Verdienst. Danke, Neo.“ Yannik lächelte. „Ich brauche keine Zustimmung, ich mach das sowieso.“

„Verrückter Kerl. Wo findest du denn die Zeit neben der Arbeit?“

„Das ist mein Hobby. Dafür nehme ich mir die Zeit. Übrigens habe ich immer noch keinen Arzttermin. Wann willst du hier sein, um mich zu schimpfen?“

Es dauerte ein paar Momente, bis er eine Antwort bekam, weil Neo irgendwas auf dem Handy tippte.

„Das Navi sagt 13 Minuten und 45 Sekunden.“

„Ich stell die Stoppuhr.“ Yannik grinste breit.

Ob Neo wirklich kommen würde? Hatte er tatsächlich das Glück, ihn in knapp vierzehn Minuten zu sehen?

Auf jeden Fall hatte Neo sich schon in Bewegung gesetzt.

„Kommt auf die Parkplatzsituation an, ob ich das schaffe.“

„Vor dem Haus ist ein Carport. Der rechte Parkplatz. Ich warte hier.“

„Bin gleich da.“ Dann legte Neo auf.

Mit wild klopfendem Herzen stand Yannik vor der Skizze.

Neo kam wirklich her! Was machte er denn jetzt?

Sich beruhigen wäre ein Anfang.

Aber das konnte er nicht. Deshalb lief er los und sammelte dreckiges Geschirr in der ganzen Wohnung ein. Danach Claudias Klamotten. Alles, was von ihr herumlag, verstaute er kurzerhand in ihrem riesigen

Schrank. Er wollte nicht, dass Neo durch irgendetwas an sie erinnert wurde.

Selbst die zwei Urlaubsfotos von ihnen gemeinsam, die Claudia bei ihrem Einzug vor zwei Monaten auf der schwarzen Kommode deponiert hatte, ließ er in der Schublade verschwinden. Prüfend blickte er sich noch um, ob er etwas übersehen hatte, da piepte seine Stoppuhr. Einen Moment später klingelte es an der Tür. Er drückte den Summer für die Haustür und wartete ungeduldig, bis sein Gast die Treppen hinter sich gebracht hatte.

„Hi."

Neo lächelte ihn an und er sah umwerfend aus. Absolut umwerfend, dabei hatte er nur ein hellblau-weiß gestreiftes Poloshirt und eine seiner Jeans an.

„Hey", machte Yannik mit trockenem Mund und trat zur Seite, um ihn einzulassen. Als er an ihm vorbeiging, beugte er sich zu ihm und hauchte ihm einen Kuss auf die Wange.

„Entschuldige!", sagte Yannik schnell, weil er völlig gedankenlos gehandelt hatte. „Ich hoffe, du gehst deshalb nicht sofort wieder."

„Ich schätze, das ist okay."

Dann spürte auch er einen Kuss auf seiner Wange. Das rote Barthaar kratzte leicht über seine Haut. Das Gefühl war unbeschreiblich schön.

Trotzdem räusperte er sich jetzt und trat einen Schritt zurück, um Neo den Weg durch den Flur nach rechts ins Wohnzimmer zu weisen. Mit einem Lächeln ging der hübsche Kerl ihm voran und blieb dann staunend in dem offenen Durchgang stehen. Er hatte die Fensterfront hinter der Couch entdeckt.

Yannik trat an seine Seite und lächelte über den für ihn so gewöhnlichen Blick über die Altstadt.

„Ich möchte nicht wissen, was du hier an Miete zahlst … oder gehört die Wohnung dir?"

„Gehört mir. Gesponsert von Daddy. Aber ich hab einen guten Batzen schon zurückgezahlt."

„Das Unternehmen läuft gut, oder? Macht dir Personenschutz Spaß?"

Dazu konnte Yannik nur die Schultern zucken.

„Ich bin gut darin. Aber Spaß hab ich hauptsächlich im Keller." Er hörte selbst, wie das klang, bevor das breite Grinsen auf Neos Lippen erschien.

„Ich dachte mir schon selbst, dass du wohl zum Lachen in den Keller gehst." Neo boxte ihm leicht gegen die Brust.

„Sei nicht so frech." Yannik grinste und legte ihm den Arm um die Schulter, um ihn mit sich ins Wohnzimmer zu ziehen. Doch anstatt zu der schwarzen Ledercouch ging Neo zum Esstisch, auf dem noch die Skizze lag.

„Ich kann nicht glauben, dass du so was bauen kannst … Ich hab zwei linke Hände."

„Du kannst dafür schreiben. Da ist bei mir Hopfen und Malz verloren. Willst du mal die Werkstatt sehen? Da unten hab ich massig Holz. Vielleicht willst du dir welches aussuchen."

Hoffnungsvoll blickte Yannik Neo an. Er wollte, dass er seinen liebsten Ort kennenlernte. Bisher hatten nur wenige seine Werkstatt betreten dürfen.

„Warum nicht? Wenn du Zeit für 'ne Führung hast?"

„Für dich immer."

Yannik griff nach seiner Hand, um ihn mit sich zu nehmen, und Neo zog sie nicht zurück. Mit einem leichten Lächeln auf den Lippen führte er Neo wieder zur Wohnungstür.

Sie verließen das Obergeschoss und Yannik legte ein ordentliches Tempo an den Tag, weil er so aufgeregt war, Neo alles zu zeigen. Als er es bemerkte, bremste er sofort ab, sodass Neo beinahe auf der Treppe gegen ihn prallte.

„Entschuldige. Ich führ mich auf wie ein ungeduldiger Teenie."

Doch Neos Lächeln daraufhin war betörend.

„Das ist okay. Ich mag den Teenie-Yannik."

Verlegen wandte Yannik sich ab und verfolgte den Weg in den Keller weiter.

Sie betraten das modern gestaltete, saubere Untergeschoss und Yannik öffnete die Tür zu seiner Werkstatt mit einem Fingerabdrucksensor. Stolz ließ er Neo zuerst hineingehen, während er das Licht anschaltete.

Der Raum war riesig, genauso groß wie seine Wohnküche fünf Stockwerke über ihnen. An den Wänden entlang zogen sich helle, aufgeräumte Werkbänke. Auch in der Mitte des Raumes befand sich eine Werkinsel. An der linken Seite des Raumes standen ordentlich aufgereiht und nach Sorten geordnet Hunderte von Brettern.

Staunend drehte Neo sich einmal im Kreis.

„Das ist wohl nicht nur ein Hobby", meinte er dann, „sondern eine Leidenschaft."

Seine Augen blitzten und er lächelte wieder so unwiderstehlich. Bis er Neo gekannt hatte, hatte Yannik nie darüber nachgedacht, wie er es fand, wenn jemand lächelte. Man lächelte, oder eben nicht. Ob es schön war, war im Grunde egal gewesen. Doch bei Neo war es anders. In seinen Gesichtsausdrücken gab es so viele Nuancen, die ihm vorher nie bewusst bei jemandem aufgefallen waren.

Stolz und gleichzeitig wie magisch von ihm angezogen, trat Yannik neben ihn.

„Vielleicht ein bisschen."

„In dir steckt so viel mehr, als du andere sehen lässt … Kennt dich überhaupt jemand richtig?"

„Das ist mir eigentlich völlig egal. Solange …"

Yannik stockte. Wirklich? Wollte er so etwas Schnulziges jetzt sagen? Das sah ihm gar nicht ähnlich.

„Ja?“ Dieses Lächeln würde ihn irgendwann umbringen.

„Solange es dich interessiert“, überwand er sich schließlich doch.

Am liebsten hätte er ihn wieder in seine Arme gezogen. Und geküsst. Lange geküsst.

Aber er hatte ihm etwas versprochen, deshalb tat er nichts davon, sondern behielt seine Hände bei sich.

„Du bist süß, Yannik.“ Unvermittelt lehnte Neo den Kopf gegen seine Schulter.

Es war schön, ihn wieder so nah bei sich zu haben. Yannik senkte den Kopf, um ihm einen Kuss ins Haar zu drücken, das schon wieder so gut roch. Bevor er allerdings mehr tun würde, räusperte er sich und schob Neo mit beiden Händen übertrieben von sich.

„Halt mal Abstand. Sonst werden die Verfehlungen wieder mir angelastet“, scherzte er dabei.

„Was ist, wenn …“ Neo strich mit der Hand über Yanniks Hemdkragen. „… ich aber gar keinen Abstand halten will?“

Eine Gänsehaut rann über Yanniks Rücken und er hatte Mühe, sich auf sein Versprechen zu fokussieren. Aber galt das überhaupt noch, wenn Neo den Anfang machte?

Sein Atem ging schwerer und er legte vorsichtig seine Arme um Neos Mitte. Ganz züchtig, damit niemand hier etwas falsch verstehen konnte. Immerhin wollte er nicht, dass Neo gleich wieder ging.

Er konnte nicht mal auf seine Frage antworten, so sehr nahmen ihn die Augen und das leichte Lächeln schon wieder gefangen.

„Ich weiß, dass es falsch ist … und dass ich gestern noch was anderes gesagt habe … Aber vielleicht … küssen? Küssen, aber nicht mehr?“

Von einem Moment auf den anderen klopfte Yanniks Herz so schnell, dass ihm beinahe schwindelig wurde.

Erwartete Neo darauf eine Antwort? Oder konnte er …

Er konnte, beschloss er, weil er musste. Er musste ihn sofort küssen und an sich spüren!

Ohne Atem für eine Antwort zu verschwenden, hob er Neo hoch, setzte ihn auf der Werkbank ab und küsste ihn stürmisch.

Neos Arme lagen gleich um seinen Nacken und sein Mund öffnete sich sofort für ihn.

Drei verdammt lange Monate hatte er auf diesen Geschmack verzichtet. Jetzt fühlte er sich dafür wie im Rausch.

Er stieß mit seiner Zunge so weit in seinen Mund vor, wie er ihn ließ, spielte mit seiner Zunge, sog jedes Quäntchen Zuneigung in sich auf, das Neo ihm zuteilwerden ließ. Ihm entfuhr ein hilfloses Stöhnen, weil er gern mehr getan hätte. Er hätte ihn jetzt am liebsten …

Der Gedanke, wie er Neo die Klamotten vom Körper riss und dann die Lippen um seinen Ständer schloss, war neu. Woher kam das auf einmal? Hatte er seine Angst vor einem fremden Penis in dem Moment verloren, in dem er sich damit abgefunden hatte, in einen Mann verliebt zu sein? Aber so war es jetzt: Er wollte Neos Erektion kosten und berühren!

Und hätte Neo seine Grenzen vorher nicht so klar abgesteckt, hätte Yannik sich jetzt vielleicht dazu hinreißen lassen, es zu probieren …

Doch hätte er einmal angefangen, hätte er sich ganz bestimmt nicht mehr bremsen können. Er konnte es ja noch nicht einmal jetzt. Von einem unschuldigen, einfachen Kuss war das hier sehr weit entfernt.

„Gott, Neo …“, ächzte er hingerissen.

Um nicht völlig den Verstand zu verlieren, nahm er sich ein wenig zurück. Seine Küsse wurden sanfter und er liebkoste zärtlich Neos Lippen. Biss sanft in seine Unterlippe, leckte genussvoll darüber, streichelte sie mit seinen eigenen.

Auch Neo entkam nun hin und wieder ein leichtes Seufzen. Er genoss ganz offensichtlich die Liebkosungen genauso sehr wie Yannik.

Wie sollte das nur je genug sein?

„Neo … Du … du musst dir noch Holz aussuchen.“

Sie mussten damit aufhören! Vielleicht konnte Yannik es gerade eben noch aushalten, aber seine Selbstbeherrschung schwand. Noch ein oder zwei Minuten davon und dann wäre Neo nackt. Sein Ständer verlangte es bereits hartnäckig und noch konnte er sich dagegen wehren. Wenn auch nicht mehr lange.

„Okay“, murmelte sein Gegenüber mit verklärtem Blick und geröteten Wangen. „Was …“ Er leckte sich über die Lippen. „Was wäre denn geeignet?“

Warum tat er das? Allein der Anblick seiner Zunge …

„Mach das nicht mit mir“, ächzte Yannik und küsste ihn nun doch wieder.

Es war zu spät, es war um ihn geschehen. Er zerrte Neo an sich und schon waren seine Hände unter dem Poloshirt.

„Yannik!“, keuchte Neo leise und es hörte sich absolut nicht so an, als wollte er ihn stoppen. Dabei musste er das doch. Wenigstens Neo musste doch vernünftig sein.

Andererseits …

Yannik nahm jetzt dankbar, was Neo ihm geben wollte, und begann, seinen Hals zu küssen. Mit beiden Händen suchte er unter dem Shirt nach seinen Brustwarzen, um sie zwischen die Fingerspitzen zu nehmen und sie zu necken, bis sie ganz hart wurden.

Es war neu und ungewohnt, einen Männerkörper zu berühren. Aufregend. Aber an Neo war sowieso *alles* aufregend.

Neo stöhnte entzückt und schien willig, alles mit sich geschehen lassen zu wollen.

Sollte er es wagen? Konnte er Neo hier in seiner Werkstatt verführen?

Für einen Moment ließ er von dem schlanken Hals ab und suchte Neos Blick.

„Neo … Willst du … Willst du Sex?“

Dessen Blick wurde mit einem Mal wieder klarer und darin lag Unsicherheit.

„Ich … ich würde jetzt gerne Ja sagen, Yannik, aber …“

„Ich hab ’ne Freundin, ich versteh schon.“

Seufzend trat Yannik einen Schritt zurück.

„Entschuldige. Ich wollte dich nicht bedrängen.“

„Das ist es nicht, Yannik … Zumindest nicht nur …“ Neo rutschte von der Werkbank und nahm seine Hand.

Erstaunt blickte Yannik ihn an. Neo schien etwas auf dem Herzen zu liegen und er würde sich seine Sorgen anhören.

Deshalb fragte er sacht: „Sondern?“

„Ich … ich will nicht, dass irgendwas unter falschen Voraussetzungen passiert zwischen uns, okay?“ Neo holte tief Luft und schien sehr nervös. Was konnte jetzt kommen? „Ich bin …“ Wieder Luftholen. „Ich bin ein trans Mann, Yannik.“

Im ersten Moment wollte Yannik die Schultern zucken, bis sein Hirn die Information richtig zu verarbeiten begann.

Trans Mann. Er war nicht so firm in diesen ganzen Sachen, er hatte nie Kontakt mit dieser Szene gehabt.

„Was heißt das?“, fragte er deshalb, ehe er noch irgendetwas falsch verstand. „Ich meine, ich kenne mich nicht aus …“

Verlegen drückte er Neos Hand.

„Das heißt, dass ich biologisch als Frau zur Welt gekommen bin. Mit einer Hormontherapie hat sich mein Körper verändert. Ich hab mir auch die Brüste entfernen lassen.“

Ganz neutral erzählte Neo das, als wäre es nicht sein ganzes Selbst, das er hier offenlegte.

Erstaunt musterte Yannik ihn. Neo eine Frau? Kaum vorstellbar.

Er widerstand dem Drang nicht, die Hand zu heben und über sein bärtiges Kinn zu streicheln.

„Ich … ich fürchte, ich bin ein bisschen langsam“, sagte er dann, weil ihm eine wichtige Information fehlte. Erwartete ihn in Neos Hose denn nun ein Penis oder nicht?

Das war oberflächlich, das merkte er selbst. Neo sah ihn noch immer so nervös an und er stand da, starrte und hatte nur Penisse im Kopf!

Was war er für ein Esel!

Deshalb umfasste er jetzt sein Gesicht sanft mit beiden Händen und meinte: „Das ändert nichts daran, wer du bist. Und auch nicht, was ich für dich empfinde.“

„Bist … bist du dir sicher?“ Neos Stimme zitterte. Heftig. Es musste ihn so viel gekostet haben, ihm das zu erzählen. Wie oft hatte er wohl schon Ablehnung zu spüren bekommen?

„Ich könnte mir nicht sicherer sein.“

Er sagte das mit seiner noch tieferen, ernsten Stimme und einem bestimmten Blick in Neos schöne Augen.

„Du bist meine Rettung, Neo. Nicht mehr und nicht weniger.“

An der Hand zog er ihn zu sich, damit er ihn in die Arme schließen konnte.

Neo schmiegte sich ganz fest an ihn, noch immer bebend.

Sachte streichelte er über seinen Rücken, so lange, bis der Mann in seinen Armen ruhiger wurde.

Gedankenverloren küsste er Neos Scheitel. Es nahm ihn mit, ihn so verletzlich und aufgewühlt zu sehen. Immerhin konnte er ihn trösten. Vielleicht auch aufheitern?

„Willst du jetzt Sex?“, fragte er, woraufhin Neo fassungslos zu ihm aufsah. Doch Yannik zwinkerte ihm amüsiert zu, sodass er leise lachte.

„Idiot“, murmelte er sanft. „Offenbar macht der Keller dich wirklich zum Spaßvogel.“

„Vergib mir.“

Vorsichtig beugte Yannik sich zu ihm, um ihm einen Kuss aufzudrücken.

„Danke, dass … dass du mir das erzählt hast. Sind … ähm … sind wir jetzt doch mehr als Freunde?“

„So ungern ich das zugebe, aber ja.“ Jetzt lachte Neo hilflos. „Aber es kann nicht ewig so bleiben.“

Seufzend drückte Yannik sein Gesicht in Neos Halsbeuge.

„Ich weiß keinen Ausweg, Neo.“

„Wir müssen einen finden, wenn das hier was werden soll. Wir müssen einfach.“

Für einen Moment verharrte Yannik noch in der Dunkelheit in seinem herben Duft. Dann tauchte er wieder auf. Er konnte sich nicht für immer bei Neo verstecken, wo er sich so sicher fühlte.

„Komm, wir gehen nach oben. Vielleicht trinken wir ein Bier zusammen.“

*

„Yanni! Ich hab deinen Vater in der Innenstadt getroffen und weißt du, was er gesagt hat, als er mein Kleid gesehen hat? Dass er unsere Hochzeit bezahlen will! Er besteht darauf, hat er gesagt!“ Vor Glück quietschend warf Claudia sich um Yanniks Hals. „Dann können wir doch ganz groß feiern! Und wir können auf dem Weingut heiraten, das ich schon Jahre im Auge habe! Stell dir das mal vor, Schatz!“

Aber Yannik stellte sich gar nichts vor. Denn das würde nicht passieren.

„Das Angebot werden wir nicht annehmen“, entschied er schlicht.

Er hatte das Budget für ihre Hochzeit festgelegt und er war nicht gewillt, auch nur einen Euro mehr dafür auszugeben. Sollte sein Vater diese Hochzeit bezahlen, würde er für immer bei ihm in der Kreide stehen. Nie im Leben! Er war schon froh, wenn er in zwei Jahren endlich die Wohnung komplett zurückgezahlt hatte!

„Aber, Yanni, man heiratet doch nur einmal im Leben …“, sagte Claudia verzagt und ließ sich wieder auf ihre eigenen Beine sinken.

„Und es kann auch innerhalb unseres Budgets eine schöne Hochzeit werden.“ Sein Ton war rauer, als er beabsichtigt hatte. „Das ist mein letztes Wort.“

So etwas hatte er ja noch nie gesagt! Aber er verstand jetzt, warum sein Vater es tat. Es verlieh einem das Gefühl von Macht. Nicht zu verachten.

„In Ordnung. Entschuldige, bitte.“

Traurig senkte Claudia den Blick, sodass Yannik innerlich seufzte. So konnte er sie nicht behandeln.

Deshalb zog er sie in seine Arme und drückte einen halbherzigen Kuss auf ihre Schläfe.

„Es wird trotzdem die schönste Hochzeit werden, die du je besucht hast. Das verspreche ich dir.“

Sie schniefte und krallte sich in seinen Rücken. Für einen kurzen Moment dachte Yannik dann doch darüber nach, ob er einwilligen sollte.

Konnte er wirklich seinen Vater die Feier bezahlen lassen?

Aber was war, wenn die Hochzeit platzte?

Wie vom Donner gerührt blickte Yannik auf. Wo kam der Gedanke denn auf einmal her?

Er wusste genau, wo er herkam. Er war den verliebten Küssen von Neo in seiner Werkstatt geschuldet.

Innerlich seufzend riss er sich wieder zusammen und legte zur Bestärkung die Hand auf Claudias gerundeten Unterleib. Das war der Grund, warum diese Hochzeit stattfinden würde. Seine Tochter, sein Kind. Nichts würde hier platzen.

Zumindest nicht in nächster Zukunft …

Kapitel 15

Neo

„Sei heute um 23 Uhr bei der Location. Kein Licht.“

Für volle fünf Minuten hatte Neo auf die kurze Notiz gestarrt, die sein Informant, der sich seit Monaten nicht gemeldet hatte, ihm in der vorherigen Nacht geschickt hatte. Jetzt stapfte er durch den Wald, mit schwarzen Klamotten, Nachtsichtgerät, Taschenmesser, unauffälliger Lampe und natürlich der Kamera im Gepäck.

Irgendwie war es so, als hätten alle mit ihm die letzten drei Monate in einem Dornröschenschlaf verbracht. Selbst die potenziellen Bösewichte in diesem Märchen.

Natürlich war er gegangen, das war keine Frage gewesen. Dass er gestern spontan bei Yannik gewesen war, würde in nächster Zeit sicher eine Ausnahme bleiben. Noch gab es schließlich Claudia, die mit ihm zusammen dort wohnte, und bisher war von Schluss machen noch nicht die Rede.

Dazu kam noch, dass Yannik sein Outing zwar gut aufgenommen hatte, aber das hieß auch nicht, dass er nicht trotzdem noch abgestoßen von ihm sein könnte, wenn es je zum Äußersten kommen sollte.

Er schüttelte den Kopf. Besser er dachte jetzt nicht weiter darüber nach, sondern konzentrierte sich auf die Arbeit und den Einsatz heute Nacht.

Denn da er wohl kaum im Dunkeln eine Stunde durch den Wald wandern konnte, hatte er sich gegen 21 Uhr auf den Weg gemacht.

Was würde er dort beobachten können? Hoffentlich lohnte sich das Risiko.

Natürlich war er etwas zu früh dran, aber so konnte er sich einen guten Überblick vom Gelände verschaffen und einen optimalen Platz für Fotos finden.

Ein paar mehr Infos wären ihm natürlich lieber gewesen. Heute Nacht konnte alles passieren.

Er traute sich nicht, eine Runde um den Bunker zu drehen eingedenk der möglicherweise installierten Kameras, die er gegenüber Yannik erwähnt hatte. Deshalb hielt er weiten Abstand von dem Gebäude, während er sich nach dem besten Platz umsah, um sich zu verstecken, bis es losging.

Was auch immer das sein würde.

Seufzend suchte Neo sich Deckung hinter einer Gruppe von eng zusammenstehenden Birken, die einen guten Blick auf den Bunker boten. Zwar sah er die Tür nur von der Seite, aber das würde für seine Zwecke ausreichen. Er legte seine Ausrüstung bereit, stellte sein Handy stumm und wartete.

Eine halbe Stunde verging und er langweilte sich fürchterlich. Er war versucht, Yannik zu schreiben, aber das lenkte ihn nur ab. Sowieso hatte er den ganzen Tag bisher kaum von ihm gehört. Nur am Morgen, noch vor sechs, als Neo noch geschlafen hatte, hatte Yannik ihm ein Guten Morgen geschrieben und dass er schon zur Arbeit musste. 24-Stunden-Schicht hatte da gestanden. Wahrscheinlich hörte Neo heute sowieso nichts mehr von ihm. Und stören wollte er auch nicht.

Seufzend dachte er an Yanniks heiße Küsse zurück. An die Geborgenheit in seinen Armen, als sie noch zusammen Bier auf seiner Couch getrunken hatten. Sie hatten sich mit einem Kuss verabschiedet. Neo hatte ihm in die Augen gesehen und ihm noch ein letztes Mal ernst versichert, dass er dieses Arrangement nicht für lange ertragen konnte.

Freundschaft hin oder her, sie waren mehr, das wussten sie beide. Und es zerriss ihn förmlich, dass er nie offiziell mit ihm zusammen sein sollte. Yannik musste sich dringend überlegen, was er eigentlich wollte.

Neo sinnierte noch darüber, welche Lösung Yannik vielleicht zufriedenstellen könnte, da hörte er Motorengeräusch. Es klang nach einem alten Fahrzeug, einem großen Diesel.

Vorsichtig ging er noch weiter in Deckung und zückte seine Kamera. Er schoss die ersten Fotos, als ein Lkw über den Pfad zwischen den Bäumen heranbrauste. Das Nummernschild war gut zu erkennen. Check!

Der Laster hielt direkt vor dem Bunker an, die Lichter strahlten auf die Tür. Jetzt war Neo aber gespannt.

Drei Männer stiegen aus dem Fahrzeug. Nicht besonders gepflegt. Einer mit einem dunklen Bart, die anderen etwas jünger, dafür mit breiten Schultern.

Der Bärtige ging zum Bunker, um das Vorhängeschloss zu öffnen, während die beiden fürs Grobe die Ladebordwand öffneten und mit Taschenlampen bewaffnet erste Fässer aus dem Inneren des Lasters holten.

Neo fotografierte sich halb die Finger wund, während er sie bei der schweißtreibenden Arbeit beobachtete. Der dritte Mann blieb im Bunker verschwunden, er schien die Ladung anzunehmen.

Was wohl in den Fässern war? Das würde er wohl kaum so einfach herausfinden. Vielleicht konnte er später ein paar Spuren sichern.

Das Problem war nur, dass er noch keine Verbindung zu Hiller sehen konnte. Seinen Namen würde er wohl kaum drauf schreiben …

Konnte er es riskieren, näher heranzuschleichen? Vielleicht bekam er irgendwas mit, das die Kerle sprachen?

Millimeterweise schob er sich nach vorn, doch die Männer achteten nicht ein bisschen darauf, leise zu sein. Die Fässer knallten und krachten, bis sie sie auf die Sackkarre verladen hatten und in den Bunker brachten.

Neo ließ schließlich auch einen Teil der Vorsicht fahren und kroch schneller voran, bis er auf der dem Bunker abgewandten Seite des Lkws angekommen war und sich mit dem Rücken daran drückte.

Es war schwierig, über seinen aufgeregten Atem und das pochende Blut in seinen Ohren die Worte der Männer zu verstehen.

Doch die Bruchstücke, die er mitbekam, waren völlig belanglos. Er sah sich sichernd um, weil er wieder in Deckung gehen wollte, da bemerkte er, dass die Fahrertür offen stand. Vielleicht fand er im Führerhaus ja Hinweise auf Hiller?

So leise, wie er konnte, mit klopfendem Herzen, huschte er hinüber und kletterte die zwei Stufen ins Führerhaus hinauf. Er hielt den Kopf unten, als er sich bäuchlings auf den Fahrersitz schob. Innen roch es nach Schweiß und allerlei Baumaterialien. Neo rümpfte die Nase. Im Licht der Scheinwerfer versuchte er, etwas mehr zu erkennen. Auf den Sitzen lag nichts, weshalb er zum Handschuhfach kroch und es öffnete. Ein Zettelwust kam ihm entgegen. Hastig blätterte er ihn durch.

Ein Lieferschein erregte seine Aufmerksamkeit, weil er Fässer auswies.

35 Fässer voller Bauschutt. Bauschutt? Bauschutt musste man nicht in einem Bunker verstecken.

Trotzdem machte er schnell ein Handyfoto, denn dort war die Entsorgungsfirma aufgeführt. Vielleicht konnte er darüber mehr herausfinden.

So schnell wie möglich packte er die Papiere zurück in das Fach und verließ das Führerhaus wieder.

Gerade noch rechtzeitig, denn einer der Kerle holte wohl Nachschub.

Er rutschte wieder nach draußen und kam weniger leise auf dem Boden auf, als er sich gewünscht hätte. Aber niemand bemerkte ihn. Die drei fühlten sich absolut sicher.

„Das war das Letzte!“, schnaufte da einer der breitschultrigen Männer, während er die Sackkarre zum Bunker schob.

„Jouh, ich mach hier zu. Dann holen wir uns auf der Rückfahrt gleich noch die Kohle für die Fahrt beim Chefchen ab“, erwiderte der zweite.

Beim Chefchen? Neo witterte seine Chance, auch wenn es saugefährlich war. Aber wenn die hier mit ihrem Laster wegfuhren, würde er zu seinem Auto eine gute halbe Stunde Fußmarsch brauchen. In der Dunkelheit vermutlich länger. Er musste in den Lkw!

Sonst war der heutige Ausflug umsonst und das konnte er nach dieser langen Zeit nicht zulassen. Nicht, dass wieder alles vergeblich gewesen war.

Also straffte er sich und schlich nach hinten zur Ladefläche. Kurz zögerte er, dann kletterte er wagemutig hinein.

Normalerweise müsste er über die Plane wieder nach draußen kommen, wenn der Lkw irgendwann abgestellt wurde. Wo auch immer das dann war, von dort kam er schon irgendwie nach Hause.

Er war so geschickt auf die Ladefläche geschlüpft, dass der breite Mann, der die Ladebordwand nach oben ließ, nichts bemerkt hatte. Neo huschte bis ganz nach vorne und kauerte sich in einer Ecke zusammen. Das hätte es wahrscheinlich gar nicht mehr gebraucht, immerhin war es hier hinten stockdunkel. Als die Ladebordwand endgültig zu war, wurde es noch schlimmer. Neo atmete betont tief, um nicht vor Platzangst zu hyperventilieren. Schnell steckte er die Hand in die Hosentasche, worin er sein Taschenmesser mit sich herumtrug. Seine Fahrkarte hier raus.

Wenig später hörte er die Kette vor dem Bunker, wahrscheinlich wurde wieder abgeschlossen. Dann sachte Bewegungen, als die drei ins Führerhaus stiegen, und schlagende Türen. Der alte Dieselmotor erwachte zum Leben und die Fahrt begann.

Aus Neugier zog er sein Handy aus der Tasche und schaltete das GPS ein, um mitverfolgen zu können, wohin die Fahrt ging.

Nachdem sie den Wald verlassen hatten, fuhren sie in Richtung Stadt, blieben aber am Stadtrand. Eine halbe Stunde später bogen sie ins Villenviertel ein.

Erstaunt zog Neo die Brauen hoch. Der Lkw wurde langsamer, bis er schließlich mit laufendem Motor kurz anhielt. Eine Ampel? Aber das GPS sagte, dass sie die Straße verlassen hatten. Hätte er doch nur hinausschauen können!

Konnte er doch, überlegte er und zog sein Taschenmesser heraus. Mühsam klappte er es in der Dunkelheit auf und schnitt ein winziges Loch in die Plane, sodass er mit einem Auge nach draußen linsen konnte. Er blickte genau auf eine Mauer, in der er noch ein Stück Tor erkennen konnte. Ein schmuckvolles, verschnörkeltes Tor. Wie das einer Villa.

Keine halbe Minute später ging es weiter, als das Tor sich automatisch öffnete. Man fuhr in eine gepflasterte Auffahrt, an deren Ende ein großer Wendekreis lag. Und davor eine echt große, hübsche Villa. Neo kannte sie. Er hatte bisher nicht nur einmal davor gestanden. Das war Hillers Wohnstätte.

Bingo! Also war es doch keine Spur ins Leere. Er musste nur noch herausfinden, was da in dem Bunker gelagert wurde. Aber jetzt galt es erst einmal aus dem Lkw zu kommen, ohne dass man ihn bemerkte. Besser früher als später. Wer wusste schon, wohin die Männer dann fahren wollten? Im Moment war er zumindest in der Stadt und nicht irgendwo außerhalb.

Kurzerhand kniete er sich hin und ritzte mühsam mit seinem Taschenmesser einen Schlitz in die dicke Lkw-Plane. Breit genug, damit er hindurchpasste. Dann drehte er sich um, als die Stimmen der drei Männer in der Ferne verschwunden waren, und kletterte mit den Füßen voran von der Ladefläche.

Er spürte gerade festen Boden unter den Sohlen und zog die Arme als Letztes aus dem Planenschlitz, da packte ihn eine Hand grob an der Schulter.

Er unterdrückte einen Laut, um nicht noch weitere Aufmerksamkeit auf sich zu lenken. Scheiße, warum ging das jetzt nur so verdammt schief?

Er wurde herumgezerrt und blickte in das grimmige Gesicht von …

„Yannik?"

Im schwarzen Anzug mit weißem Hemd und schwarzer Krawatte sah er himmlisch aus. Himmlisch und höllisch furchteinflößend.

Es dauerte einen Moment, bis sich auch auf seinem Gesicht Erkennen abzeichnete.

„Neo! Was machst du hier? Bist du wahnsinnig?!", zischte er ihm zu und zerrte ihn auf einmal an sich, wobei er seinen Kopf zusätzlich nach unten an seine Brust drückte.

„Hier sind überall Kameras! Kopf unten lassen!", befahl er im nächsten Augenblick auch schon.

Neo konnte nicht anders, er befolgte die harsche Anweisung. So verwirrt wie er war, hätte er vermutlich alles getan. Was tat Yannik denn hier? Arbeitete er etwa für Hiller? Warum hatte er ihn nie bemerkt?

„Schnell und leise! Keinen Ton!"

Yannik packte ihn und schob ihn hastig über den Platz auf die Autos zu, die am Rand des Wendekreises parkten. Einer der Wagen entriegelte automatisch, als sie sich näherten und Yannik zog die Fondtür auf. Nicht sonderlich sanft verfrachtete er Neo auf den Rücksitz.

„Kopf unten lassen, kein Licht und warte, bis meine Schicht rum ist! Ich kümmere mich darum, dass das Überwachungsvideo verschwindet."

Damit knallte er die Tür zu und eilte zurück zur Villa.

Da hatte er sich ja wirklich in Schlamassel gebracht. Aber es hatte sich hoffentlich gelohnt, sich in Gefahr zu bringen.

Seufzend legte er sich bequemer hin. Yannik war ja richtig aufgebracht gewesen. So hatte er ihn noch nie gesehen.

Wenige Minuten später vibrierte sein stumm geschaltetes Handy. Er regulierte die Bildschirmhelligkeit herunter und sah nach.

Band gelöscht. Herzinfarkt abgewendet. Was zur Hölle hast du in dem Lkw gemacht?

Na ja … der war am Bunker und ich wollte wissen, wohin es geht, antwortete er.

So was machst du NIE WIEDER! Das ist viel zu gefährlich für dich!

Mach dir keine Sorgen um mich. Ich kann auf mich aufpassen.

Nun ja, meistens. In der Regel hatten seine Storys auch nichts mit kriminellen Machenschaften zu tun, sondern eher mit Kaninchenzüchtervereinen.

Das habe ich gerade deutlich gemerkt.

Yannik klang grimmig.

Wenn dir kalt wird, klapp die Armlehne runter und greif in den Kofferraum, da liegt eine Decke. Ich komm hier erst in 6 Stunden weg.

Okay. Ich geb ja zu, es ist nicht optimal gelaufen.

Er seufzte. Natürlich war es absolutes Glück gewesen, dass ausgerechnet Yannik ihn dort gesehen hatte.

Danke für deine Hilfe.

Du bringst mich noch um.

Und gleich darauf: *Gern geschehen. Lass dich nicht erwischen. Auf meiner Runde schau ich bei dir vorbei. Versuch zu schlafen.*

Ich wollte nicht, dass du dir Sorgen machst.

Irgendwie kam Neo sich ein wenig dumm vor. Er hatte sich seit Ewigkeiten in den Kopf gesetzt, Hiller irgendwas nachzuweisen. Weil er mehr sein wollte als nur der Stadtreporter. Wahrscheinlich wollte er sich das auch selbst beweisen. Dass es dabei wirklich gefährlich werden konnte – darüber hatte er sich zu wenig Gedanken gemacht. Und jetzt hatte er sich mit der Nummer komplett blamiert.

Er zog nun wirklich die Decke aus dem Kofferraum, um sich darunter zu verkriechen. Vor Scham, aber wenn Yannik fragte, würde er sagen, zur Tarnung.

Scheiße, Yannik arbeitete für Hiller. Ob er was von dessen Machenschaften wusste?

Eigentlich glaubte er das nicht. Die Firma seines Vaters war nur im Personenschutz tätig. Außerdem hätte er ihn dann wohl kaum gerettet.

Weil er „Die drei ???“ spielen musste, hatte er womöglich Yannik in Schwierigkeiten gebracht. Ein Überwachungsband zu löschen und einen Eindringling zu verschweigen, konnte ihn bestimmt den Job kosten.

Entschuldige, schickte er seiner letzten Nachricht deshalb noch hinterher. Doch für den Moment blieb das Handy stumm.

Kapitel 16

Yannik

Betont lässig setzte Yannik sich in sein Auto. Es war schon seit einer Stunde hell und er hatte fürchterliche Angst gehabt, dass einer seiner Kollegen auf der Runde ums Haus Neo entdecken könnte. Aber als er sich jetzt hinter das Lenkrad fallen ließ, sah er aus den Augenwinkeln, dass Neo die Decke über sich gebreitet hatte.

„Bleib unten, bis wir auf der Straße sind", befahl er leise und ließ den Motor an.

„Es tut mir echt leid. Glaubst du mir das?" Reumütig klang Neo. Verdammt reumütig und auch ein wenig verschlafen. „Ich wollte echt keinen Ärger machen und ich wusste nicht, wo der Lkw mich hinbringen würde."

„Überhaupt die Idee, in einen fremden Lkw zu klettern … Dafür sollte ich dir den Hintern versohlen", presste Yannik zwischen zusammengebissenen Zähnen hervor, während er dem Wachposten am Tor freundlich zunickte. Er scherte auf die Straße aus und atmete ein bisschen auf.

„Ich hatte doch keine andere Wahl. Schließlich bin ich an der Geschichte schon seit Monaten dran …", meinte Neo nun kleinlaut. „Ich hab nicht nachgedacht."

„Das hab ich gemerkt!"

Yannik war immer noch sauer, weil er sich so in Gefahr gebracht hatte. Aber immerhin war er ihm direkt in die Arme gelaufen. Sicherer hätte Neo nicht landen können.

Er bog um die nächste Ecke und atmete auf. Sicherheit.

„Komm nach vorne“, sagte er dann etwas ruhiger.

Mit einem Seufzen hielt er am Straßenrand und Neo stieg hinten aus, schlüpfte auf den Beifahrersitz. Mit Büßermiene blickte er Yannik an.

„Es tut mir so leid. Ehrlich. Ich wollte nicht, dass du irgendwas tust, was deinen Job gefährdet.“

„Du glaubst …“ Zynisch lachte Yannik auf. „Du glaubst, dass ich deshalb sauer bin?“

Mit einem ernsten Blick griff er nach Neos Hand, ohne loszufahren. Er blickte ihm tief in die schönen Augen und sagte: „Ich bin sauer, weil du dich so leichtsinnig in Gefahr gebracht hast! Du musst auf dich aufpassen! Das ist das Einzige, was mich so wütend macht.“

„Du … echt jetzt?“ Neo sah ihn entgeistert an.

Hatte er sich über Yanniks Job solche Gedanken gemacht? Der Mann war unglaublich. Unglaublich leichtsinnig. Außerdem unglaublich schön.

„Natürlich, echt jetzt! Was glaubst du, was passiert wäre, wenn nicht ich dich bemerkt hätte, sondern einer meiner Kollegen? Dann würdest du jetzt in einer Zelle sitzen und dir hoffentlich einen Anwalt leisten können!“, antwortete Yannik verärgert.

Endlich fuhr er weiter. Je schneller er Abstand zwischen sich und Hillers Anwesen brachte, desto besser.

Die Strecke zu Neos Wohnung kannte er fast im Schlaf und nach der 24-Stunden-Schicht hatte er eben diesen auch bitternötig. Wie es wohl wäre, mit Neo in seinen Armen einzuschlafen?

Aber darauf hoffte er wohl vergeblich. Bis er Neo abgeladen hatte, würde Claudia aufgestanden sein und ihn anrufen, wo er blieb.

Auch wenn der Gedanke irre schön war, sich bei ihm einkuscheln zu können.

Außerdem musste Neo vermutlich auch zur Arbeit. Wenn er nur nicht noch so eine Aktion brachte … sonst würde er um Jahre altern.

„Hast du gar nichts mehr zu deiner Verteidigung zu sagen? Oder einen Schwur abzugeben, so einen Blödsinn ab jetzt zu unterlassen?“, drang er nun wieder in Neo, der bedröppelt auf die noch recht leere Straße blickte.

„Ich bin Journalist und vielleicht möchte ich nicht immer über Kaninchen berichten.“ Jetzt klang er fast, als würde er schmollen. Verdammt süß, aber er war auch immer noch sauer. „Und Schwüre sind was für die Kirche oder vor Gericht und da du weder Pfarrer noch Richter bist, lege ich sicher keinen ab.“

Yannik war nicht gerade wenig versucht, ihn für seine große Klappe vor seinem Haus einfach aus dem Auto zu werfen. Doch er wusste, dass er das nicht über das Herz bringen würde. Wann war er so weich geworden?

„Dann sieh zu, wie du aus der nächsten Scheiße alleine rauskommst! Ich hau dich dann nicht noch mal raus!“, knurrte er trotzdem.

Neo sollte merken, wie wütend er war. Auch wenn er bei dem rothaarigen Sturkopf mit einer gesalzenen Antwort rechnete.

„Musst du auch nicht. Ich bin kein Weibchen in Nöten, das gerettet werden muss. Wenn ich Scheiße baue, steh ich auch dazu.“

Wer hätte das gedacht.

Innerlich verdrehte Yannik die Augen.

„Das habe ich weder gedacht noch sagen wollen“, wurde er deshalb versöhnlich. Wenn Neo so geladen war, bangte Yannik schon um seinen Abschiedskuss vor dem Haus.

Bescheuert war das! Seit wann machte er sich so abhängig von der Stimmung eines anderen?

„Hat sich aber so angehört … Ich weiß ja selbst, dass es nicht meine beste Idee war, da einzusteigen. Aber es war meine Entscheidung und ich steh dazu. Hätte ich auch, wenn mich jemand anders erwischt hätte.“

„Dann hättest du jetzt vermutlich eine oder zwei ausgekugelte Schultern und ein Verfahren am Hals.“

Yannik seufzte.

„Sei bitte vorsichtiger. Mehr will ich doch gar nicht.“

„Das werd ich sicher sein. Ich hatte ja keine Ahnung, was da abgeht. Bisher hab ich Hiller nur wegen Veruntreuung und irgendwelchen krummen Baugeschäften auf dem Schirm.“

Neo biss sich auf die Lippen, als hätte er bereits zu viel gesagt.

„Du ermittelst gegen Hiller persönlich?“

Warum hätte Neo auch sonst in der Villa aufkreuzen sollen? Das war ja ganz wunderbar. Jetzt verwickelte sich seine Liebelei auch noch mit seinem Auftrag.

„Na ja, ermitteln wäre wohl zu viel gesagt, ich bin schließlich kein Polizist“, meinte Neo. „Recherchieren würde ich es nennen.“

Überhaupt … woher kam das Wort Liebelei eigentlich plötzlich?

Yannik lächelte in sich hinein und Neo bemerkte es. Mit bebenden Nasenflügeln sah er Yannik an.

„Lachst du mich etwa aus?“

„Ich musste nur gerade an etwas anderes denken“, versicherte Yannik schnell. Er bog in Neos Straße ein und suchte kurz darauf einen Parkplatz.

„Willst du noch auf einen Kaffee und Frühstück mit hochkommen? Als Wiedergutmachung?“ Offensichtlich besänftigt, oder vielleicht nur müde, blickte Neo ihn an.

„Gern.“

Yannik hielt an und stieg gleichzeitig mit Neo aus. Er legte den Arm um ihn, als sie gemeinsam zu seiner Haustür schlenderten.

„Frühstück muss nicht unbedingt sein. Du siehst müde aus und ich bin nicht hungrig."

„Bestimmt? Hast du während der Schicht was gegessen?"

Es war so etwas Normales, mit ihm im Arm hier zu spazieren. So selbstverständlich. Bei Claudia fühlte er sich immer irgendwie verpflichtet, ihre Hand zu nehmen. Und trotzdem hatte es sich nie so gut angefühlt wie jetzt mit Neo.

Dieser schloss die Tür auf und Yannik zuckte die Schultern.

„Für die Wachmannschaft gibt es immer belegte Brötchen."

Wohlweislich offen lassend, ob er etwas davon gegessen hatte oder nicht. Denn nachdem er Neo entdeckt hatte, hatte er nichts mehr heruntergebracht.

„Aber Kaffee ist okay? Wann … wann musst du denn nach Hause?"

Auch dazu zuckte er nur die Schultern.

„Ich komme nach Hause, wenn ich nach Hause komme. Und derzeit will ich nicht nach Hause."

„Okay. Dann mach ich uns trotzdem noch einen Toast oder so."

Gemeinsam gingen sie die Treppen hinauf und Neo ließ sie in seine Wohnung. Er befreite sich von der Jacke und seinen Schuhen und auch Yannik stieg aus seinen. Er legte das Jackett ordentlich gefaltet über Neos Schreibtischstuhl und öffnete dann seinen Gürtel, wofür er von Neo einen komischen Blick fing.

„Magst du Zucker und Milch? Irgendwelche Unverträglichkeiten, von denen ich wissen müsste?" Mit einem Lächeln lehnte Neo im Türrahmen.

„Nein, keine."

Suchend sah Yannik sich um, entdeckte aber keinen geeigneten Platz für seine Waffe im Holster, die er für das Frühstück gern losgeworden wäre. Kurzerhand trat er in die Küche und öffnete den Ofen, um sie darin zu verstauen.

„Ähm … was, wenn ich jetzt Croissants aufbacken wollte?“ Neo verbarg den Schrecken nur schlecht. Offenbar hatte er sich über seinen Job wirklich keine Gedanken gemacht.

„Ich hab immer noch keinen Hunger, spar dir die Croissants“, gab Yannik amüsiert zurück und drückte ihm einen Kuss auf die Lippen. „Komm schon, Auserwählter. Ich bin müde und will noch ein paar Minuten kuscheln.“

Kurzerhand legte er den Arm um Neo und zog ihn mit sich ins Wohnzimmer hinüber.

Ohne Scheu steuerte er diesmal das Bett an.

„Doch keinen Kaffee mehr?“, murmelte Neo und wirkte verwirrt, wenn auch gut verwirrt. „Soll ich einen Wecker stellen?“

„Das mach ich schon.“

Yannik zog sein Handy heraus, stellte den Wecker auf zwei Stunden und schrieb Claudi noch schnell eine Nachricht.

Wird später, warte nicht auf mich.

Das musste reichen.

Danach ließ er sich auf Neos Bett nieder und zog ihn kompromisslos zu sich. Es dauerte ein paar Sekunden, bis sie sich zurechtgewurschtelt hatten und beide bequem lagen. Neo in Yanniks Arm und das war das Einzige, was zählte.

Kapitel 17

Neo

Laut der Uhr auf seinem Nachttisch hatte Neo gerade mal eine Stunde geschlafen und war jetzt wieder wach.

Yannik hielt ihn immer noch im Arm und das Gefühl war unvergleichlich. Schmetterlinge tanzten in seinem Bauch, hielten ihn davon ab, noch mal einzuschlafen. Dazu war es gerade viel zu schön.

Sachte streichelte er über Yanniks Arme, seine Finger strichen über den glatten Stoff seines Hemds.

Er schmunzelte. Sie beide lagen noch voll angezogen bis auf die Schuhe im Bett, trotzdem fühlte es sich intim an. Vertraut, obwohl alles zwischen ihnen noch frisch und zudem unsicher war.

Auch wenn ihn gerade vielleicht Sorgen wegen seiner Schwachsinnsaktion von heute Nacht beschäftigen sollten, quälten ihn doch ganz andere Dinge.

Würde er je Yanniks Nummer 1 sein? Würde er das mit Claudia beenden oder würde das falsch verstandene Ehrgefühl in ihm alles zunichte machen?

Neo sehnte sich danach, es wenigstens mit ihm zu versuchen. Zu sehen, wohin es führen würde, selbst wenn es nur ein Strohfeuer wäre. Hauptsache, er bekam die Chance, den Funken überhaupt zu einem Feuer zu machen.

Es standen nicht nur Claudia und ihre ungeborene Tochter zwischen ihnen, sondern auch seine Identität. Zwar hatte Yannik einfühlsam reagiert, doch noch wusste er trotzdem nicht, worauf er sich damit einließ. Er war nun mal anders, zumindest körperlich gesehen, und die Frage war, wie er darauf wirklich reagieren würde, wenn es je so weit kam.

Seine sachten Berührungen schienen Yannik geweckt zu haben, denn er brummte und versuchte, flatternd die Augen zu öffnen.

Es dauerte kurz, bis er es schaffte, und Neo drehte sich in der Zeit vollständig zu ihm herum.

„Hey“, raunte Yannik mit einem sanften Lächeln, als er Neo erkannte.

„Hey. Ich wollte dich nicht wecken. Tut mir leid.“

Doch Yannik erwiderte nichts darauf, sondern drückte ihm einen verschlafenen Kuss auf die Lippen.

Das war der süßeste Guten-Morgen-Kuss, den Neo je bekommen hatte. Er spürte, wie seine Wangen auf einmal in Flammen standen, doch da hob Yannik die Hand und streichelte zärtlichen Blickes über sein Gesicht.

„Bezaubernd“, raunte er dabei mit kratziger Stimme.

So hatte ihn noch nie im Leben jemand genannt und auch wenn es kitschig war, ihm gefiel es trotzdem.

„Schlaf noch ein bisschen, du warst ewig wach“, murmelte er.

„Ich schlafe später“, brummte Yannik und maß sein Gesicht erneut mit Blicken. Liebevollen Blicken. „Hast du dich erholt von deinem Abenteuer?“

„Ja, ich denke schon.“ Das hieß allerdings nicht, dass er jetzt so leicht aufgeben würde. Doch gerade wollte er nichts sehnsüchtiger, als noch weiter in seinen Armen zu liegen.

„Versprich mir, dass du nie wieder so unvorsichtig bist“, bat Yannik auf einmal ganz weich und besorgt. „Ich könnte nicht damit leben, wenn … Versprich es mir. Bitte.“

„Okay, ich verspreche es dir, vorsichtig zu sein.“ Es war auch wirklich zu brenzlig gewesen, das musste nicht sein.

„Danke.“

Ein weiterer, zärtlicher Kuss auf seine Lippen.

Neo wäre am liebsten in seinen Armen geschmolzen. Stattdessen drückte er sich noch ein wenig enger hinein und Yannik beantwortete das mit einem sachten Streicheln über seinen Bauch unter dem Shirt.

„Du bist süß. Ich kann mir gar nicht vorstellen, dass …“ Yannik brach verlegen ab.

„Dass was?“, fragte er leise nach.

„Vergiss es. Das war unsensibel“, wiegelte Yannik schnell ab. Auch seine Wangen überzog jetzt Röte.

„Blödsinn. Sag schon.“

Yannik seufzte und drückte die Stirn gegen Neos.

„Ich kann mir nicht vorstellen, dass du mal eine Frau warst. Du bist in meinen Augen … ein Mann.“

Er zuckte sacht die Schultern und lächelte.

Tatsächlich brachte Neo die Aussage ebenso zum Lächeln.

„Na ja, im Kopf war ich auch nie ’ne Frau.“

„Erzählst du mir mehr? Von dir?“, bat Yannik auf einmal und rückte ein Stück zurück, damit er ihn besser ansehen konnte. „Immerhin weiß ich fast nichts von dir. Außer dass du Reporter bist, auf Kaninchenzucht stehst und in einem Schuhkarton wohnst.“

Wieder lachte Neo leise.

„Was für eine Zusammenfassung meines Lebens.“ Er kuschelte sich ein wenig an ihn. „Na ja, ich habe, bis ich zwanzig war, auf dem Land gewohnt. Ich wusste immer, irgendwas stimmt nicht, vor allem seit der Pubertät. Das hat mir Angst gemacht und als meine Brüste dann gewachsen sind, das war der Horror für mich.“

Yannik nickte und streichelte sanft über seine flache Brust.

„Erzähl weiter.“

„Irgendwie hab ich mich dann damit abgefunden. Ich war das girligste Girl, das du dir vorstellen kannst. Lange Haare, Schminke, Kleider, hohe Schuhe. Irgendwie dachte ich, wenn ich es nur genug versuche, dann werd ich mich schon daran gewöhnen."

Es war lange her, dass Neo die Geschichte erzählt hatte. Trotzdem war die Erinnerung an diese Phase seines Lebens auch nach all der Zeit noch immer nicht leicht.

Dafür entdeckte er in Yanniks Augen ehrliches Interesse. Seine Berührungen auf Neos Haut wurden immer zärtlicher, als könnte er den seelischen Schmerz dadurch lindern.

„Ich hatte auch einen Freund … na ja, genau genommen waren wir verlobt. Vor allem deshalb, weil ich ihm gesagt hab, ich wollte bis zur Ehe mit dem Sex warten."

„Ouh." Yannik grinste. „Zwanzigjährige Jungs tun so gut wie alles für Sex."

„Und ich tat alles dafür, dass niemand bemerkte, was bei mir los war. Dass ich die langen Haare am liebsten abrasiert hätte." Neo schluckte. „Ich hab das alles getan, weil ich nicht wusste, wie ich es hätte ändern können. Ich dachte, das ist das Leben, wie ich es leben muss."

„Und wie konntest du es dann ändern? Irgendwie musst du ja zu Neo geworden sein." Yanniks Stimme war liebevoll und zärtlich. Wie sein Blick.

„Es war kurz vor der Hochzeit. Da hing dieses verdammte Kleid aus Spitze und Tüll und ich hab es nicht mehr ausgehalten. Das war alles nicht ich. Ich wollte den Anzug. Und ich wollte all das loswerden, was nicht zu mir gehörte. In der Nacht bin ich abgehauen."

„Wohin bist du gegangen? Ich meine, mit zwanzig warst du ja noch sehr jung."

„Ich hab mir einen Job gesucht – und einen Psychologen. Das Abi hatte ich ja und eine angefangene Ausbildung, denn meine Eltern wollten mich in ihrem Autohaus als Nachfolger. Aber ich hab mich dann an der Uni eingeschrieben."

„Mutig. So, wie ich dich kennengelernt habe." Yannik lächelte erneut und küsste Neos Lippen. „Wie lange hat das gedauert, bis du … na, bis du die OPs hattest?"

„Man muss ja erst mal mindestens achtzehn Monate nachgewiesen in Therapie sein, dann braucht es verschiedene Gutachten, damit man mit der Hormontherapie anfangen kann und so weiter. Meine Brust kam dann vor fünf Jahren weg."

Neo erinnerte sich noch gut an den ersten Tag, als er aufgewacht war und da nichts mehr war. Keine zwei Hügel aus Fleisch, die so gar nicht zu ihm gehörten.

„Das klingt nach einer verdammt langen Zeit, in der du nicht so sein konntest, wie du sein wolltest." Yannik errötete. „Hattest du … noch mehr OPs?"

Ein verlegener Yannik gefiel ihm verdammt gut, stellte Neo fest. „Du meinst, ob ich 'nen Penoidaufbau gemacht hab?"

„Ähm, ja?"

Er schüttelte den Kopf.

„Vielleicht klingt das jetzt komisch, aber die Vorstellung, dass mir da irgendwas hingebastelt wird, selbst wenn es aus eigener Haut ist, war mir irgendwie zu viel Frankenstein. Noch dazu kann man nicht sicher sein, dass nicht doch irgendwas schiefgeht. Ich hab mir lange Gedanken darüber gemacht und mich dann am Ende dagegen entschieden."

„Das heißt …" Auf einmal sah Yannik vorsichtig hoffnungsvoll aus. „Das heißt, du bist untenrum noch eine Frau?"

Für einen Moment wusste Neo nicht, ob er mit Ärger oder Verständnis reagieren sollte. Verständnis war vermutlich eher angebracht. Schließlich war auch Yannik noch in einer Findungsphase, nachdem er bisher gedacht hatte, hetero zu sein.

„Nicht ganz“, sagte er also ruhig. „Das Testosteron verändert vieles.“

Diesmal rutschten Yanniks Augenbrauen auf die Stirn.

„Wie meinst du das? Was ändert das denn an einem fertigen Körper? Bis auf die Behaarung vielleicht.“

„Mehr, als du vielleicht denkst. Glaubst du, ich hab schon immer ’ne tiefere Stimme?“ Er hauchte dem verblüfften Yannik einen Kuss auf die Nase. Er hatte es ganz sicher nicht in irgendeiner Weise respektlos gemeint. „Haare, ja, die kamen auch ziemlich schnell. Aber auch da unten tut sich was. Die Lubrikation nimmt ab, bis man bei Erregung gar nicht mehr feucht wird. Die Klitoris verändert sich. Wird länger und größer. Bei manchen mehr, bei manchen weniger.“

„Ohkay …“ Für einen Moment guckte Yannik nur, dann holte er tief Luft und fragte: „Darf … Darf ich …“ Doch er brach ab. „Schon okay. Wäre ziemlich unromantisch, wenn ich dich jetzt bloß anstarren würde.“

„Würdest du es denn wirklich sehen wollen?“

Daraufhin zog Yannik die Nase kraus, was Neo vor Aufregung gar nicht würdigen konnte, obwohl es süß aussah.

„Was ist das denn für eine Frage? Natürlich will ich das. Vermutlich will ich sogar noch mehr, als nur gucken.“

„Also dann sollte ich vorher vermutlich noch duschen“, meinte er schmunzelnd und mit ziemlichem Herzklopfen.

„Weil das was genau an deinem Aussehen ändert?“ Yannik grinste und drückte seine Lippen diesmal ein kleines bisschen fester auf Neos. „Ich bin auch nicht geduscht. Lass uns gleiche Voraussetzungen beibehalten. Außer du willst natürlich, dass ich dich unter die Dusche begleite …“

„Ich schätze, es ist okay, wenn du mich ansiehst“, sagte er leise und sah Yannik in die Augen. Was sollte schon schiefgehen? Zumindest gerade bezweifelte er, dass Yannik flüchten würde.

„Du musst das nicht tun, wenn du dich unwohl fühlst.“

„Aber du musst mich ausziehen.“

Das lüsterne Lächeln, das sich auf einmal auf Yanniks Lippen schlich, war betörend. Im nächsten Moment küsste er Neo verlangend und so heiß, dass er es kaum erwarten konnte, seine Klamotten loszuwerden.

Für einen Moment zerrte Yannik ihn an sich, bis er sich hinten unter sein Shirt gewühlt hatte.

Neo keuchte überrascht auf. Nach dieser Nacht hatte er nicht erwartet, dass Yannik so stürmisch rangehen würde.

Aber es schlummerte ganz offensichtlich großes Begehren in ihm, das herauswollte. So schnell, dass Neo kaum gucken konnte, war er sein Shirt losgeworden und Yanniks Küsse konzentrierten sich auf seine Brustwarzen.

Zärtlich spielte seine Zunge mit ihnen und schickten Wellen der Lust durch Neos Bauch in seinen Unterleib.

Es war so gut und viel zu lange her, dass er so etwas gespürt hatte. Einige seiner Bekanntschaften hatten echte Probleme mit seinem Körper gehabt, nachdem er sich geoutet hatte.

Yannik schien da – zumindest im Moment – anders zu sein.

Er wirkte begierig darauf, ihn zu erkunden, als wäre er ähnlich ausgehungert wie Neo. Schon hatten seine geschickten Finger den Jeansknopf geöffnet und zogen ihm die Hose von den Beinen, während Yanniks heiße Küsse auf seiner Brust und seinem Bauch nicht versiegten.

Von dort aus rauschte Welle um Welle der Lust bis zu seiner Körpermitte. Es pochte heftig und seine Klitoris war definitiv schon angeschwollen.

Kein Wunder bei diesem Ansturm.

Yannik rutschte weiter nach unten und sein Gesicht passierte Neos ausgebeulte Boxershorts. Doch er ließ sich nicht anmerken, ob es ihn abstieß oder anmachte. Stattdessen befreite er Neos Beine jetzt komplett von der Jeans und richtete sich vor ihm auf die Knie auf. Ihre Blicke trafen sich. Er lächelte, als er die Finger unter den Bund von Neos Boxershorts schob.

„Bereit, Schönheit?“

„Wenn du es auch bist?“

Mühsam unterdrückte Neo das Zittern, das sich durch alle seine Gliedmaßen ziehen wollte. Was, wenn …

Nein, so durfte er nicht denken! Er musste Yannik vertrauen!

Dieser zwinkerte ihm nun liebevoll zu und zog Neo die Unterhose von den Beinen.

Er riskierte einen Blick, dann murmelte er: „Okay, das war’s wohl …“

Neo schloss die Augen. Er spürte, wie er in sich zusammensackte. Vielleicht hätte er es ahnen sollen. Am Ende war er eben doch nicht genug.

Kapitel 18

Yannik

Seinen Acht-Punkte-Plan zur Befriedigung einer Frau konnte er definitiv abhaken. Neo besaß zwar eine Vagina, aber er hatte nicht übertrieben, was seine veränderte Klitoris anging, die sich im entgegenreckte wie ein kleiner Ständer.

Yannik brauchte definitiv einen neuen Plan. Aber das weckte nur seinen Ehrgeiz.

Doch auf einmal schien sämtliche Luft aus Neo zu weichen und er drehte beschämt den Kopf weg.

Dann dämmerte es Yannik. Hatte er das laut gesagt?!

Um Gottes willen, das konnte Neo nicht richtig verstehen, wenn er nur den halben Satz sagte!

„Neo, nein, um Himmels willen!“

Panisch, ihn verletzt zu haben mit seiner dämlichen Aussage, beugte er sich wieder über ihn und drückte einen entschuldigenden Kuss auf seine Wange.

„So hab ich das nicht gemeint! Ich meinte meinen Acht-Punkte-Plan!“

„Was für einen Plan?“, fragte Neo verständnislos und deutlich verunsichert.

Er hätte sich dafür ohrfeigen können, dass er Neo nicht gesagt hatte, wie verdammt scharf er ihn machte. Und nur fürs Protokoll: Alle Haare an seinem Körper waren rot.

„Ich habe einen Plan zur Befriedigung von Frauen. Acht Punkte in meinem Kopf abgespeichert, ich geh sie alle der Reihe nach durch und … Was soll ich sagen … Er wirkt. Immer.“ Yannik grinste nun doch ein wenig verlegen. „Aber bei dir brauche ich einen neuen Plan. Nichts anderes wollte ich sagen. Okay?“

Neo wirkte einen Moment irritiert, dann prustete er los. So hatte er ihn noch nie gesehen.

„Welche acht Punkte sind das? Das interessiert mich brennend.“

„Ich … ähm …“ Verlegen kratzte Yannik sich am Kinn, das schon wieder stoppelig war. Warum lachte Neo so? Yannik war verdammt stolz darauf, absolut jede Frau zum Höhepunkt bringen zu können mit seinem ausgeklügelten System! Doch ehe er noch ein bisschen mehr sinnlos herumstotterte, konnte er Neo eigentlich auch einige seiner Punkte zeigen.

„Pass einfach auf.“ Grinsend drückte er Neo einen letzten Kuss auf die sündig roten Lippen, ehe er es sich zwischen seinen Beinen bequem machte.

„Okay, werd ich.“ Noch immer klang Neo amüsiert. Zumindest nahm er seinen dummen Satz offenbar nicht mehr allzu ernst. Im Gegenteil, er öffnete seine Schenkel sogar noch etwas weiter für ihn.

Yannik sah, wie heiß er ihn bereits gemacht hatte. Nicht nur seine Klitoris war steif, auch seine Schamlippen waren geschwollen. Allerdings war der Eingang seiner Vagina kein bisschen feucht. Aber darauf hatte Neo ihn ja vorbereitet.

Genüsslich schob Yannik die Zunge zwischen seine Schamlippen und leckte über jeden Millimeter des Eingangs. Erst ganz langsam und vorsichtig, aber bald mit mehr Druck.

Dunkles Keuchen war der Lohn für seine Mühen. Wobei … es war keine Mühe, denn es war keine Überwindung nötig. Im Gegenteil, es heizte ihn unglaublich an.

Neo rekelte sich unter seinen Berührungen, seine Hüfte hob sich ihm entgegen.

Zeit für Punkt zwei, dachte Yannik lüstern und schob seine Zunge nun so weit in Neos Vagina, wie er konnte, und erkundete sie. Er selbst wäre fast geplatzt. Sobald Neo gekommen war, musste er ihn unbedingt selbst noch haben! Nichts wünschte er sich in diesem Moment mehr, auf den er die letzten dreieinhalb Monate zugesteuert war!

Und während er voller Lust leckte, packte er Neos Pobacken mit beiden Händen, um noch ein wenig mehr Gegendruck zu erzeugen und tiefer stoßen zu können.

Seiner Erfahrung nach machte das die meisten Damen ziemlich an. Auch Neos Atem ging schnell, aber er schien nicht ganz so darauf abzufahren. Woran das wohl lag?

Offenbar musste er es erst mal anders probieren. Irgendwie würde er seinen Süßen schon zum Schreien bringen.

Auf seinem Plan stand nach Punkt drei erst mal großflächig lecken von unten nach oben. Auch eine seiner Spezialitäten. Vielleicht gefiel Neo das besser.

Die meisten Frauen, die er kannte, mochten das.

Noch während er den Kopf hinuntersenkte, wurde ihm etwas klar und das war wichtig. Egal was er auch glaubte, über Frauen und ihre Befriedigung zu wissen … Neo war ein Mann. Und ganz sicher würde es ihn verletzen, wenn er ihn nicht als solchen behandelte. Auch in Sachen Sex oder vielleicht gerade dabei.

Deshalb leckte er genau einmal vom Damm bis hinauf zur Klitoris, die härter war, als er erwartet hatte. Als seine Zunge über die Spitze fuhr, erschauerte Neo und stöhnte. Dann hatte er sich wohl doch nicht getäuscht.

Mit einem zufriedenen Lächeln leckte Yannik erst einmal eine Weile nur über die Spitze, so wie Neo es damals auf der Hochzeit mit seiner Eichel gemacht hatte. Und als Neos Laute immer kehliger wurden, schloss er schließlich die Lippen komplett um den kleinen Ständer, um daran zu saugen.

„Yannik!“ Neos Hüfte ruckte nach vorn. „Das ist gut … so gut …“

Jetzt bebte der ganze schlanke Körper vor ihm und eine Hand legte sich in seine Haare.

Punkt vier und fünf also brachten Neo zum Schreien. Zufrieden widmete Yannik sich mit all seiner Lust der Erektion, die so neu für ihn war. Er erforschte sie mit der Zunge, neckte und schmeckte sie, bis die Finger in seinem Haar sich plötzlich hineinkrallten.

Neos Höhepunkt war leise im Gegensatz zu seinen Reaktionen zuvor. Sein Körper zuckte und mit einem Ächzen stieß er noch mal Yanniks Namen hervor.

Allein dieser letzte Ton, dieses eine Wort brachte Yannik beinahe um. Er wollte ihn, jetzt noch viel, viel mehr als zuvor.

„Neo …“, raunte er und beugte sich über ihn, um ihn zu küssen. Hart und stürmisch, so wie er ihn jetzt auch vögeln wollte. „Ich will dich richtig.“

„Hast du ’n Gummi?“, murmelte Neo und schmiegte sich an ihn. Offenbar hatte er auch noch nicht genug.

Fassungslos starrte Yannik ihn an. Daran hätte er als Allerletztes gedacht. Aber klar, wenn Neo noch immer zumindest innerlich eine Frau war, konnte er vermutlich schwanger werden. Und ein Unfall dieser Art reichte Yannik in seinem Leben definitiv.

Seufzend ließ er sich neben Neo sinken und zog ihn in seinen Arm, wobei er ihn sehr viel zärtlicher küsste.

„Nein, hab ich nicht.“ Er rieb die Nase an seiner. „Aber das ist auch nicht so schlimm. Immerhin bist du ans Ziel gekommen.“

„Ich kann dir auch was Gutes tun, wenn du willst …“ Neo erwiderte seinen Kuss.

Yannik hätte gelogen, wenn er gesagt hätte, dass das Angebot nicht verlockend gewesen wäre. Seine Hose war so prall, es kam einem Wunder gleich, dass sie noch zuhielt.

Aber trotzdem streichelte er über das Gesicht seines Liebsten und lächelte: „Schon in Ordnung. Ich spare mich für dich auf, bis wir richtigen Sex haben können."

„Sicher? Sieht irgendwie etwas … schmerzhaft aus …" Bevor Yannik reagieren konnte, strich Neo über die Beule in seiner Hose. Von unten nach oben, wo er zielstrebig seinen Gürtel öffnete.

Ihm entfuhr ein Stöhnen, das aus seinem tiefsten Inneren kam.

Er vergaß augenblicklich, was er gerade noch gedacht hatte, und ließ sich willig zurücksinken, damit Neo mit ihm tun konnte, was er wollte.

„Hast du 'ne Ahnung, wie oft ich an deinen geilen Schwanz gedacht hab?", raunte Neo ihm zu, während er seine Hose jetzt öffnete. „Den Anblick lass ich mir jetzt sicher nicht nehmen."

„Genauso oft wie ich daran, wie er in deinem Mund verschwunden ist", gestand Yannik hilflos.

Gott, machte dieser Kerl ihn heiß! Der wusste auch immer, was er sagen musste, um Yannik an den Rand des Vorstellbaren zu bringen!

„Soll ich die Erinnerung daran auffrischen?", fragte Neo mit seinem unwiderstehlichen Lächeln.

Kapitel 19

Neo

Ein Glück, dass er erst gegen Nachmittag in die Redaktion kommen musste, da er heute als Berichterstatter bei einer Veranstaltung abends unterwegs sein würde.

Das hatte ihm nicht nur Zeit für ein gemeinsames Frühstück mit Yannik gegeben, sondern auch die Gelegenheit, dass er noch ein paar Stunden Schlaf bekommen hatte nach diesem Abenteuer. Nun, es war vermutlich dumm, so zu denken, aber der Ausgang des Ganzen war durchaus … befriedigend gewesen. Er schmunzelte, als er die Treppe zum Büro hochging und allein der Gedanke an heute Morgen bescherte ihm schon wieder das angenehme Pochen zwischen den Beinen.

Besser er kühlte sich schnell ab.

Jetzt musste er erst mal unbedingt mit Luna sprechen. Über die ganze verworrene Yannik-Sache.

Er stellte seine Laptoptasche neben seinem Schreibtisch ab und machte sich dann auf den Weg hinunter in den Satz.

Er klopfte vorsichtig an die Tür, an der neben Lunas auch noch Henrys Name stand, und lugte hinein. Seine Freundin war allein.

„Hi, du. Na, alles gut?“ Das Lächeln konnte er jetzt nicht verbergen. Wollte er auch nicht. Tatsächlich fühlte er sich so gut wie lange nicht.

Konzentriert blickte Luna von ihrem Bildschirm auf, zog sich dann aber erst einmal die Lesebrille von der Nase.

„Hey, Schatzi“, begrüßte sie ihn dann freudig. „Komm rein! Es ist Freitag und Gott sei Dank ist Henry schon im Feierabend!“

„Na, ein Glück … War er heute wieder ätzend zu dir?“

„Henry ist immer ätzend, das ist Teil seines Charakters.“ Luna verdrehte die Augen. „Setz dich und erzähl mir einen Schwank aus deinem Leben!“

Neo küsste sie auf die Wange, dann ließ er sich auf Henrys Bürostuhl sinken. Wie beiläufig erzählte er: „Yannik ist bei mir vorbeigekommen und irgendwie … haben wir jetzt was miteinander.“

Obwohl Luna sich wieder in ihren Bildschirm vertieft hatte, blickte sie jetzt ungläubig auf.

„Entschuldige, bitte, ich glaube, ich hatte gerade einen Schlaganfall. Hast du gerade gesagt, du hast was mit Yannik? DEM Yannik?!“

„Ja. Genau dem …“ Er lachte leise. „Du musst mich für einen Vollidioten halten.“

„Dazu bin ich noch nicht ausreichend im Bilde, um das zu entscheiden. Trennt er sich denn von Claudia und ist mit dir zusammen?“

Treffsicher hatte Luna natürlich diesen wunden Punkt gefunden, der auch ihm immer noch ein Rätsel war. Also schüttelte er den Kopf.

„Ich weiß noch nicht, wie es da weitergeht.“

„Dann ja, ich halte dich tatsächlich für einen Vollidioten.“

Gnadenlos. Absolut gnadenlos, diese Frau. So süß, wie sie manchmal sein konnte, aber in solchen Momenten hatte sie kein Mitleid.

„Aber … na ja … irgendwie wird sich das schon lösen. Oder nicht?“

Dass auch er zweifelte, konnte er wohl kaum verbergen. Aber gleichzeitig war es auch so schön zwischen ihnen.

„Sag du's mir. Was heißt übrigens, dass ihr was miteinander habt? Knutschen, fummeln, vögeln?"

„Also zum Letzten kam es noch nicht." In Ermangelung von Kondomen. Aber das musste Luna ja nicht wissen,

„Hältst du ihn hin oder er dich?"

Lunas rechte Augenbraue rutschte unerbittlich nach oben und Neo bekam das Gefühl, einer Richterin gegenüberzusitzen. Einer strengen Richterin mit Lesebrille.

„Wir hatten keine Gummis", gab er also zu.

Das brachte Luna so zum Lachen, dass sie nach Luft rang.

„Das heißt, dass ihr wirklich richtig miteinander zugange wart?", fragte sie schließlich japsend. „Also … *weiß* Yannik alles?"

„Ja, das heißt es. Und ja, er weiß alles. Zumindest eine Kurzform davon."

„Oh, Schatz!"

Luna griff sich mit beiden Händen ins Haar und sah ihn mit einer Mischung aus Verzweiflung und Sorge an.

„Glaubst du, das geht gut? Glaubst du, er nutzt dich nicht nur aus?"

„Nein, das denke ich nicht", stellte er klar. „Nur ist es natürlich nicht einfach, wie es gerade ist."

Das war maximal untertrieben. Yannik wurde immer noch Vater, war immer noch nicht von Claudia getrennt und davon, dass er die Hochzeit nun absagen würde, hatte er auch noch keinen Ton gesagt.

Luna nickte.

„Und wie geht's jetzt weiter? Lass dir doch nicht alles aus der Nase ziehen, Neo! Erzähl endlich mal alles und nicht nur das, was du für spruchreif hältst!"

„Keine Ahnung", stieß er seufzend aus. „Ich hab keine Ahnung … das ist ja das Problem."

Ein bisschen von den Glücksgefühlen war verpufft, langsam kam er wieder auf den Boden der Tatsachen zurück.

„Scheiße, Neo.“

Luna stand auf und kam zu ihm herüber, um ihn in den Arm zu nehmen.

„Warum kannst du mit den Kerlen nicht einmal Glück haben?“

„Frag mich was Leichteres …“ Nur zu gern erwiderte er die Umarmung. „Was soll ich denn jetzt machen?“

Dafür traf ihn ein mitfühlender Blick.

„Was willst du denn machen? Du hast gesagt, du bist verliebt. Ist Yannik das auch? Sprecht ihr darüber, wie es mit euch weitergehen soll?“

„Dazu kam es noch nicht. Irgendwie musste zuerst die Sehnsucht raus. Aber ich fürchte, das sollten wir wohl dringend.“

„Aber er behandelt dich gut? Schatz, wenn er auch nur einmal mies zu dir ist … Ich sag dir, ich hau ihn um! Ich kenn Yannik nur als diesen griesgrämigen, schweigsamen Riesen, der nicht gerade sympathisch rüberkommt.“

„Er kann richtig lustig sein und total lieb. In ihm steckt viel mehr, als er nach außen hin zeigt.“

Wie aufs Stichwort meldete sich sein Handy und Luna runzelte die Stirn, als Neo das Telefon hervorzog.

Hey, Auserwählter, darf ich dich morgen früh kurz sehen? Ich denke pausenlos an dich <3

Sofort schlug sein Herz höher und ein breites Grinsen konnte er nicht unterdrücken.

Ich denke auch an dich. Wann könntest du denn bei mir sein?

Ich komm auf meiner Joggingrunde bei dir vorbei. Halb acht? Ich bringe Croissants mit?

Gerne. Ich freu mich.

Und ich mich erst, du sexy Schönheit.

„Sexy Schönheit?!" Luna hatte offenbar mitgelesen und starrte ihn fassungslos an.

Neo räusperte sich verlegen. „Ähm … ja."

„Heilige Scheiße."

Nur das sagte sie, während sie aussah, als würde sie vom Glauben abfallen.

„Ich sag ja … er ist anders, als ihr alle denkt."

Luna sah zwar nicht überzeugt aus, aber sie zuckte die Schultern.

„Wenn er wirklich so anders ist, soll er es beweisen und seiner Claudi die Wahrheit sagen. Was er da abzieht, ist nämlich wirklich nicht in Ordnung."

„Ich weiß." Neo senkte den Blick. „Mir wäre es anders auch lieber."

Hoffentlich würde sich diese Situation so bald wie möglich lösen. Irgendeine Möglichkeit musste es doch geben, sodass alle irgendwie mit erhobenem Kopf aus der Sache hervorgehen konnten.

Kapitel 20

Yannik

Claudi hatte sich so darüber gefreut, dass das Wetter so heiß war, denn dann konnte sie ein sich unauffällig über ihrem Babybauch bauschendes Sommerkleid anziehen. Ganz groß wollte sie es der Familie verkünden, ohne dass es vorher jemand merkte.

Yannik dagegen trug trotz der Hitze eine schwarze Stoffhose und ein weißes Hemd. Sie mussten wie immer alle schick sein, wenn sich die Familie traf.

Er hasste es.

Einzig Jack hatte sich gewagt, in einer Jogginghose und einem Tanktop aufzutauchen. Doch ihr Babybauch war mittlerweile eine echte Kugel geworden und sie war permanent schweißüberströmt. Er hatte Mitleid mit ihr, auch wenn sie mit ihrer schlechten Laune echt einschüchternd war.

Dafür turtelten Tommy und Luna ihm gegenüber heftig, sodass Yannik es kaum aushielt.

Wenn Neo doch nur hier sein könnte …

Er unterdrückte den Reflex, Neo zumindest eine Nachricht zu schreiben.

Die paar gestohlenen Stunden waren viel zu wenig. Zu wenig, um ihn so gut kennenzulernen, wie er es wollte, und zu wenig, um seine Sehnsucht wirklich zu stillen. Zwischen Tür und Angel sollte ihr erster richtiger Sex nicht passieren, da war er sich mittlerweile sicher. Nachdem er jetzt die verbotenen Früchte gekostet hatte, wollte er sie auch gebührend genießen.

Wenn sein Vater Richard gerade seine Gedanken lesen würde, würde er ihn vermutlich verstoßen.

„Yanni …“, flüsterte Claudia nun und griff unter dem Tisch nach seiner Hand. Sie war geschmeidig, aber viel zu dünn. Er mochte Neos feine Hände viel mehr.

Aber darum ging es nicht, sondern um ihren gemeinsam gefassten Plan.

„Ja, natürlich."

Er nickte gebeutelt und ihm wurde schon wieder übel. Nachdem ihn die Übelkeit zwei Tage lang verschont hatte, ging es jetzt wieder los.

Was hatten sie noch mal vereinbart, das er sagen sollte? Gerade war sein Kopf wie leer gefegt.

Am Ende war es egal, Hauptsache die Katze war aus dem Sack.

Also stand er auf und zog Claudia mit hoch. Sie kicherte albern, vielleicht fand sie es ja süß, dass er so aufgeregt war, dass er vom Plan abwich.

„Familie, wir haben euch etwas zu erzählen", sagte er ruhig.

Aller Augen richteten sich natürlich auf ihn. Er sah in Jacks Augen die Verurteilung, aber er konzentrierte sich auf das, was er tun musste. Er hatte die Verantwortung hierfür und die würde er nicht sausen lassen.

Deshalb legte er eine Hand um Claudias Hüfte und die andere auf ihr Kleid, sodass auch die anderen ihren gerundeten Unterleib endlich sehen konnten.

„Wir erwarten eine Tochter gegen Ende des Jahres."

„Oh, Yanni!" Claudi war entzückt und besiegelte ihre Offenbarung mit einem Kuss. Yannik widerstand nur mühsam, mit dem Ärmel über seine Lippen zu wischen.

Wie sollte er das nur für den Rest seines Lebens aushalten? Er spielte ja nicht einmal, als wäre er glücklich, was auch keiner von ihm erwartete, da ihn jeder nur so kannte. Kühl. Distanziert.

Kennt dich eigentlich irgendjemand?, hatte Neo gefragt.

Niemand kannte ihn wirklich. Wahrscheinlich nicht einmal er selbst. Aber er genoss jede Sekunde, in der er mit Neo mehr über sich herausfand.

„Herzlichen Glückwunsch! Ich hatte ja schon fast nicht mehr zu hoffen gewagt!“

Sein Vater war der Erste, der sich erhob, um Claudi in den Arm zu nehmen. Er küsste ihre Wange, ganz der weltmännische Geschäftsmann, dann trat er vor Yannik und reichte ihm mit festem Druck die Hand.

„Das nächste Mal wird es aber ein Junge, Yannik!“, scherzte er und in Yannik zog sich alles zusammen. Natürlich, sein Vater erwartete einen Stammhalter von seinem Erstgeborenen.

Er verkniff sich zu sagen, dass kein weiteres Kind geplant war, sondern zwang sich zu einem Lächeln.

„Jetzt, wo ihr meinen nächsten Enkel erwartet, könnt ihr mir den Wunsch, eure Hochzeit zu bezahlen, aber nicht mehr abschlagen. Ich bestehe darauf, mein Sohn.“

Richard ließ Yanniks Hand los und legte einen Arm um Claudias Schultern.

„Schließlich ist es unsere Pflicht als Familie, es der werdenden Mutter so angenehm wie möglich zu machen. Und ihr jeden Wunsch von den Augen abzulesen.“

Das fand Yannik zwar etwas seltsam, da er das eher zu seinen Pflichten als Verlobter gezählt hätte, aber er schüttelte erst einmal vorsichtig den Kopf.

„Nein, Vater, das können wir nicht annehmen …“

„Ach was! Ihr müsst. Ich bestehe darauf. Mein ältester Sohn heiratet schließlich nicht jeden Tag.“

„Yanni …“ Bettelnd sah Claudia ihn an.

Sie verließ Richards Arm, um nach Yanniks Händen zu greifen.

„Bitte, Yanni.“

Die Übelkeit übernahm sofort.

Er musste hier raus. Musste Neo schreiben oder mit ihm sprechen. Nur dann verschwand dieses Gefühl.

„Alles, was du willst“, würgte er schließlich heraus.

Ihr Strahlen und Richards halbwegs zynischer Applaus waren zu viel. Yannik entzog ihr seine Hände und hastete aus dem Speisezimmer hinaus ins Gästeklo. Er sperrte die Tür ab und fummelte sein Handy aus der Tasche. Eine Sekunde später hatte er Neos Nummer gewählt, während es ihn immer wieder würgte.

„Hey, Yannik“, meldete er sich nur kurze Zeit später. „Ich hatte gar nicht damit gerechnet, heute von dir zu hören.“

„Rede!“, presste Yannik mit letzter Kraft hervor. „Bitte!“

Das Kotzgefühl wurde übermächtig und er kniete sich vor die Schüssel.

Neo fragte nicht nach, sondern erzählte mit warmer Stimme: „Heute hatte ich auch einen genialen Auftrag. Mal wieder. Jubiläum der Rinderbesamungsanstalt … Ja, du hast richtig gehört, dieses Mal keine Kaninchen.“

Das Gefühl in Yanniks Innerem wurde auf einmal ganz warm und verdrängte die Übelkeit langsam.

Kraftlos stützte er die Stirn gegen die kalten Badfliesen neben sich und lächelte.

„Rinderpenisse, ja?“

„Richtig. Aber ehrlich gesagt … besonders anregend ist das Business nicht.“ Er lachte.

„Vielleicht musst du nur öfter hingehen.“

Bitte, er musste noch ein bisschen reden. Bis Yannik sich besser fühlte.

„Nein, danke, kein Bedarf“, winkte Neo ab. „Das reicht bis zum nächsten Jubiläum. Wenn nicht sogar länger.“

„Was machst du jetzt gerade?“ Noch immer drängte die bittere Galle auf Yanniks Zunge. „Ich vermiss dich höllisch.“

„Ich dich auch.“ Die sanfte Stimme in seinem Ohr tat so gut. „Gerade schau ich mir die Bilder von Donnerstagnacht an. Die vom Bunker.“

„Du willst doch nicht schon wieder Dummheiten machen, oder?“

Langsam wurde es besser. Seine Sorge um Neos Sicherheit lenkte ihn genug ab.

„Nein, ganz bestimmt nicht. Aber der Sache auf den Grund gehen will ich trotzdem“, versuchte Neo, ihn zu beruhigen, nur dass es die Wirkung bei Yannik verfehlte. „Geht es dir wieder besser?“

„Halbwegs. Wenn du irgendwas machen willst … Ruf mich an. Ich begleite dich. Dann weiß ich wenigstens, dass du in Sicherheit bist.“

Es fiel Yannik noch immer schwer, zu reden. Sein Magen drehte sich um bei der Vorstellung, Neo könnte irgendetwas zustoßen.

„Du wirst es kaum glauben, aber die meisten meiner Recherchen finden am Schreibtisch statt.“ Jetzt hörte Yannik Neos Amüsement.

„Der ist Gott sei Dank sicher.“ Auch Yannik musste lächeln. „Auch wenn es sicher helfen würde, wenn ich bewaffnet Wache hinter dir halten würde.“

„Ich bin mir ziemlich sicher, dass ich dann nicht arbeiten könnte, mit einem so heißen Mann direkt hinter mir.“

„Aber bei der Arbeit bin ich professionell. Ich habe noch nie mit einem Kunden geschlafen.“

Yannik gluckste bei der Vorstellung, dass ihm das bei Neo nicht gelingen würde.

„Und wenn dein Kunde nicht professionell wäre?“

„Ein guter Bodyguard widersteht allem“, wischte Yannik mit ernster Stimme weg. „Außer vielleicht einem sexy Rothaarigen. Oder Whitney Houston.“

Das brachte Neo wieder zum Lachen und auch er stimmte mit darin ein. Wahrscheinlich hatte er in den letzten Jahren nicht so viel gelacht wie in der Zeit mit Neo.

„Ich werde dich testen.“

„Besser nicht. Dabei kann ich nur verlieren. So oft, wie ich an unsere Abenteuer denke …“

Da klopfte es sacht an die Tür.

„Yanni? Bist du okay?“

Die Übelkeit wollte zurückkommen, aber Yannik wehrte sich unwillig dagegen.

„Ja … Durchfall“, brummte er zurück.

„Armer Hase. Kann ich dir was bringen? Deine Mama hat sicher was dagegen zu Hause.“ Sie klang süß und besorgt und trotzdem war so ziemlich alles daran falsch.

„Nein, geht gleich wieder. Zehn Minuten“, bedingte er sich aus und fühlte sich schlecht, weil er sie anlog und betrog, obwohl sie es nicht verdient hatte.

Aber ohne Neo wäre er abgesoffen. Er hätte das nicht überlebt.

„Okay. Dann bis gleich.“ Zum Glück hörte er ihre sich entfernenden Schritte.

„Magst du mir sagen, was los ist?“ Die heitere Stimmung war ein bisschen verflogen, aber Neo klang warm und sanft. Gerade wollte er am liebsten zu ihm fahren und ihn in seinen Armen spüren.

„Die Familie weiß jetzt von dem Baby.“ Es fiel Yannik schwer, mit Neo darüber zu sprechen. Jetzt sollte er auch noch Yanniks Kummer aushalten müssen? Er war ein Schwein, ihm das anzutun. „Und mein Vater und Claudi haben sich gegen mich verschworen. Tja, er bezahlt jetzt unsere Hochzeit. Damit Claudi auf dem Weingut heiraten kann, wie in ihren Träumen.“

Für ein paar endlose Momente kam keine Antwort, was Yannik nun wirklich nicht überraschen sollte.

„Ich weiß nicht, was ich dazu sagen soll", meinte Neo schließlich.

„Es tut mir leid."

Die Entschuldigung kam aus tiefstem Herzen. Was er Neo mit all dem hier antat, war unsäglich.

„Neo, das hast du nicht verdient. Verzeih mir. Wenn du die Reißleine ziehen willst …"

Dann bringt mich das um, aber immerhin musst du dann nicht mehr unter mir leiden.

„Wir finden einen Weg. Ja? Sonst wissen wir doch nie, wohin das führen könnte …"

Yannik seufzte.

„Ich kann dir nicht sagen, wie dankbar ich dir bin. Und gleichzeitig … gleichzeitig will ich dich nicht kaputtmachen. Ich hab eine Scheißangst um dich."

„Yannik …" Neo schluckte hörbar. „Ich mach mir auch Sorgen … Besser du gehst jetzt zurück. Meld dich später, ja?"

„Sobald ich kann."

Ohne eine Verabschiedung legte Yannik auf und wischte sich durch das Gesicht. Er fühlte sich auf einmal unendlich alt und müde.

Aber es half nichts. Er musste da wieder raus.

Er spülte, wusch sich die Hände und verließ das Gästebad.

„Na, da ist das Goldkind ja wieder", sagte Niklas noch im Gang zu ihm.

Erstaunt blickte Yannik ihn an.

„Was soll das heißen?"

Er kannte Niklas' Ton zur Genüge. Es hatte einen Grund, warum er sich geweigert hatte, mit ihm in der Geschäftsleitung zu sitzen.

Deshalb klang er selbst jetzt auch sofort viel aggressiver, als er war. Niklas bot man besser gleich Paroli, wenn er so anfing.

„Na, komm schon … Papa bezahlt deine Hochzeit, was für ein Glück für dich. Das hat er nicht mal bei Jacks erster Hochzeit getan.“ Sein jüngerer Bruder schnaubte. „Aber der Stammhalter … Da ist natürlich alles anders.“

„Glaubst du, ich wollte das?“, gab Yannik verärgert zurück. „Ich hab sein Angebot schon mal abgelehnt!“

„Heute hast du dich nicht mehr ernsthaft gewehrt, oder?“

„Weil ich weiß, wann ein Kampf aussichtslos ist!“

Yannik schämte sich für seine Schwäche. Dafür, Claudia nachgegeben zu haben, obwohl ihm das wichtig war. Und jetzt stand er vor seinem jüngeren Bruder und hatte keine Argumente.

Er war so ein Loser!

„Weißt du was, wenn es dir dann besser geht, gehe ich jetzt zu Vater und sage ihm ab!“

„Lass stecken. Darum geht es nicht. Sondern darum, dass Vater uns nicht alle gleich behandelt. Ich reiß mir den Arsch auf, damit alles läuft, und er sieht es nicht mal!“

Da konnte Yannik ihm nicht mal widersprechen. So war ihr Vater schon immer gewesen. Seine ganze Aufmerksamkeit konzentrierte sich auf Yannik und Jack, alles andere lief nebenbei. Wie enttäuscht war er gewesen, als erst Yannik und dann auch Jack ihr Heil in der Flucht zur Bundeswehr gesucht hatten, um nicht in das Familienunternehmen einsteigen zu müssen. Doch nach Ende der dreizehn Jahre war Yannik nicht als Berufssoldat übernommen worden und aus der Not heraus …

Nun ja, das war der glücklichste Tag für seinen Vater gewesen.

„Gib mir nicht die Schuld an deinem schlechten Verhältnis zu Vater!“, bellte er stattdessen.

„Das tu ich doch gar nicht!“, knurrte Niklas zurück.

„Kinder … seid doch friedlich …“ Ihre Mutter Helena stand in der Tür. Warum fiel ihm eigentlich gerade heute auf, wie müde sie aussah und dass ihr Lächeln eine bittere Beinote hatte? Die Fassade von der großen glücklichen Familie bröckelte plötzlich vor seinen Augen.

„Tut mir leid, Mutter“, lenkte er deshalb sofort ein. Sie hatte ja recht. Es half niemandem, wenn sie sich hier an die Gurgel gingen.

„Kommt doch wieder rein. Papa will mit euch allen auf seine neue Enkelin anstoßen.“

Sowohl Niklas als auch Yannik nickten und trotteten nebeneinander zurück ins Esszimmer. Claudi erwartete ihn schon mit besorgtem Blick.

„Bist du in Ordnung, Schatz?“, flüsterte sie, als er sich neben ihr niederließ. Er nickte und gab ihr einen Kuss auf den Wangenknochen, weil sein Vater eben zu ihnen herübersah.

„Alles okay.“

Nachdem sie gebührend angestoßen hatten, wobei ihn böse Blicke von Jack und Luna trafen, meinte Richard: „Kann ich noch kurz was mit dir besprechen, Yannik?“

„Natürlich, Vater.“

Wahrscheinlich würde er noch ein paar gute Ratschläge für seine Ehe und die Vaterschaft bekommen. Immerhin wusste sein Vater alles.

Sie erhoben sich und Richard führte ihn in sein Arbeitszimmer.

„Schließ die Tür.“

Das klang ernst, aber Yannik gehorchte. So, wie er immer gehorchte.

„Deine Verlobte hat mir eben erzählt, dass du vorgestern zwei Stunden später gekommen bist wegen eines Zwischenfalls. Nur konnte ich in den Übergabeprotokollen gar nichts dazu finden."

Verdammt!

Claudia war also eine undichte Stelle. Er musste in Zukunft besser aufpassen!

Äußerlich gestrafft, aber innerlich in heller Panik blickte Yannik seinen Vater an, der selbstsicher hinter seinem riesigen Schreibtisch saß. Das hier war kein Gespräch, das war ein Verhör.

„Es gab auch keinen", log Yannik. „Ich wollte nur nicht, dass Claudia weiß, wohin ich fahre. Ich war mit einem Freund bei einem Juwelier etwas außerhalb, um die Eheringe anzusehen. Ich will sie mit etwas Besonderem überraschen."

„Um sechs Uhr morgens?" Richard klang skeptisch – zu Recht.

„Spezialtermin. Sie soll ja schließlich nichts ahnen." Hoffentlich klang das so souverän, wie es sollte.

„Außerdem ist der Juwelier etwas weiter draußen. Wir sind fast eine Stunde hingefahren", setzte er hinzu.

Er begegnete dem argwöhnischen Blick seines Vaters ganz ruhig. Hier ging es darum, Neo zu schützen. Das gab ihm ungeahnte Ruhe.

Und seine Anwesenheit musste glaubhaft erklärt sein. Sein Vater hatte unzählige Bekannte, über die er alles herausbekam. Er hatte sogar schon mal Verkehrskameras anzapfen lassen, um Niklas vor der ganzen Familie bloßzustellen, als er sich trotz Hausarrests nach draußen geschlichen hatte. Es war einer öffentlichen Zerfleischung gleichgekommen. Das musste Yannik in Bezug auf Neo auf jeden Fall vermeiden.

„Nun, bist du fündig geworden?", fragte Richard nun interessiert. „Ich hoffe doch, wenn du einen solchen Aufwand betreibst."

„Ich habe ein paar Ansichtsexemplare bestellt. Ich werde wohl demnächst noch mal heimlich hinfahren müssen, bis ich mir sicher bin. Es soll ja nichts Gewöhnliches für meine Braut sein."

Yannik versuchte zu lächeln, kämpfte aber schon wieder gegen den Brechreiz an. Seine Braut. Er hoffte, er musste das niemals wieder aussprechen.

„Sehr gut. Es war wirklich höchste Zeit, dass du Nägel mit Köpfen machst. Claudi ist eine besondere Frau und du wärst wirklich ein Dummkopf, wenn du sie nicht heiraten würdest."

„Über diesen Punkt sind wir Gott sei Dank hinaus."

Yannik hörte selbst, wie gezwungen seine Stimme klang.

„Du machst mich damit wirklich stolz, Junge." Sein Vater stand auf und kam auf ihn zu. Er klopfte ihm etwas unbeholfen auf die Schulter.

Yannik kniff die Lippen zusammen.

Früher hatte er sich nach so einem Lob gesehnt. Aber mit seiner Arbeit hatte er es nie erreichen können. Nur damit, dass er die richtige Frau an Land gezogen hatte und ein Kind mit ihr produzierte.

Das war so ätzend, dass er am liebsten gleich zu Neo gefahren wäre.

Doch sein Vater lächelte nun zufrieden und meinte: „Gut, dass wir gesprochen haben. Komm, die Familie wartet sicher schon auf ihren Ehrengast heute."

Offenbar hatte er die Probe bestanden. Katastrophe abgewendet.

Er erhob sich und verließ das Arbeitszimmer im Windschatten seines Vaters.

Als sie das Wohnzimmer betraten, in dem bereits alle versammelt saßen, traf er auf Jacks dunklen Blick. Auch Niklas guckte böse. Und da Yannik keine Lust auf weiteren Streit hatte, gesellte er sich kurzerhand zu Tommy und Luna. Claudia war zum Glück in ein Gespräch mit Helena verwickelt und beachtete ihn für den Moment nicht. Sehr erleichternd.

Womit er vielleicht hatte rechnen müssen, war nun ein sehr forschender Blick von seiner Schwägerin.

Hatte Neo ihr etwas erzählt? Hatte Neo ihr vielleicht sogar alles erzählt?

„Große Neuigkeiten, hm?“, begann er verlegen das Gespräch.

„Nicht so taufrisch, wie du vielleicht denkst, Yanni“, bekam er spitz zur Antwort.

Sie wusste also alles.

„Neo?“, flüsterte er. „Willst du mich jetzt auch noch schimpfen? Tu dir keinen Zwang an, heute sind alle unzufrieden mit mir.“

„Nein, ich glaube, du strafst dich selbst gerade am meisten“, meinte sie nun etwas versöhnlicher.

„Um was geht es hier eigentlich?“, fragte Tommy mit gerunzelter Stirn. „Zu Hause macht meine Frau auch immer nur Andeutungen.“

Yannik seufzte.

„Du bist doch sonst so helle.“

„Da hat dein Bruder recht, mein Liebster. Überleg ein wenig und vielleicht kommst du dann darauf.“ Luna grinste und drückte ihrem Mann einen Kuss auf die Wange. Dann wandte sie sich wieder ihm zu. „Ich hoffe, du hast einen Plan, wie du aus dem Schlamassel rauskommst, da ich dich sonst leider vierteilen muss.“

„Was habe ich für eine Wahl, Luna?“, murmelte Yannik dumpf. „Ich habe ein Kind gezeugt. Dieser Verantwortung entziehe ich mich nicht. Egal … egal, was ich gern möchte.“

Egal, wen ich liebe, hatte er sagen wollen. Aber das brachte er nicht über die Lippen.

„Alleinerziehend“, sagte sie nun fest. „Schon mal davon gehört? Du bist dann nicht weniger ihr Vater.“

„Aber sie wird darunter leiden und Claudia auch! Und das kann ich nicht zulassen. Claudia war mir immer eine gute Gefährtin …“

O Gott, was redete er denn da?!

„Lasst uns das nicht hier besprechen.“

„Ich fürchte auch. Sonst muss ich nämlich brechen …“ Luna sah ihn kopfschüttelnd an, bevor sie zischte: „Gefährtin? Dein Ernst?“

Yannik spürte schon das Magengrummeln vor Ärger.

Doch auf einmal sagte Tommy: „Ouh! Jetzt versteh ich!“

Ungläubig starrte er Yannik für einen Moment an, dann meinte er: „*Das* sollten wir wirklich woanders besprechen. – Mama, wir bereiten Kaffee und Kuchen vor!“

Damit zog er sowohl Luna als auch Yannik aus dem Raum hinüber in die verwaiste Küche.

„Also, Bruder? Jetzt mal Klartext. Willst du Claudi nur heiraten, weil sie schwanger ist?“ Tommy sagte das ohne eine Wertung. Die übliche Schmidt-Ehrlichkeit.

„Jetzt ist die Katze aus dem Sack. Ich kann sowieso nicht zurück. Was glaubst du, was Vater mit mir machen würde, wenn ich mich von ihr trennen würde?“

Geflissentlich überging Yannik die Frage.

„Vermutlich verstoßen, wie Jack damals“, erwiderte Tommy trocken. „Aber ganz ehrlich, wäre das so schlimm? Wir stehen trotzdem zu dir, Yannik. Du musst dich nicht unglücklich machen, weil du falschen Moralvorstellungen nachläufst.“

Tatsächlich überraschten ihn die Aussagen seines jüngsten Bruders und irgendwie rührte ihn das ziemlich. Nur leider war er dadurch kein bisschen weniger ratlos, wie er diesem Dilemma entkommen konnte.

„Jack hat es jedenfalls nicht geschadet, dass sie sich von deinem Vater etwas abgenabelt hat“, meinte nun auch Luna.

„Ich … Hört auf damit. Ich werde Claudia nicht sitzen lassen. Das kann ich nicht.“

„Also machst du auf einen Schlag also drei Menschen unglücklich … bravo.“

Luna schnaubte wütend.

„Claudia ist nicht unglücklich und unsere Tochter wird es auch nicht sein. Dafür stehe ich gerade.“

„Erstaunlich, dass du dein Glück in die Sache gar nicht einbeziehst“, ließ Tommy sich vernehmen.

„Und was ist mit … Neo?“, sagte Luna. „Welche Rolle soll er in der kleinen glücklichen Familie spielen?“

„Ich weiß es nicht, verdammt!“, wurde Yannik nun laut, weil er die Vorwürfe nicht mehr ertragen konnte. Er wusste selbst, dass er in einer Zwickmühle steckte, die niemanden glücklich machte.

Deshalb mussten sie doch aber nicht so auf ihm herumhacken!

„Was ist hier los?“

Jack erschien in der Küche und musterte sie mit verschränkten Armen. Wie konnte eine schwangere Frau nur so kampfbereit aussehen?

„Nicht du auch noch!“, blaffte er.

Er wollte nur noch weg hier und sich in Neos Arme kuscheln.

„Yannik will lieber eine ungeliebte Frau heiraten, als Neo glücklich zu machen“, weihte Luna Jack ein, sodass Yannik sich einfach umdrehte. Er hatte definitiv genug.

„Ich geh spazieren!“, knurrte er, weil er dringend an die frische Luft musste.

„Oh, Claudia!“, rief Jack da auf einmal nach draußen. „Yanni will unbedingt mit dir spazieren gehen!“

„Danke auch“, murmelte er der Versammlung in der Küche zu. Wobei … lieber ging er noch mit Claudia spazieren, als sich das weiter anzuhören.

„Vielleicht nutzt du die Zeit, um Klartext zu reden, dass du schwul bist!“, zischte Jack ihm zu, doch da erschien Claudia schon in der Küche. Sie strahlte ihn verliebt an.

„Wohin willst du denn spazieren, Yanni?“

Doch er brummte nur und bot ihr den Arm, damit sie sich einhängen konnte.

„Sehen wir dann.“

Kapitel 21

Neo

Auf eine Gelegenheit wie diese Pressekonferenz der Stadtverwaltung über die Umgestaltung eines Stadtteils hatte Neo gewartet, seit er herausgefunden hatte, zu welcher Firma der Lkw am Bunker gehörte. Zum Glück hatte er noch einen Gefallen bei einem bekannten Polizisten offen gehabt, der das Nummernschild gecheckt hatte. Und auch über diese Firma hatte er schon ein paar Dinge herausgefunden.

Die ganzen Recherchen hatten ihn allerdings nur leidlich davon abgelenkt, dass er Yannik die letzten zwei Wochen nicht gesehen hatte.

Claudia war wegen der Schwangerschaft krankgeschrieben, irgendwelche Komplikationen, die ihn zugegebenermaßen nicht im Detail interessiert hatten. Deshalb hatte Yannik sie allerdings nicht allein gelassen und ihm wenn, dann nur sehr knapp geschrieben.

Dabei litt er wie ein Hund. Bei Yanniks Verhalten konnte er nicht anders, als sich zu fragen, ob der andere nicht doch lediglich an Hochzeitspanik litt und er eine ernsthafte Sache zwischen ihnen eigentlich nicht in Betracht zog.

Solche Gedanken waren sicher nicht besonders förderlich, wenn man zwischen lauter Menschen saß und er sich auf das konzentrieren sollte, was hier besprochen wurde. Dabei wollte er Hiller ein oder zwei unangenehme Fragen stellen, um ihn vielleicht ein wenig aufzuscheuchen.

„Meine Damen und Herren, herzlich willkommen und vielen Dank für Ihr reges Interesse an den kommenden Projekten“, begrüßte der Bürgermeister die Anwesenden.

Nicht nur Presse war zugegen, sondern es sollte auch als Plattform für Bürgerfragen dienen.

Der Bürgermeister wirkte farblos wie immer, als er die anderen Mitglieder des Stadtrates vorstellte. Hiller saß ganz rechts.

Dieser selbstgefällige Typ. Dass Yannik für ihn arbeitete, hatte ihm zwar den Arsch gerettet, aber es gefiel ihm trotz allem nicht.

Zuerst stellte ein anderes Mitglied des Bauausschusses das Konzept vor und Neo machte sich Notizen für seinen Artikel, den er ohnehin verfassen musste.

Endlich wurde das Wort an Hiller übergeben, der sich räusperte und gewinnend in die Menge grinste. Dreist fand Neo das. Der ganze Typ war dreist.

„Sie haben von meinem Kollegen ja nun gehört, was wir mit diesem Stadtteil vorhaben. Es steckt so großes Potenzial in diesem Viertel, das wir hervorholen wollen. Ich stelle Ihnen nun die Firmen vor, mit denen wir dieses Vorhaben umsetzen wollen."

Dann begann er mit einer Präsentation der Firmen.

Die Firma, der der Lkw vor dem Bunker gehörte, war auch darunter. Neo notierte wie ein Irrer fast jedes Wort mit.

„Gibt es Fragen zu diesem Teil der Planung?", fragte der Bürgermeister, nachdem Hiller geendet hatte.

Und ob es die gab!

Neo hob sofort die Hand.

„Neo Richter vom Tagesanzeiger", stellte er sich vor, wie es nun mal üblich war. „Sie haben eine Zusammenarbeit mit Hauser & Hauser Bau vor. Spielen die Probleme der Firma bezüglich falscher Bauschuttentsorgung nun keine Rolle mehr?"

Hiller sah gelinde gesagt konsterniert aus. Sein Blick irrte brennend zu Neo.

„Ich bin mir sicher, Herr Richter, dass Sie da einem Irrtum unterliegen!"

Doch der Bürgermeister guckte Hiller ebenso fragend an. Das Interesse von einer weiteren Person war schon mal geweckt.

„Meinen Informationen nach war Hauser & Hauser vor etwa fünf Jahren damit in den Schlagzeilen. Ist das Ihre Vorstellung von Umweltschutz und Nachhaltigkeit?“

Neo hatte Oberwasser und das gefiel ihm.

Hiller dagegen wirkte, als würde er gleich platzen. Oder Neo auffressen.

„Ich versichere Ihnen und allen Anwesenden, dass die Firma Hauser und Hauser geläutert aus diesem Skandal hervorgegangen ist und es sich groß auf die Fahnen geschrieben hat …“

„Ach, jetzt erinnern Sie sich also doch an den Skandal?“, unterbrach Neo ihn trocken.

Hillers Gesicht lief rot an.

„Wir sollten uns jetzt wirklich nicht mit so etwas aufhalten“, stellte sich der Bürgermeister nun doch vor seinen Stadtrat. „Gibt es noch weitere Fragen?“

Mit knirschenden Zähnen lehnte Neo sich zurück.

Typisch. Da hielten sie wieder alle zusammen.

Die Sprechzeit wurde an einen weiteren Stadtrat vergeben, doch trotzdem entging Neo nicht, wie Hiller sich zur Seite lehnte, dorthin, wo die Bühne aufhörte, und einem Typen im schwarzen Anzug etwas zuraunte. Einem seiner Bodyguards. Der Mann nickte und warf einen unmissverständlichen Blick zu Neo.

Das konnte doch nicht sein Ernst sein! Wollte Hiller ihm wirklich seinen Gorilla auf den Hals hetzen?!

Doch der Gorilla setzte sich schon in Bewegung und Neo bereitete seine Handykamera für die Aufnahme der kommenden Ereignisse vor.

Allerdings vertrat ihm da eine andere Gestalt im makellosen schwarzen Anzug den Weg und wechselte ein paar Worte mit ihm.

Neo blieb fast das Herz stehen. Das war Yannik! Yannik war hier!

Mühsam setzte sein Herz den Takt daraufhin fort, als Yannik sich umdrehte und absolut angemessen auf ihn zuging.

„Hast du kurz, Neo?“, flüsterte er, wobei er an seinem Jackett herumnestelte, als er sich zu ihm beugte.

Neo nickte nur. Viel anderes blieb ihm nun wirklich nicht übrig und die Aussicht darauf, Yannik endlich wiederzusehen, ließ ihm ganz warm werden.

Bei der Pressekonferenz würde er ohnehin nichts mehr verpassen. Und Hiller war aufgeschreckt. Sollte er ruhig wissen, dass er nicht mit allem durchkam.

Er stand auf und ließ sich von Yannik nach draußen führen. Doch er hielt vor der Stadthalle nicht an, sondern ging an der Seite der Halle entlang auf die Rückseite. Dort standen nur Mülltonnen und sonst nichts. Und das Erste, was Yannik tat, als er sich zu ihm umwandte, war ihn an sich zu ziehen und zu küssen.

Neo wurde ganz weich bei diesem Kuss und schlang seine Arme um ihn. Er öffnete seine Lippen, um Yanniks Zunge einzuladen.

Und genauso sehnsüchtig, wie er die Einladung ausgesprochen hatte, nahm Yannik sie an. Er umschlang Neo indessen vollständig und hüllte ihn komplett mit seinem männlichen Duft ein.

Sein Körper stand gleich in Flammen und am liebsten hätte er ihn jetzt direkt irgendwo in ein Bett gezerrt.

Hilflos seufzte er in den anderen Mund.

Er spürte, wie Yannik lächelte, aber anscheinend war er trotzdem noch nicht bereit, den Kuss zu beenden. Es dauerte eine Ewigkeit, bis sie schwer atmend voneinander abließen.

Schweigend sahen sie sich für einige Momente in die Augen.

„Scheiße, wie hab ich das vermisst“, sagte Yannik schließlich.

„Du fehlst mir auch“, murmelte er zurück und lehnte sich wieder an ihn. Leichter dieses Mal. „Wie geht es dir?“

„Ich lebe.“

Humorlos zog Yannik die Mundwinkel hoch und legte die Arme wieder um ihn.

„Auch wenn ich da drinnen fast gestorben wäre. Was denkst du dir dabei, solche Fragen zu stellen? Das ist gefährlich und du hast mir versprochen, ab jetzt vorsichtig zu sein!“

„Es ist mein Job, diese Fragen zu stellen. Hiller muss endlich aus der Deckung kommen!“ Es war wirklich nicht fair, ihm das vorzuwerfen. „Außerdem ist das eine offizielle Pressekonferenz, da bin ich sicher.“

Außerdem hatte er dieses Mal auch nichts Illegales getan, doch das sagte er jetzt besser nicht.

„Du siehst ja, wie sicher du bist, wenn Stadtrat Hiller uns schon nach dir ausschickt. Dich in deine Schranken weisen, hieß die Order. Sei froh, dass ich da war. Bei anderen Kollegen kämst du nicht mit ein paar heißen Küssen hinter der Stadthalle davon!“

Unwillkürlich verdüsterte sich Neos Blick.

„Er kann mich kaum verprügeln lassen oder ist das euer Geschäftsgebaren bei RS Personenschutz?“

„Beim ersten Mal wird nur gedroht.“ Yannik seufzte. „Wir verprügeln niemanden, aber wir sind verdammt gut darin, anderen Leuten Angst zu machen, wenn es sein muss. Also sei bitte vorsichtig! Ich will nicht, dass dir etwas zustößt, okay? Damit könnte ich nicht leben, Rotschopf.“

Zärtlich fuhr er mit den Fingern durch Neos Haare.

„Es gefällt mir nicht, dass du von Berufs wegen Leute einschüchterst … macht dir das Spaß?“ Das konnte er nicht gut hinnehmen, musste er zugeben. Trotzdem genoss er die Streicheleinheiten.

„An diesem Job macht nichts Spaß, ich bin nur einfach gut darin."

Erneut ein tiefer Seufzer.

„Kommst du heute Abend vorbei? Seit der Sache schläft Claudia immer früh und ich kann mich in den Keller verziehen. Ich hab auch noch was für dich."

„Würde es nicht auffallen, wenn ich zu dir komme?"

Nur zu gerne wollte er. Aber die Zweifel ließen sich auch nicht abschalten.

„Was ist dagegen einzuwenden, mich mit meinem Kumpel auf ein Bier zu treffen?"

Lächelnd fuhr Yannik mit dem Daumen über seine Wange. Allein sein Blick machte Neo schwach. So sehnsüchtig, so … verliebt?

„Wenn du um halb neun da bist, warte ich unten auf dich. Dann gehen wir direkt in den Keller." Er überlegte einen Moment lang, dann grinste er. „Das klingt doch ziemlich einschüchternd, oder nicht?"

„Ja, extrem … Ich bibbere schon", gab er schmunzelnd zurück. „Jetzt küss mich lieber noch mal, bevor ich den halben Tag wieder warten muss."

Dieser Bitte schien Yannik nur zu gern nachzukommen. Stürmisch küsste er ihn noch einmal und zog ihn dabei so fest an sich, dass er kaum mehr atmen konnte.

Neo wurde hart nur von diesem Kuss, aber er spürte, dass es Yannik kaum anders ging. Sie hatten schlichtweg zu wenig Zeit. Zu wenig Zeit zu reden und zu wenig für diese Zärtlichkeiten.

„Wir müssen zurück, Neo", sagte Yannik bald außer Atem. „Auch wenn ich das hier ein ganzes Leben lang tun könnte."

„Ach, es gibt ein Zeitlimit für Einschüchterungen?", versuchte er sich an einem Scherz.

„Leider. Die Firma bezahlt nur zehn Minuten Einschüchterung pro Tag."

Amüsiert zwinkerte Yannik ihm zu, ehe er ihn wieder losließ.

„Aber heute Abend schüchtere ich dich gern privat noch ein bisschen ein."

„In Ordnung. Lass Hiller ruhig in dem Glauben, es hätte funktioniert … Aber ich krieg den Kerl. Sorry, ihr werdet den Auftrag wohl verlieren."

„Hiller hat mehr Geld als Verstand, Neo. Täusch dich da mal nicht. Er kauft sich, was er will. Und wenn es Meinungen und Stimmen sind."

Jetzt räusperte er sich, als habe er zu viel gesagt.

„Geh jetzt wieder rein. Wir sehen uns heute Abend. Ich zähle die Sekunden."

Kapitel 22

Yannik

Natürlich schlief Claudia am Abend nicht so früh wie in den letzten Tagen. Natürlich nicht.

Yannik saß auf glühenden Kohlen, je näher sich der Zeiger der halb neun näherte.

„Ich geh noch ein bisschen basteln, ja?", raunte er schließlich seiner Verlobten zu, die bereits im Bett lag.

„Kannst du nicht noch ein bisschen kuscheln kommen?", bat Claudia nähebedürftig.

Aber Yannik konnte nicht, er wollte nach unten und wie versprochen auf Neo warten!

Deshalb küsste er sanft ihre Lippen.

„Ich hab keine Ruhe, ich halte dich nur vom Schlafen ab. Mach die Augen zu und ruh dich aus. Ich komm nachher", sagte er leise.

„Ich will irgendwas von dir bei mir." Anhänglich zog Claudi einen Schmollmund. Er konnte sie verstehen, sie hatte so viel durchgemacht.

Kurzerhand zog er sein Shirt aus und reichte es ihr. Lächelnd kuschelte sie sich hinein und sog seinen Duft ein.

„Danke, Yanni."

„Gern. Schlaf gut."

Er gab ihr einen weiteren, kleinen Kuss, dann verließ er das Schlafzimmer und zog die Tür leise hinter sich zu. Seine Schritte zur Tür beschleunigten sich bereits. Die Treppe nahm er fast im Flug.

Als er die Haustür schließlich aufzog, wartete Neo schon.

„Entschuldige."

„Schon okay“, sagte er und strich sich eine rote Strähne aus dem Gesicht. „Alles in Ordnung bei dir?“

„Jetzt ja.“

Yannik lächelte und hielt ihm die Tür auf.

„Komm rein.“

„Was ist dein neues Projekt? Bitte nicht noch mehr Wiegen, ja?“, fing Neo zu plaudern an. Das war zwar das Letzte, was Yannik mit ihm tun wollte nach diesen zwei Wochen, aber hier im Hausflur waren sie nun wirklich nicht sicher.

„Babykram ist erst mal fertig. Letzte Woche hab ich ein Mobile gebaut, das ist hübsch geworden. Hängt aber schon im Kinderzimmer.“

Schnellen Schrittes brachte Yannik die Treppe zum Keller hinter sich und öffnete dann seine Werkstatt.

Ohne den Lichtschalter zu betätigen, offenbarte der Raum seine Vorbereitungen nach der Arbeit. Er hatte zwei Campingstühle und einen Campingtisch aus seinem Abstellraum herübergebracht. Auf dem Tisch standen zwei Flaschen Bier, Chips und Schokolade. Und ein kleiner, unauffälliger Strauß Blumen, den er gut in seiner Einkaufstasche hatte herunter schmuggeln können. Auf den Werkbänken um den Tisch herum flackerten LED-Kerzen.

„Bei so viel Holz war mir echtes Feuer zu gefährlich“, entschuldigte er sich, als Neo eintrat.

Die Überraschung schien gelungen. Zumindest breitete sich ein Lächeln auf den Lippen des schlanken Mannes aus.

„Das sieht schön aus.“

Schön fand Yannik für seinen betriebenen Aufwand zwar eine Untertreibung, aber Neo konnte ja nicht wissen, was es ihn an Ablenkung und Ausreden gekostet hatte, das hier vorzubereiten.

Er versuchte, damit zufrieden zu sein, und legte den Arm um Neos Schultern, wobei er seine Schläfe küsste.

„Immerhin hatten wir noch nie ein richtiges Date …“, druckste er dabei.

Neo lehnte sich fester an ihn.

„Bist du bei einem Date immer oberkörperfrei?“

„Nur wenn ich ganz bestimmte Absichten habe.“ Lächelnd legte Yannik auch den zweiten Arm um ihn, um seine Lippen ganz nah an Neos heranzubringen. Dessen Hände fuhren sanft über seine nackte Brust.

„Ich bin fast umgekommen ohne dich“, raunte er und suchte Neos Blick. Er meinte es so, wie er es sagte. Jede Sekunde ohne Neo war eine Qual.

Sein Gegenüber schien nicht zu wissen, was er sagen sollte, obwohl er doch sonst in jeder Situation die richtigen Worte fand. Einen Moment später presste Neo seinen Mund auf Yanniks.

In dem Kuss lag so viel Sehnsucht und Vermissen, dass Yannik ganz anders wurde. Er zog ihn noch enger an sich und kostete von seiner Zuneigung wie ein Verdurstender in der Wüste.

„Wann kommst du mal wieder bei mir vorbei?“, murmelte Neo sanft gegen seine Lippen. Er musste nicht dazusagen, dass sie dort ohne Störung sein würden. Am liebsten wäre er in den verdammten Schuhkarton eingezogen, nur dass das nicht die Lösung sein konnte.

„Sobald Claudi allein wieder zurechtkommt. Versprochen.“

Zärtlich legte Yannik die Stirn an Neos.

„Ich … Ich …“

Ich liebe dich, Neo, wollte er sagen. *Ich kann ohne dich nicht atmen. Jeder Tag ohne dich ist wie ein Tag ohne Sonne.* Aber nichts davon wollte über seine Lippen kommen.

Deshalb sagte er stattdessen: „Ich hab noch was für dich.“

„Für mich?“ Wieder lächelte Neo, dieses Mal etwas verlegen. „Was denn?“

Vorsichtig ließ Yannik ihn los und trat zu seiner langen Werkbank. Darauf lag ein Gürtel mit einer Gürtelschnalle, die er selbst gemacht hatte.

Es hatte ihn mehrere Anläufe und demnach auch einige Nächte gekostet, bis er sie so hingekriegt hatte, wie er sie wollte.

Zufrieden trug er sie zu Neo, während er erklärte: „Ich hab mir ein paar Linedance-Videos angesehen. Und eine zentrale Rolle dieses Sports scheint ein Gürtel zu sein.“

Grinsend überreichte er Neo den Gürtel, sodass er die Schnalle bewundern konnte. Ganz groß war darauf sein Name im Vordergrund zu lesen, während versetzt im Hintergrund die Zahlen und Buchstaben von Matrix von oben nach unten abliefen.

„Mein Gott … der ist … wow! Du bist unglaublich.“

Neo fiel ihm um den Hals und küsste ihn erst auf die Wange, dann wurde sein Gesicht beinahe übersät von Küssen. Bei dieser offensichtlichen Freude wurde ihm ganz warm ums Herz.

Wieder drängte eine Liebeserklärung nach oben, aber erneut fand er nicht den Mut, sie auszusprechen.

Yannik, du Feigling.

Stattdessen hob er Neo kurzerhand hoch, sodass der seine Beine um ihn schlang und sie sich heftig küssten.

„Hier hab ich dich am liebsten“, raunte Yannik verliebt.

„Du verrückter Kerl“, murmelte Neo. „Du kannst mich doch nicht so heißmachen ohne Bett in der Nähe.“

„Ich mach’s dir auch auf der Werkbank, wenn du das willst.“

Nur die Vorstellung … Yannik konnte kaum an sich halten. Wollte Neo das wirklich?

Andererseits bestand auch gerade immer die Möglichkeit, dass Claudia ihm schrieb und ihn brauchte.

Wie ätzend, dass er nicht frei sein konnte von all dem.

„Frag mich doch so was nicht …“

Das klang für Yannik nach einem Ja.

Kurzerhand trug er ihn hinüber zur Werkbank und setzte ihn darauf ab. Er gab sich keine Zeit, das zu genießen. Er wollte ihn nackt und er wollte ihn jetzt!

Ungeduldig riss er Neo das Shirt vom Körper und öffnete seine Hose. In wenigen Sekunden hatte er auch diese abgestreift und Neo saß nackt und sichtlich erregt vor ihm.

„Scheiße, Neo, du bist so heiß!“

Nicht nur einmal hatte er von dem schlanken Körper geträumt. Davon, dass Neo genau so vor ihm saß. Ihm lief das Wasser im Mund zusammen.

„Anfassen ist übrigens erlaubt“, sagte Neo und sah ihn aus seinen blauen Augen verlangend an.

„Wer redet hier von Anfassen?“

Yannik grinste und ließ sich auf die Knie hinab, um Neos Ständer in den Mund zu nehmen. Er legte die Hände auf seine Schenkel und genoss das Gefühl der Härte in seinem Mund.

Er wollte, dass sich der Blowjob für Neo genauso gut anfühlte, wie wenn er es für Yannik tat – und seiner Reaktion nach machte er alles richtig.

„Oh … Yannik!“, stöhnte Neo dunkel. „Steck mir deine Finger rein … Bitte!“

Schon die Bitte jagte Yannik ein lustvolles Schaudern über den ganzen Körper. Er zögerte keinen Moment, sondern feuchtete seine Finger im Mund an und versenkte sie daraufhin tief in seiner Vagina. Einen Moment lang bewegte er sie, weil er wusste, dass er den G-Punkt finden würde.

Als Neo aufkeuchte, wusste er, dass er ihn hatte. Und dann begann er, während er an seiner Erektion saugte, ihn zu penetrieren, sodass er jedes Mal den besonderen Punkt traf, der Neo hoffentlich noch mehr Lust verschaffte.

Der Mann vor ihm stöhnte, bäumte sich ihm entgegen, warf dabei den Kopf zurück.

„Yannik … Ich …“ Noch bevor er zu Ende sprechen konnte, spürte er, wie Neo um seine Finger enger wurde und in seiner überwältigend stillen Art kam.

Außer Atem richtete Yannik sich auf und küsste ihn verlangend. Das war wahrscheinlich eines der geilsten sexuellen Erlebnisse gewesen, die er je gehabt hatte.

Neo lehnte sich kraftlos an seine nackte Brust und Yannik legte einen Arm um ihn.

„Das war …“, murmelte Neo und klang, als würde er gleich einschlafen. „… heftig. Danke …“

Und Yannik ärgerte sich darüber, dass er kein Bett in der Nähe hatte, in das er ihn jetzt tragen konnte. Zärtlich schloss er ihn in seine Arme. Wenn es sein musste, würde er ihn die ganze Nacht halten.

„Wie ist das so für dich?“, fragte Neo leise. „Gefällt es dir mit mir? Auch, wenn ich keinen richtigen Schwanz zu bieten habe …“

„Frag mich so was nie wieder“, knurrte Yannik. „Du bist perfekt. Denk nie wieder etwas anderes von dir.“

Wie konnte er so eine Frage stellen? Es war doch unmöglich zu denken, Yannik würde bei ihm irgendetwas fehlen!

„Na ja … Ich hab schon anderes erlebt und ich möchte eben … dass es für dich auch gut ist.“

Yannik wusste gar nicht, worauf er als Erstes reagieren sollte. Erst einmal drückte er Neo noch fester an sich, auch wenn das kaum noch möglich war.

„Das tut mir leid, Neo. Aber für mich hast du alles, was ich will. Du hast den Schwanz für den schwulen Mann in mir. Und die Vagina für den Kerl, der trotzdem gern noch hetero wäre. Das perfekte Paket für Yannik Schmidt."

„Oh Mann, Yannik … Ich … weiß gar nicht, was ich sagen soll", erwiderte Neo jetzt gerührt. „Ich bin so verdammt verliebt in dich, dass es fast schon lächerlich ist."

War das sein Stichwort? Konnte das der Moment sein, in dem er ihm auch seine Liebe gestand?

Ja. Diesmal wollte er mutig sein!

Zärtlich legte er die Hand an Neos weiche Wange.

„Das geht mir ganz genauso, Neo. Ich …"

Da klingelte sein Handy und er stöhnte.

„Hey, Bruder, ich bin grad auf dem Weg zu dir und möchte die Wiege abholen. Du meintest ja jederzeit, oder?", plapperte Jack munter drauflos.

Das war ja mal wieder ein Timing.

„Warum musst du in den zehn Minuten hier auftauchen, in denen ich gerade mal glücklich bin?!", raunzte er sie an.

„Weil kleine Schwestern das so machen. Ich bin in zwei Minuten da."

„Keller", antwortete Yannik nur und legte auf. Dann seufzte er tief.

„Ich sollte mich wohl besser anziehen." Neo wirkte immer noch müde und es tat ihm so leid, dass ihnen dieser Moment ruiniert worden war.

„Setz dich und trink ein Bier. Ich versorge Jack und dann gibt es nur noch uns, okay?"

Voller schlechtem Gewissen küsste er Neos Lippen zärtlich.

„Okay. Und du musst dich nicht entschuldigen. Alles in Ordnung."

„Danke, Neo."

Noch ein Kuss, dann rutschte Neo von der Werkbank und sammelte seine Klamotten auf. Er war kaum hineingeschlüpft, da wummerte es an die Kellertür.

Wie war Jack denn ins Haus gekommen?!

„Meine Güte! Jetzt mach mal langsam“, maulte Yannik grimmig, als er die Tür aufriss.

Jack zog eine genervte Grimasse und stiefelte an ihm vorbei. Doch als sie die Atmosphäre bemerkte, riss sie erstaunt die Augen auf, sah die Kerzen, die Blumen und Neo.

Dann quietschte sie auf und warf sich um Neos Hals.

„Endlich, endlich, endlich!“

Dann verteilte sie nasse Küsse über Neos Gesicht.

„Hey … könntest du ihn mir an einem Stück lassen?“, knurrte Yannik.

War das Eifersucht? Wahrscheinlich. Wenn auch völlig unnötig.

Jack ließ von Neo ab und feixte.

„Neo, ich bin froh, dass ihr euch zusammenrauft. Aber ganz ehrlich: Ein Date im Keller ist *armselig*! Danke, dass du es trotzdem mit meinem unfähigen Bruder versuchst.“

„Also ich finde unser Date im Keller ziemlich schön.“ Neo grinste und zwinkerte Yannik zu. „Nur hast du uns leider gestört, Jack.“

„Ja, genau! Mach die Schwangere verantwortlich!“, regte sie sich daraufhin künstlich auf. Dann schnipste sie und befahl: „Yannik! Wiege! Hopp, hopp!“

Brummend ging er, um die Wiege aus dem Eck zu holen und zur Tür zu tragen.

„Ganz wie Hoheit wünschen“, meinte Yannik mit hochgezogen Augenbrauen. „Aber ich zähle auf dein Schweigen bezüglich dieser Situation.“

„Wem sollte ich denn davon erzählen? Ich meine, ist ja nicht so, als würde das Tommy und Luna und John brennend interessieren …“

Feixend verließ sie den Kellerraum und Yannik folgte ihr mit dem Möbelstück.

„Du bist der Teufel, Jack.“

„Das nehme ich mal als Kompliment …“ Sie drehte sich grinsend um und winkte Neo zu, während sie nach draußen gingen. „Und wann wirst du es Claudia sagen?“

„Hör schon auf, mich zu nerven, sonst behalte ich die Wiege.“

„Das bringst du gar nicht übers Herz.“

„Du würdest dich wundern.“

Sie ließen die Treppe hinter sich und verließen das Haus.

Jack öffnete ihren Kofferraum, da sie ganz frech direkt vor dem Eingang geparkt hatte.

„Echt mal, großer Bruder. Versau das nicht wieder. Er wird nicht ewig auf dich warten. Das hat er auch nicht verdient.“

„Das weiß ich auch. Aber Claudi hat es auch nicht verdient, schließlich ist es mein Kind.“

Er hatte wirklich keinen Schimmer, wie er dieses Dilemma lösen sollte.

Immer noch nicht. Er war so ein Loser.

„Claudi wird es überleben, wenn du dich von ihr trennst. Du wirst es nicht überleben, wenn du dich von Neo trennst“, gab sie trocken zurück.

Damit hatte sie leider nicht unrecht. Allein die letzten zwei Wochen waren nur die Hölle gewesen. Noch nie in seinem Leben hatte er jemanden so vermisst, und noch nie war er in jemanden so verliebt gewesen.

„Hier, Wiege. Schönen Abend“, wimmelte er seine Schwester trocken ab.

Sie seufzte tief und umarmte ihn unerwartet.

„Ich wünsche dir nur, dass du irgendwann glücklich werden kannst."

Sie drückte auch einen Kuss auf seine Wange, dann schloss sie den Kofferraum und stieg ein.

Nachdenklich sah er ihr nach, bis sie aus der Einfahrt herausgefahren war.

Dann wollte er nur noch zurück zu Neo. Hoffentlich konnten sie den Rest des Abends noch genießen.

Kapitel 23

Neo

Yannik hatte sich solche Mühe gegeben für ihr Date und seine Worte vorher hatten ihm wirklich viel bedeutet. Trotzdem saß er nun einsam hier unten zwischen den Kerzen mit dem Bier in der Hand und fühlte sich irgendwie scheiße. Würde er auf ewig das schmutzige Geheimnis sein, das man im Keller verstecken musste?

Er erwartete kein großes Coming-out, wenn Yannik dafür nicht bereit war. Wirklich nicht. Aber irgendwann wollte er auch die Nummer 1 sein.

Schließlich wusste er, dass oben in Yanniks Bett Claudia schlief und nichts davon ahnte, dass ihr Verlobter eigentlich nicht auf sie abfuhr. Wobei er sich schon fragte, wie man das nicht bemerken konnte.

Seine Gedanken wurden unterbrochen, als Yannik zurückkehrte.

Mit sichtlich schlechtem Gewissen schloss er die Tür hinter sich und kam ohne Umstände auf Neo zu, um sich vor ihn zu knien und seine Hände zu nehmen.

„Ich … Weißt du … Jack hat recht. Das hier ist armselig. Und du hast Besseres verdient. Aber ich … Ich kann einfach nicht … Es zerreißt mich.“

Mühsam beherrscht senkte er die Stirn auf ihre verschränkten Finger.

„Es tut mir so leid, Neo.“

Seine Stimme zitterte.

„Yannik …“ Neo war überwältigt von den plötzlichen Gefühlen, die der große Mann vor ihm zeigte. „Das hier ist nicht armselig. Du hast dir so viel Mühe gegeben und das ist total süß von dir.“

„Wir sind in einem Keller!“, brach es verärgert aus Yannik heraus und er bohrte den Blick in Neos. Auch wenn seine Augen feucht waren. „Aber ich kann nicht … Ich *kann* Claudia nicht … Ich bin der grauenvollste Mensch, den es gibt! Dich halte ich hin, obwohl ich dich so sehr liebe, und sie … Nur wegen dieses Kindes … Ich liebe dieses Kind! Verstehst du das? Und Claudi hat so gelitten, als wir dachten, sie könnte es verloren haben …“

„Was … was war denn mit dem Baby?“, fragte Neo leise.

In seinen Nachrichten war Yannik sehr vage geblieben. Eigentlich wäre er lieber auf den Teil eingegangen, dass Yannik gesagt hatte, dass er ihn liebte, aber gerade wusste er kaum, wo ihm der Kopf stand.

Schniefend wischte Yannik sich über die Nase.

„Claudi hatte Blutungen. Richtig heftig. Und im Krankenhaus haben sie uns ewig warten lassen … Sie hat nur geweint, die ganze Zeit. Aber der Ultraschall hat gezeigt, dass das Kleine wohlauf ist. Und das Herz schlägt noch. Deshalb muss sie jetzt erst mal Bettruhe halten und darf sich nicht anstrengen. Deshalb war ich die ganze Zeit bei ihr. Wir haben gehofft und gebetet, dass die Blutungen nachlassen. Haben sie zum Glück auch. Wenn sie sich noch ein bisschen schont, sollte alles wieder in Ordnung kommen.“ Blicklos sah Yannik auf ihre Hände hinab. „Ich hatte noch nie solche Angst in meinem Leben. Ich dachte wirklich … Ich dachte, es wäre zu spät. Mein Kind wäre weg.“

Seine Stimme versagte nun endgültig.

Auch Neo hatte einen Kloß im Hals. Yannik liebte dieses Kind. Er wollte es. Wer war er schon, dass er sich wünschte, Yannik würde Claudia und sein Baby verlassen?

Das war etwas, was er ihm nicht geben konnte. Selbst wenn es medizinisch möglich wäre – das konnte Neo nicht.

Vielleicht wäre es besser gewesen, er hätte Yannik niemals auf Lunas Hochzeit diesen bescheuerten Vorschlag gemacht.

Vorsichtig löste er die Hand aus Yanniks Umklammerung und streichelte ihm durchs Haar.

„Alles wird gut", murmelte er dabei.

„Nein, nichts wird gut. Nicht so."

Nach einem Moment begann Yannik Neos Finger zu küssen. Ganz sanft und voller Liebe.

„Das muss es." Wenn er nur wüsste, wie.

„Verzeih mir, Neo. Verzeih mir alles."

Noch mehr Küsse und dann drückte Yannik seinen Kopf Hilfe suchend gegen Neos Bauch.

„Du hättest dir keinen schlechteren Mann aussuchen können. Du hast wirklich kein Glück."

„Schhh … bitte beruhig dich, ja?" Neo war gerade von der Situation vollkommen überfordert und fühlte sich absolut hilflos.

Yannik seufzte tief.

Dann straffte er sich, wie er sich damals auch gestrafft hatte, als er die Nachricht von der Schwangerschaft bekommen hatte.

Im nächsten Moment waren die Tränen und Unsicherheiten versiegt und er richtete sich auf.

„Noch ein Bier?", fragte er, als hätte er eben nicht tief verzweifelt auf Neos Schoß gelegen.

„Bitte, verschließ dich nicht gleich wieder vor mir, Yannik", sagte er deswegen und hatte nun selbst ein schlechtes Gewissen. „So hab ich das nicht gemeint."

„Du hast doch ganz recht. Jammern hilft nicht."

Yannik lächelte und ließ sich in dem zweiten Campingstuhl nieder, um nach seiner Bierflasche zu greifen.

„Das heißt aber nicht, dass du deine Gefühle unterdrücken sollst." Mit einem leisen Seufzen streckte er seine Hand nach ihm aus. „Vor mir nicht."

Yannik ergriff seine Hand und meinte: „Weißt du, wann ich das letzte Mal vor jemandem geheult habe? Da war ich sechs oder sieben. Also fühl dich geehrt.“

Er zwinkerte Neo zu.

„Geht es dir jetzt wenigstens besser?“

„Kein Stück.“

Yannik lachte rau. Irgendwie fand Neo das ein bisschen gruselig.

„Aber du bist bei mir. Das macht alles sehr viel erträglicher.“

Sanft küsste er Neos Handrücken.

„Ich wünschte, ich könnte dich heute mit zu mir nehmen … du siehst nicht so aus, als hättest du die letzten Tage gut geschlafen.“

„Zum Schlafen hatte ich keine Zeit. Ich hab an dem Gürtel gearbeitet.“

Jetzt erfasste das Lächeln auch endlich wieder Yanniks Augen. Vorbei der zombiehafte Ausdruck.

„Gut angelegte Zeit, finde ich. Wann sehe ich dich übrigens mal tanzen?“

„Du könntest ja mal zur Schnupperstunde mitkommen“, schlug er vor. „Jeden Monat findet eine statt.“ Yannik beim Linedance, eine reizvolle Vorstellung.

„Ich hab zwei linke Füße, Neo. Du würdest dich totlachen.“

Während Yannik einen Schluck von seinem Bier nahm, streichelte er Neos Finger.

„Außerdem hab ich keinen Gürtel, der cool genug wäre.“

„Ich dachte, du liebst mich?“, brachte er jetzt mit Schmollmund das andere aufregende Thema zur Sprache. „Was denkst du, wie begeistert die Ladys wären? Die flippen aus, sag ich dir.“

„Ja, ich liebe dich.“

Sein Griff um Neos Finger festigte sich und das weiche Lächeln war neu.

„Wenn das so ist, hab ich wohl keine Wahl, was?“

„Echt?“ Neo hatte nicht gedacht, dass Yannik darauf anspringen würde. Er lächelte breit, während die Schmetterlinge in seinem Bauch aufgeregt flatterten.

„Komm her.“

Yannik zog ihn zu sich, sodass Neo sich erhob und sich auf seinem Schoß niederließ. Yannik reckte das Kinn zu ihm hinauf und küsste ihn zärtlich.

„Ich liebe dich, Neo“, raunte er noch mal.

„Ich liebe dich auch.“

Neo küsste ihn heftiger zurück. Gerade in diesem Moment war wirklich alles gut.

*

Gestern war sein Artikel über die Pressekonferenz erschienen und Neo fand ihn ziemlich gut. Endlich mal etwas anderes als die üblichen langweiligen Themen, über die er sonst so berichtete.

Auch der Chefredakteur hatte ihn für seine kritische Beleuchtung der Situation gelobt. Natürlich hatte er sich eine Spitze gegen Hillers Firmenwahl nicht verkneifen können. Noch immer hoffte er, dass er ihn so aus seiner Deckung herauslocken konnte. Er musste wissen, was in diesen Fässern war. Was generell in dem Bunker lagerte. Doch für eine Anzeige bei der Polizei reichte das nicht aus und vermutlich würde es dann nicht Hiller selbst erwischen, sondern diese Firma, die im Übrigen auch weitere Aufträge für die Stadt erledigte, was er auch in seinem Artikel erwähnt hatte.

Vermutlich würde Yannik das nicht gefallen, allerdings hatte er noch nie gesagt, dass er einen seiner Artikel gelesen hatte, also war er wohl sicher. Und außerdem war es ja auch seine Pflicht, die Wahrheit zu sagen.

Und was konnte Hiller am Ende schon tun? Als Journalist hatte er auch seine Rechte und schließlich hatte niemand eine Ahnung, dass er dem Geheimnis dieses Bunkers auf der Spur war.

Dass Hauser & Hauser mal einen Skandal gehabt hatte, war ja nun nichts, das nicht jeder herausfinden konnte.

„Herr Richter? Ja, der ist in dem Büro gleich dort hinten“, hörte er eine Stimme vom Gang. „Die Tür steht offen, also sollte er da sein.“

Erstaunt und auch ein wenig neugierig blickte er auf. Doch den Mann, der daraufhin durch seine Tür trat, kannte er nicht.

Er war groß und breitschultrig und trug einen schwarzen, gut sitzenden Anzug. Der sich an der Hüfte ausbeulte wie Yanniks Anzug, wenn er die Waffe trug.

Neo schluckte. Er hatte so eine Ahnung, wer dieser Mann war.

„Guten Tag, Herr Richter. Ich möchte Sie einladen, mit mir zu kommen“, sagte der Mann, ohne sich vorzustellen.

Da war er bei Neo aber an der falschen Adresse.

„Mitkommen? Wohin? Und ohne Ihren Namen zu erfahren und für wen Sie arbeiten, gehe ich sicher nirgends hin.“

Der Mann räusperte sich, ohne sich anmerken zu lassen, ob er irritiert war.

„Ich arbeite im Auftrag von Herrn Stadtrat Hiller. Er möchte Sie zu einem persönlichen Gespräch bitten.“

„Wohin? Und wie ist Ihr Name? Den habe ich wohl überhört.“

„Der Herr Stadtrat arbeitet heute von zu Hause.“ Langsam schien der Typ genervt und sein Tonfall wurde ungeduldig. „Und mein Name ist André Lehrte.“

Einen Moment lang überlegte Neo, ob er Yannik eine Nachricht schreiben sollte, wohin er unterwegs war. Aber vielleicht wusste er schon von allem und wartete in der Villa auf ihn?

Um sicherzugehen, tippte er eine kurze Mail an Luna mit seinem Aufenthaltsort, dann stand er auf.

„In Ordnung, gehen wir."

„Vielen Dank für Ihre Kooperation, Herr Richter. Selbstverständlich werde ich Sie nach dem Termin wieder hierher zurückfahren."

Der Kerl machte eine Geste mit dem Arm, als wäre es sein Büro, aus dem er Neo herausführte.

Vor dem Haus wartete eine schwarze Limousine auf ihn. Sogar mit Fahrer. Ihm wurde die Hintertür von André aufgehalten, der ihm beim Einsteigen folgte. Sobald die Tür zuschlug, fuhr der Wagen los.

Er kam sich vor wie in einem James-Bond-Film. Allerdings leider nicht wie 007 selbst.

Ja, mit seinen Fragen und dem Artikel hatte er Hiller aufscheuchen wollen, aber er hatte nicht damit gerechnet, zu ihm zitiert zu werden.

Hoffentlich behielt Yannik recht damit, dass ihm nur Angst gemacht werden sollte. Und er nicht mit Betonschuhen in irgendeinem Fluss endete.

Die Fahrt dauerte eine Viertelstunde, dann bog der Wagen von der Straße ab und fuhr durch das Tor, das ihm so bekannt vorkam. Wieder standen einige Autos an der Seite des Wendekreises, doch Yanniks war, soweit er sehen konnte, nicht dabei.

Der Wagen hielt und Neo wurde umstandslos in die Villa hineingeführt.

„Hier entlang, Herr Richter."

Dieser André wies ihm wieder den Weg. Mein Gott, wie wichtig dachte eigentlich Hiller, dass er war? Ja, er war reich, aber normalerweise brauchte man hier in der Gegend wohl kaum solche Sicherheitsvorkehrungen.

Sie stiegen eine breite Treppe hinauf, bis André an eine Tür klopfte. Er wartete kurz eine Erwiderung ab, dann öffnete er und ließ Neo zuerst hineingehen.

„Ah, guten Tag, Herr Richter, ich freue mich, dass Sie meiner Einladung gefolgt sind."

Hiller strich sich über den Schnurrbart und lächelte schmal.

Dreist, dachte Neo erneut.

„Eine Einladung würde ich anders nennen, aber nun bin ich hier."

Er setzte sich ungefragt in den Besucherstuhl vor Hillers edlem Schreibtisch.

„Nun, wir hatten in dieser Woche keinen guten Start. Ich dachte, es wäre angebracht, einmal in Ruhe miteinander zu sprechen."

„Die Gorillas in meinem Rücken vermitteln mir auch wirklich ein exzessives Gefühl von Ruhe", antwortete Neo zynisch, sodass Hiller genervt seufzte und André winkte, dass er sich entfernen könne. Neo sah sich nicht um, aber er hörte die Tür kurz darauf schließen. Jetzt ging es nur noch um sie beide.

„Nun, Herr Richter … wir kennen uns nicht, zumindest bisher. Und ich denke, es sollte in Ihrem Interesse sein, dass wir gut miteinander auskommen, oder nicht?"

Neo hob eine Augenbraue. Das fing ja schon mal gut an. Er war gespannt, was jetzt kam, und antwortete nicht.

„Mir gefällt es, dass Sie Ihre Meinung sagen, aber ich glaube, manchmal muss man im Bürgerinteresse die Diskussion etwas weniger hitzig führen. Denken Sie nicht auch?"

„Mit weniger hitzig meinen Sie mit weniger Wahrheitsgehalt?", gab Neo spitz zurück.

„Was ist schon Wahrheit? Ich würde sagen, sie ist relativ." Hiller lächelte wieder so schmal.

„Wissen Sie, Herr Hiller …“ Neo nannte ihn absichtlich nicht Stadtrat. „… das ist das Schöne an der Wahrheit. Sie kann nicht relativ sein. Entweder Worte sind wahr oder sie sind es nicht. Null oder eins, mehr Möglichkeiten gibt es da nicht. Egal, wonach Sie sich sehnen mögen.“

„Tatsächlich? Ich würde Ihnen da widersprechen, Frau Richter.“

Im ersten Moment dachte Neo, er habe sich verhört. Doch dann sah er das verschlagene Lächeln des Stadtrates.

Er hatte es also herausgefunden. Und er würde es gegen ihn verwenden.

Er schluckte mühsam, als die Panik sich in seiner Brust breitmachen wollte.

„Nun sehen Sie, die Wahrheit ist doch, dass Sie als Anna zur Welt gekommen sind, also eine Frau sind, richtig? Und Ihre Wahrheit ist, dass Sie ein Mann sind. Ich würde sagen, wir beide haben recht.“

„Was wollen Sie damit bezwecken?“, knirschte Neo. Er konnte zwischen Wut und Panik wählen. Für den Moment entschied er sich für Wut. Die Panik würde früh genug kommen.

„Ach, Herr Richter, jetzt bin ich aber enttäuscht“, meinte Hiller sarkastisch. „Ich möchte nicht mehr als etwas wohlwollende Berichterstattung. Und dass Sie die Nase aus meinen Angelegenheiten heraushalten. Eigentlich ganz simpel.“

„Ich lasse mich nicht erpressen!“

Wohlwollende Berichterstattung für den Arsch! Diesen Fisch würde er nicht mehr vom Haken lassen! Auch wenn … Auch wenn … Jetzt kam die Panik doch.

„Wer redet denn von Erpressung? Ich bitte Sie nur darum, einmal darüber nachzudenken. Es könnte auch gut für Ihre Karriere sein …“

„Erpressung *und* Bestechung? Sind Sie sich eigentlich für nichts zu schade?!“

Dieser widerliche Fatzke! Dieser unmögliche, gnadenlose, eklige …

Und wenn er es allen erzählte? Wenn er allen von der totgeglaubten Anna Richter erzählte, die jetzt als Mann durch diese Stadt lief? Die im Linedance-Club tanzte und einen Schmidt-Bruder heimlich küsste?

Neo wurde mehr als flau und er wünschte sich, diesmal derjenige sein zu können, der Yannik anrief, damit der ihm was erzählen und so die Übelkeit vertreiben konnte.

„Es ist Ihre Entscheidung. Denken Sie darüber nach …“ Hiller ließ sich nicht aus der Ruhe bringen.

Der Arsch war auch leider in der besseren Position.

Was blieb Neo anderes übrig, als zu nicken?

„Ich denke drüber nach“, knirschte er widerwillig und das zufriedene Lächeln auf Hillers Gesicht machte ihn aggressiv.

„Sie können jetzt gehen, Herr Richter …“

Nichts lieber als das. Ruckartig stand er auf und wandte sich von Hiller ab. Bevor er jedoch die Tür aufmachen konnte, hörte er ihn noch sagen: „Was das für eine Enttäuschung für Ihre Familie gewesen sein muss, dass Ihre geplante Hochzeit ausgefallen ist …“

Ein Schlag durchfuhr Neo, aber er blieb nicht stehen. Nicht drauf eingehen, keine Verletzlichkeit zeigen!

Mit auf den Boden gesenktem Blick ging er weiter auf die Tür zu.

„Und ihr Verlobter hat sich bestimmt auch schon gefragt, was aus Ihnen geworden ist.“

Nicht. Stehen. Bleiben.

Neo erreichte die rettende Tür und legte die Hand auf die Klinke.

„Ich glaube, wir werden uns bald wiedersehen, Herr Richter.“

Mit letzter Kraft zog Neo die Tür auf. Er hoffte, er schaffte es noch irgendwie bis zum Auto!

Doch auf einmal sahen ihn dunkelblaue, sehr bekannte Augen an.

„Schmidt! Vorzeitig aus dem Urlaub zurück?“, wunderte sich auch Hiller, während Neo wie hypnotisiert in Yanniks Augen starrte.

„Kurzfristige Krankheitsvertretung, Herr Stadtrat“, antwortete Yannik emotionslos.

„Gut, Sie wieder bei mir zu wissen! Bringen Sie *Herrn* Richter bitte nach Hause.“

„Jawohl, Herr Stadtrat.“

Neo wollte sich am liebsten sofort in seine Arme flüchten, aber er verstand schon, dass er sich dadurch nur angreifbarer machte, egal wie schwach er sich gerade fühlte.

Er musste jetzt erhobenen Kopfes hier raus. Zusammenbrechen konnte er später immer noch.

Doch Yannik schien ihm anzusehen, wie mies es ihm ging, denn er schloss die Tür und legte Neo dann eine Hand schwer auf die Schulter, mit der er ihn vor sich her schob.

Hoffentlich erreichten sie bald dieses Auto, sodass er hinter den getönten Scheiben endlich die Fassade fallen lassen konnte.

Die kleine Berührung hielt ihn aufrecht, bis sie aus der Villa hinaustraten. Die schwarze Limousine, die ihn hergebracht hatte, wartete noch immer.

„Beifahrerseite!“, raunte Yannik ihm zu, ehe er den Wagen umrundete, um die Fahrertür zu öffnen.

„Ich fahre“, sagte er zu dem Fahrer, der noch hinter dem Steuer saß.

„Aber …“, machte der, doch Yannik wiederholte nur noch einmal streng: „Ich fahre.“

„Ganz wie du willst, Yannik.“

Der Kerl wirkte einen Moment irritiert, doch dann stieg er ohne weitere Widerrede aus.

„Wir haben noch was zu klären“, brummte Yannik dunkel, dann ließ er sich auch schon in den Sitz fallen. Neo bemerkte das fiese Grinsen des Fahrers, dann stieg er selbst ein.

Als die Türen zufielen, war es eine Erleichterung.

„Nur bis wir aus dem Tor sind“, murmelte Yannik unauffällig, dann fuhr er auch schon los.

Seine Hand tastete im Verborgenen nach Neos.

„Wie hast du es mitbekommen?“, fragte er leise und senkte den Kopf.

„Luna hat mir geschrieben, was du bei Hiller machst.“

Yannik durchfuhr das Tor und bog auf die Straße ab.

„Was wollte er von dir? Bist du in Ordnung?“

„Er will eine ‚wohlwollende' Berichterstattung …“, brachte er heraus.

„Was hat er gegen dich in der Hand? Was hat er gesagt?“, drang Yannik tiefer in ihn. Er wusste offenbar, wie sein Chef tickte. Seine Hand hielt Neos fest umklammert.

„Meine Vergangenheit … er kennt meinen Deadname und weiß noch mehr.“

„Was weiß er? Kann ich irgendetwas tun?“

Yanniks Augen blickten ihn so besorgt an, dass Neo ein kleines Stück seines Kummers vergaß.

„Alles, so wie es aussieht. Keine Ahnung, wie. Aber das ist wahrscheinlich auch egal.“

Er seufzte zittrig. Verdammte Scheiße. Vor wem und wann er sich outete, sollte seine eigene Entscheidung sein.

„Was kann ich tun, Neo? Lass mich irgendetwas tun!“

„Kannst du mich einfach festhalten?“

„Absolut.“

Kurzerhand fuhr Yannik an den Straßenrand und stellte den Motor ab. Dann zog er Neo an sich.

Hier in diesen Armen konnte ihm nichts passieren. Da war er sich sicher.

„Vielleicht sollte ich auf den Deal eingehen“, murmelte er. Natürlich wollte er Hiller nicht davonkommen lassen, aber sein Leben war doch schon kompliziert genug, ohne dass er zwangsgeoutet wurde.

„Es wäre sicherer für dich.“ Yannik seufzte tief, während seine Finger zärtlich durch Neos Haar fuhren. „Aber ich weiß, dass du das nicht tun wirst. Weil es allem widerspricht, was du bist.“

„Gerade weiß ich nicht, was richtig ist. Ich kann nicht gewinnen. Kerle wie Hiller kommen immer irgendwie davon.“

„Nicht, wenn ihm jemand wie du in die Quere kommt.“

Yannik lächelte verliebt.

„Und du bist nicht allein. Ich helfe dir, wenn du willst.“

„Dazu brauche ich wohl erst mal einen Plan. Soll er meinetwegen ein paar Wochen denken, alles läuft, wie er will.“

Im Moment fehlte Neo die Kraft, an mehreren Fronten zu kämpfen. Schließlich gab es auch noch Yannik und die Hochzeit.

„Okay.“

Ganz sanft küsste Yannik seine Stirn.

„Wo soll ich dich hinbringen?“

„Na ja, eigentlich müsste ich zurück zur Arbeit“, murmelte er aufgewühlt.

„So bringe ich dich ganz bestimmt nicht zur Arbeit.“ Für einen Moment ruhte Yanniks Blick skeptisch auf ihm, dann schien er eine Entscheidung zu treffen und ließ den Motor wieder an.

„Wohin fahren wir?“

„Ich bring dich zu Luna. Claudia ist noch zu Hause, sonst wären wir zu mir gefahren. Aber … bei Luna bist du gut aufgehoben.“

Seufzend nahm er wieder Neos Hand.

„Es tut mir leid, dass ich nicht länger für dich da sein kann.“

„Schon in Ordnung.“ Neo nickte nur und drückte die Hand.

Das Kind und somit Claudia waren ihm eben wichtig. Das musste er lernen. Und trotz allem hatte Yannik ihn dort rausgeholt.

Er sah ihn wieder an und fragte sich, ob er das aushalten konnte. Dass Yannik bald verheiratet war und Vater wurde. Und vielleicht ab und zu zum Vögeln vorbeikam.

Nein, das konnte er definitiv nicht. Wenn Yannik heiratete, war Neo raus. Anders konnte es nicht sein. Das würde sein Gewissen nicht aushalten. Und sein Herz gleich gar nicht.

Wenn Yannik ihn wirklich liebte, wie er sagte, dann musste er das doch einsehen.

Immerhin war er sich der verfahrenen Situation bewusst und bot ihm immer wieder an, jederzeit aussteigen zu können. Auch wenn sie das beide zerreißen würde.

„Was ist los, Neo?“, fragte Yannik in dem Moment, der seinen Blick bemerkt hatte.

Sein erster Reflex war, *Nichts* zu antworten. Doch das hätte Yannik ihm ohnehin nicht abgenommen.

„Ich hab mich gefragt, ob du immer noch vorhast zu heiraten.“

Einen Moment lang erschien eine steile Falte auf Yanniks Stirn, doch die glättete sich schnell, als sich seine Miene verschloss. Wie gut kannte Neo diesen Ausdruck inzwischen!

„Was erwartest du von mir?“, wollte er ruhig wissen. „Ich habe dir gesagt, wie es um mich steht. Ich habe dir nie was vorgemacht.“

„Ich dir auch nicht. Aber wie stellst du dir das vor mit uns?“

Erneut richtete Yannik den Blick auf ihn. Hilflos diesmal.

„Ich weiß es nicht“, sagte er so leise, dass Neo ihn fast nicht verstand.

„Irgendwann sollten wir es wissen. Möglicherweise *vor* deiner Hochzeit.“

Das klang jetzt ernster als vorher.

Yannik nickte und zuckte gleichzeitig die Schultern. Viel weniger gleichgültig, als er es wahrscheinlich gern gehabt hätte.

„Ich kann dir nicht mehr anbieten als das. Ich liebe dich, aber die Hochzeit wird stattfinden. Die Entscheidung ist deine, ob du mich danach noch sehen willst oder nicht, Neo.“

„Ich finde das nicht gerade fair von dir.“

Mehr wollte er gerade nicht sagen. Mehr konnte er nicht sagen.

„Was ist im Leben schon fair?“, erwiderte Yannik rau und blickte dabei stur auf die Straße. Langsam wandelten sich die Straßenzüge und die Gegend kam Neo bekannter vor.

„Das Leben ist vielleicht nicht fair, aber du kannst es sein“, meinte er halblaut. „Ja, es ist schade, dass wir nicht zusammen sein können. Aber jetzt mir eine Entscheidung abzuverlangen, ist nicht okay. Verdammt, ich liebe dich, aber ich kann doch nicht ewig das schmutzige Geheimnis sein.“

„Und ich kann meine zukünftige Frau nicht ewig betrügen. Vor allem nicht, wenn unsere Tochter auf der Welt ist.“

Yanniks Atem ging stoßweise und Neo sah ihn besorgt an.

Wobei es ihm selbst gerade nicht gut ging. Trennten sie sich gerade? Wo sie gerade erst zueinandergefunden hatten?

Einen Moment später hielt Yannik erneut am Straßenrand an einer verwaisten Bushaltestelle und sprang aus dem Wagen, um sich in den Mülleimer an der Laterne zu übergeben.

Es war nicht so, als ob Neo nicht wollte, aber gerade hatte er nicht die Kraft, aufzustehen und zu ihm zu gehen.

Für einige Momente hielt Yannik sich an der Laterne fest und atmete angestrengt, dann drehte er sich um und warf einen Blick durch die Windschutzscheibe auf Neo. Seine Körperhaltung veränderte sich, ehe er ganz aufrecht wieder zur Fahrerseite ging.

Wortlos stieg er ein, nahm sich einen Kaugummi aus der Dose in der Mittelkonsole und fuhr erneut los. Das Schweigen zwischen ihnen war nicht angenehm.

Aber Neo wusste auch nicht, was er sagen sollte. Es tat weh. So unglaublich weh.

Endlich hatte er einen Mann gefunden, der ihn genauso liebte, wie er war.

Und schon glitt er ihm durch die Finger, ohne dass er etwas dagegen tun konnte.

Doch auch Yannik schwieg eisern, bis sie wenige Minuten später an Lunas und Tommys Wohnhaus angelangten.

„Ich bring dich rein“, sagte Yannik nur ernst.

„Musst du nicht. Claudia braucht dich. Dein Baby.“

„Ich will sehen, dass du gut aufgehoben bist“, beharrte Yannik allerdings ohne Blickkontakt. Stattdessen stieg er aus und umrundete den teuren Wagen, um Neo die Tür zu öffnen.

Eine zuvorkommende Geste, zumindest in einer anderen Lage als dieser hier.

Was war das jetzt? Gab er Neo ab wie ein Paket, um ihn danach niemals wieder zu sehen? So konnten sie doch nicht auseinandergehen!

„Meldest du dich, wenn du zu Hause bist?“, fragte er leise.

Yannik seufzte tief. Dann nickte er.

„Hör zu, Neo …“

Doch er sprach nicht weiter.

„Ja?“ Er streckte die Hand nach ihm aus.

Yannik kämpfte sichtlich mit sich, ob er seine Hand ergreifen sollte oder nicht. Doch seine Liebe siegte offenbar, denn am Ende hielt er Neos Hand ganz fest.

„Warum machst du es mir nur so schwer mit deiner Liebenswürdigkeit?“, murmelte er daraufhin niedergeschlagen.

„Warum machst du es dir so schwer und versuchst, mich wegzuschicken?“

„Weil ich keine Zugeständnisse mehr machen kann. Neo, verstehst du das denn nicht? Ich bin ein Betrüger, ein Ehebrecher! Das wollte ich nie sein. Und gleichzeitig … Gleichzeitig kann ich nicht ohne dich.“

„Du bist noch nicht verheiratet, Yannik. Und du kannst alles noch ändern. Denk darüber nach, ja? Rational. Ohne die Erwartungen anderer einzubeziehen.“

„Rational. Ja. Dann sehe ich einen Vater und einen Mann, der seine Familie im Stich lässt.“ Erneut seufzte er tief, dann legte er die Hand zärtlich an Neos Wange. „Du wirst der Mutige von uns beiden sein müssen und mich in die Wüste schicken. Anders können wir diesem Dilemma nicht entfliehen. Denn ich kann es nicht. Ich kann nicht mutig sein.“

„Du musst nicht mutig sein. Du musst du selbst sein.“ Er schmiegte sich an die Hand, auch wenn sein Herz schmerzte. Im Grunde wusste er doch, dass er ihn nicht so einfach wegschicken konnte.

Und obwohl sie tagsüber mitten auf dem Gehweg standen, legte Yannik ihm nun auch die zweite

Hand ans Gesicht, um ihn einen Moment später liebevoll zu küssen.

War das ein Abschiedskuss? Oder sollte das ein Bekenntnis sein?

Aber ehe Neo fragen konnte, hörten sie eine Fahrradklingel und fuhren auseinander.

„Na, das sind ja zwei hübsche Turteltäubchen." Tommy, der mit seinem teuer aussehenden Rennrad direkt neben ihnen anhielt, grinste.

„Kann Neo eine Weile bei euch bleiben?", sagte Yannik ohne weitere Begrüßung.

Tommy runzelte zwar die Stirn, aber er nickte fast sofort.

„Jederzeit. Was ist passiert? Hängt das mit deinem Artikel zusammen und Lunas panischer Nachricht, was du bei Stadtrat Hiller machst?"

Er musterte Neo fragend.

„Ja", gab er leise zu. „Aber es ist halb so wild."

Nun, eigentlich war es schrecklich. Die Drohung hing über ihm wie ein Damoklesschwert und er hasste das.

„Irgendwas stimmt doch nicht mit dir", stellte Yannik allerdings trocken fest, während er seinen Bruder musterte. „Daraus ziehst du Rückschlüsse?"

Tommy aber lächelte verschmitzt.

„Das sagst gerade du, Bruderherz, der du als heteroverlobter Mann mit einem anderen Mann auf der Straße knutschst?"

Dann klopfte er Neo auf die Schulter.

„Jetzt komm schon rein. Erzähl erst mal, was los war."

Neo sah sich zu Yannik um, als er Tommy folgte.

Der presste nur die Lippen zusammen und sah ihnen nach.

Jetzt würde er sich erst mal gedulden müssen, bis Yannik sich bei ihm meldete. Wenn er sich denn meldete.

Kapitel 24

Yannik

Claudia hatte gesagt, sie komme wieder allein zurecht, Yannik könne zur Arbeit gehen. Also ging Yannik zur Arbeit.

Als er in den schicken Aufenthaltsraum der Personenschützer trat, saßen drei seiner Kollegen darin und frühstückten.

„Moin, Yannik“, begrüßte Ole ihn. „Lange nicht gesehen. Wie geht’s Claudia?“

Yannik kannte Ole seit seinem ersten Tag in der Firma seines Vaters, er war ein korrekter Kerl.

„Besser. Sie darf wieder aufstehen. Arbeiten aber nicht mehr.“

„Gut zu hören. Wir haben uns Sorgen gemacht.“

Dafür warf Yannik ihm einen dankbaren Blick zu. Auch wenn er wusste, dass dieses Wir nicht auf seine anderen Kollegen bezogen war. Die interessierte Yanniks Privatleben einen Dreck.

„Hey, ich dachte gestern, du bleibst länger“, meinte nun auch André, ehe er in ein Brötchen biss.

„Nee, hatte nur was mit dem Vogel zu klären“, brummte Yannik.

Mit dieser Begründung hatte er André am vorangegangenen Tag vor Hillers Tür abgelöst. Er wollte unbedingt die Ansicht schüren, dass zwischen ihm und Neo eine persönliche Fehde stattfand, um sicher sein zu können, dass irgendjemand ihn immer benachrichtigte, sobald Neo in die Nähe von Hiller kam. Das war für Neo auf alle Fälle sicherer.

„Hast du es denn geklärt?“, feixte Martin, den er gestern hinter dem Steuer abgelöst hatte.

„Nicht ausreichend.“

Yanniks Stimme war so dunkel, dass Martin leise lachte.

„Na, der kann sich das nächste Mal auf was gefasst machen, was?“

Martin war ein Idiot.

Trotzdem spielte es Yannik in die Hände und er nickte.

„Möchte wissen, warum Hiller um ihn so einen Aufriss macht. Als ob so ein Typ vom Provinzblättchen ihm wirklich was anhaben könnte …“ Mit einem Schulterzucken griff André nach seiner Kaffeetasse und sah zu Yannik. „Auch einen?“

Doch er schüttelte den Kopf.

„Hab schon. Was steht auf dem Plan? Hat der Stadtrat Termine?“

Zweieinhalb Wochen Urlaub hatten ihn völlig der Übersicht beraubt. Sobald er auf dem neuesten Stand war, würde er sowieso erst mal seine Runde übers Grundstück machen und nach dem Rechten sehen.

„Zwei Termine heute. Einen in seiner Baufirma und der andere im Rathaus“, gab René ihm kurz Auskunft.

„Ich mach die Runde, bis dahin sind die anderen da, um euch abzulösen.“

Ohne ein weiteres Wort verließ Yannik den Raum. Sein erster Gang führte ihn nach draußen, wo er den Zaun ablief und nach Verdächtigem Ausschau hielt.

Dabei dachte er wieder an Neos Worte vom Vortag.

Er wollte nicht ewig das schmutzige Geheimnis bleiben. Schmutzig war er auf keinen Fall, im Gegenteil. Neo war das einzige Licht, das Yannik noch in seinem Leben hatte. Klar, hatte sich sein Umgang mit Claudia geändert seit der Komplikation. Aber trotzdem liebte er sie noch immer nicht. Er liebte Neo, aber … Er konnte doch die Hochzeit nicht absagen, weil er in einen Mann verliebt war!

Das würde ihn nicht nur seinen Job kosten, sondern auch seine Achtung vor sich selbst!

Er würde alle die Werte, die ihm sein Vater beigebracht hatte, mit Füßen treten, wenn er sich so aus der Verantwortung stahl. Wäre das Baby nicht gewesen, hätte alles anders kommen können. Aber er konnte das nicht ungeschehen machen. Seine ungeborene Tochter konnte doch nichts dafür. Und er liebte dieses Kind. Er wollte für es da sein, ihm ein guter Vater sein. Und zu einem Vater gehörte nun mal eine Mutter.

Yanniks Herz wurde schwer.

Er wusste, dass die Liebe zwischen ihm und Neo keinen Bestand haben konnte. Nicht so. Egal, wie glücklich es ihn machte.

Aber wie Tommy bereits bemerkt hatte, Yanniks Glück hatte in dieser Rechnung keinen Wert. Nur das Glück seiner Tochter zählte jetzt noch. Auch wenn er sich wünschte, Neo glücklich machen zu können. Aber darüber hatte er keine Macht.

Bestimmt würde er jemanden finden, der ihm das geben konnte, was er suchte, ohne dass er sich verstecken musste.

Auch wenn es Yannik das Herz brach. Er hätte all dem nie nachgeben dürfen.

Ein Schwachkopf war er gewesen! Ein unmöglicher Schwachkopf, sich mit einem Mann einzulassen, obwohl er vergeben war.

Warum hatte er es nicht bei dem Blowjob auf der Hochzeit belassen können?

Nein, er musste das alles ja auf die Spitze treiben und sich verlieben, verdammt noch mal!

Und endlich lernen, was sexuelle Anziehung und Befriedigung wirklich war. Dank Neo.

Neo hatte ihm so viel gegeben und dafür brach Yannik ihm nur das Herz.

Er war ein Schwein. Ein unbedachtes, rücksichtsloses Schwein!

Dafür würde er sein Möglichstes tun, um Neo zumindest vor Hiller zu beschützen.

Und wenn er das geschafft hatte, musste er irgendwie weg von hier. Er würde mit Claudia und seiner Tochter irgendwo neu anfangen, denn in einer Stadt mit Neo, ohne ihm je wieder nahe sein zu können … der Gedanke brachte ihn fast um. Nein, er musste weg. Auch weg von den vorwurfsvollen Blicken der anderen.

Vielleicht entdeckte er weit weg und nur noch zu dritt auch seine Liebe zu Claudia? Es musste doch einen Grund haben, warum er sie damals ausgesucht hatte, außer dem Drängen seiner Kollegen in der Bar, dass er sich an dem heißesten Gerät der Stadt versuchen sollte.

Tja, dass er sie kriegte, hatte er nie erwartet. Und es auch eigentlich gar nicht gewollt.

Aber jetzt hatte er sie und er war es ihr schuldig, ihr ein gutes Leben zu bieten. Immerhin schenkte sie ihm ein Kind.

Drei Wochen noch, dachte er, drei Wochen bis zur Hochzeit. Dann hatte all das hier ein Ende und er würde nur noch für seine Familie da sein.

Mit schweren Schritten ging er zurück zur Villa.

Hiller würde schon frühstücken und danach gleich losfahren wollen, wie üblich.

Und Yannik würde mit ihm im Auto sitzen.

Auf dem Weg zu einem weiteren krummen Geschäft.

„Die Angelegenheiten eines Kunden gehen dich nichts an“, hatte ihm sein Vater eingeschärft. Solange ihre Firma nicht darin verwickelt war. Bis vor Kurzem hatte es ihn auch nicht gekümmert, was Hiller so trieb.

Trotzdem ging es Yannik jetzt gegen den Strich. Mit Neo hatte er nicht nur die Liebe entdeckt, sondern auch sein Gewissen. Er wollte nicht mehr nur der Roboter in der schusssicheren Weste sein. Er wollte Menschen wie Neo vor Arschlöchern wie Hiller beschützen.

„Schmidt! Endlich wieder auf Posten?“, riss Hiller ihn aus seinen Gedanken, als er ihm im Flur entgegenkam. Im Anzug, mit Krawatte und teuren Schuhen. Aus jeder Pore tropfte ihm der Reichtum.

„Jawohl, Herr Stadtrat.“

Hiller lachte.

„Mit Ihnen hat Ihr Vater einen herausragenden Angestellten! Kommen Sie, wir fahren.“

Heute war auch wieder Hillers Assistent Max Kleiber mit dabei. Der Mann war so farblos, dass er ihn oft vergaß, selbst wenn er neben ihm stand. Nicht besonders aufmerksam von ihm.

Um seinen Fauxpas wiedergutzumachen, nickte Yannik ihm zu, als die beiden an ihm vorbeigingen und er ihnen folgte.

Auf dem Weg zum Auto steckte er sich den kleinen Funker ins Ohr und schaltete ihn an.

„Bin mit dem Stadtrat unterwegs. René, du fährst“, bestimmte er schlichtweg.

Sie stiegen in die schwarze Limousine und der Wagen fuhr an.

„Ich habe Ihnen die Termine der nächsten paar Wochen im Kalender eingetragen, Herr Stadtrat“, sagte Kleiber nun geschäftig. Scheinbar würden sie länger unterwegs sein. „Wir sollten sie kurz durchgehen.“

Hiller brummte unwillig, aber darauf ging Kleiber gar nicht ein, sondern begann, Termine vorzulesen.

„Mitte August steht eine einwöchige Einladung zu einer Konferenz in Frankfurt an. Die Anmeldefrist läuft heute ab. Wollen Sie teilnehmen?“

Jetzt runzelte Hiller die Stirn und blickte auf einmal Yannik an.

„Sind Sie Mitte August verfügbar, Schmidt? Wenn ich fahren sollte, will ich, dass Sie mich begleiten!“

„Tut mir leid, aber in der Woche findet meine Hochzeit statt, Herr Stadtrat.“

Allein bei dem Gedanken daran wurde ihm wieder flau im Magen.

„Ihre Hochzeit? Warum erfahre ich das erst jetzt? Kleiber, wir müssen uns um ein Geschenk kümmern!“

Auf einmal grinste Hiller breit.

„Ja, Herr Stadtrat.“

Kleiber ließ sich nicht anmerken, was er von der neuen Aufgabe hielt.

„Das ist wirklich nicht nötig“, sagte Yannik schnell.

„Selbstverständlich ist es das. Für einen loyalen Mitarbeiter wie Sie ist mir das ein Anliegen.“

Aber selbst drum kümmern kam natürlich trotzdem nicht infrage.

„Ich habe ja nicht schlecht gestaunt, als Sie gestern auf einmal den Richter rausbegleitet haben. Aber dann hörte ich von Ihrem Anliegen, sagen wir, ihn selbst im Auge zu behalten. So eine Initiative schätze ich an meinen Mitarbeitern! Sagte ich ihn? Ich meinte natürlich sie.“

Hiller lachte dreckig und stieß Kleiber an, der sich ein Lächeln abrang.

Yanniks Hand verkrampfte sich, er konnte gerade noch verhindern, dass sie sich zur Faust ballte.

„Man muss auf solche Schreiberlinge etwas achten“, meinte er so ruhig wie möglich.

„Er hat kaum einen Ton herausgebracht auf der Rückfahrt. Von Ihnen kann man noch was lernen“, fügte er hinzu. Er musste unbedingt mehr erfahren. Vielleicht reichte das Kitzeln von Hillers Ego schon aus.

Sein Kunde war einfacher gestrickt, als er gedacht hatte.

„Tatsächlich war es erst gar nicht so leicht, etwas in Erfahrung zu bringen“, begann Hiller sichtlich mit sich zufrieden. „Aber netterweise hat mir eine Kollegin vom Bürgeramt weitergeholfen. Ich hatte noch einen Gefallen bei ihr offen und so hab ich von der Namensänderung erfahren.“

Wer weiß, was er für diesen Gefallen geleistet hatte.

„Namensänderung?“, stellte Yannik sich dumm.

Da grinste Hiller fies und zog plötzlich sein Handy aus der Innentasche seines Jacketts. Er scrollte kurz, dann hielt er es Yannik hin. Darauf war das Bild eines hübschen, rothaarigen Mädchens zu sehen. Es trug zu seinem langen, roten Haar ein tief ausgeschnittenes Top und einen kurzen, schwarzen Rock. Dazu unglaubliche High Heels.

Er konnte Neo und diese Person nicht auf einen Nenner bringen. Obwohl das Mädchen lächelte, hatte er das Gefühl, dass in ihren Augen Traurigkeit lag. Kein Wunder, wenn man bedachte, was wohl schon damals in Neos Kopf vorgegangen war.

„Wer ist das?“, fragte Yannik und zog die Brauen zusammen. Es kostete ihn unglaubliche Kraft, seine Stimme ruhig zu halten.

Hiller lachte wieder rau.

„Das, Schmidt, ist Anna Richter. Die Sie als Neo Richter kennen.“

„Kaum zu glauben“, meinte er. „Was heute nicht alles möglich ist …“

Anna. Anna war Neos – wie hatte er es genannt? Sein Deadname. Und er verstand nun auch, warum man das so nannte. Weil diese Person auf dem Bild nicht mehr existierte. Das war nicht Neo.

Yanniks Herz schmerzte aufs Neue heftig.

„Wie sind Sie an das Bild gekommen?“

„Erstaunlich redselig heute, Schmidt.“ Hiller grinste.

„Ich versuche nur zu lernen“, redete sich Yannik raus.

Verdammt noch mal! Natürlich fiel es auf, wenn er sonst kaum den Mund aufbrachte!

„Ich habe ja den Verdacht, Sie haben selbst noch eine Rechnung mit dem vermeintlichen Herren offen.“ Amüsiert betrachtete Hiller ihn. „Er hat sich doch hoffentlich nicht an Ihre Verlobte rangeschmissen?“

„Darüber sprechen wir besser nicht, Herr Stadtrat“, knirschte Yannik, sodass Hiller bestätigt lachte.

„Was haben Sie mit dem Material über ihn vor?“

„Nun, solange dieser Schreiberling sich ruhig verhält, sehe ich mal noch keine Veranlassung, tätig zu werden. Allerdings ist die Familie der jungen Dame sicher froh zu erfahren, dass es ihr gut geht. Denken Sie nicht? Oder ihr Ex-Verlobter?“

Yannik durchfuhr ein schmerzhafter Stromschlag. Er hatte Neo gar nicht gefragt, was aus seiner Familie geworden war. Weil er zu geil darauf gewesen war, ihn zu vögeln! Verdammte Scheiße, was passierte wohl, wenn Neos Familie seinen Aufenthaltsort erfuhr?

Er musste dringend mit ihm sprechen und ihn davon überzeugen, seine Fehde gegen Hiller aufzugeben!

Denn das war es nicht wert. Wenn Neo nicht wollte, dass man ihn fand, dann hatte niemand das Recht, ihn dazu zu zwingen.

Sicherlich gab es auch einen Grund dafür, warum er sich versteckt hielt. Auch wenn Yannik sich den nicht vorstellen konnte.

Nur bei einem war er sich ganz sicher: Er würde alles tun, um Neo zu beschützen.

Kapitel 25

Neo

Als er die Tür hinter sich zusperrte, war Neo mehr als nur froh. Was war gestern nur für ein beschissener Tag gewesen. In jeglicher Hinsicht.

Erst die Sache mit Hiller, die ihm so schwer im Magen lag, und dann der Streit mit Yannik. Streit war wohl das falsche Wort. Keiner von ihnen war laut geworden, es hatte auch keine Vorwürfe gegeben. Nur Verzweiflung.

Warum war Yannik auch so stur?

Luna und Tommy hatten auch nur den Kopf schütteln können. Er hatte die Nacht bei ihnen im Wohnzimmer verbracht, aber er hatte den Sinn darin nicht gesehen.

Wenn Hiller die Infos irgendwie öffentlich machte, war es egal, wo er sich gerade aufhielt.

Heute während der Arbeit hatte er nichts weiter gehört, also schien der Stadtrat erst einmal die Füße stillzuhalten.

Mit einem tiefen Seufzen kickte er sich die Schuhe von den Füßen. Erst mal eine Dusche und dann schlafen. Es würde zwar nichts besser machen, aber auch nicht schlimmer.

Im Bad schälte er sich aus seinen Klamotten und stellte das Wasser an. Es dauerte immer ein wenig, bis es warm wurde, aber danach ließ er es über sich laufen. Mit geschlossenen Augen hatte er für ein paar Augenblicke das Gefühl, dass alles wie immer war. Vor dem ganzen Schlamassel, in den er geraten war, und mit intaktem Herzen.

Die einzige Nachricht, die er von Yannik seit ihrem stummen Abschied erhalten hatte, war ein knappes *Bin zu Hause* gewesen.

Verdammter Yannik! Warum konnte er nicht wie jeder andere Mensch glücklich werden wollen? Dann hätte er schon den Mut aufgebracht, sich zu trennen und wäre mit Neo zusammen gewesen!

Seine tolle Verlobte wäre auch ohne ihn klargekommen.

Was war dieses „Ich liebe dich“ dann wert, wenn Yannik nicht wenigstens versuchte, sich aus dieser Situation zu befreien?

Nichts war es wert, das war die schmerzhafte Wahrheit.

Aber vielleicht geschah ja auch noch ein Wunder. Vielleicht kam Yannik noch zur Vernunft.

Seufzend stellte Neo das Wasser ab.

Gerade als er sich in das Handtuch gewickelt hatte, klingelte es an der Tür.

„Auch das noch“, murmelte er genervt. Er wollte doch nur seine Ruhe.

Er drückte auf den Sprechknopf und fragte: „Wer ist da?“

Für einen Moment herrschte Stille, dann sagte eine bekannte Stimme: „Ich bin’s.“

Yannik?!

Ungläubig drückte Neo auf den Summer, der ihm die Haustür öffnete.

War das das Wunder, das er sich noch vor ein paar Momenten gewünscht hatte?

Er zog die Tür auf und schon stand er vor ihm. Yannik, im Anzug, als käme er direkt von der Arbeit. So beeindruckend und sexy wie immer.

Ihm blieb die Luft weg und er merkte ganz genau, wie Yanniks Blick über seinen nackten Oberkörper wanderte.

„Hallo“, murmelte Neo schließlich. „Komm rein.“

Er wusste nicht, was er denken sollte.

Wortlos trat Yannik ein und folgte Neo ins Wohnzimmer.

Neo fühlte sich für den Moment nicht ganz wohl dabei, ihm nur im Handtuch gegenüberzustehen, aber Yannik schien nicht wegen Sex da zu sein.

Seine Miene war ernst, als er endlich begann: „Ich muss mit dir sprechen.“

Gott, das waren Worte, die er gerade nicht hören wollte! Bisher hatten sie, wenn er sie gehört hatte, immer dazu geführt, dass alles vorbei war. Wollte er das noch hören? Yanniks Argumente kannte er doch schon zur Genüge.

„Was ist los?“, fragte er trotzdem.

„Du musst aufhören, gegen Hiller zu ermitteln. Er weiß alles. Er hat ein Bild von … von Anna. Er weiß von deinen Eltern und der geplatzten Hochzeit. Und er will ihnen sagen, wo und wer du jetzt bist. Ihnen und deinem … deinem Ex-Verlobten.“

Genauso mitgenommen wie besorgt bohrte Yannik seinen Blick in Neos Augen.

„Du musst aufhören. Das alles ist zu gefährlich für dich. Ich weiß nicht, warum du dich vor deiner Familie versteckst, aber … es ist besser, wenn das so bleibt, oder?“

„Nun …“ Neo schluckte. „Ist nicht gerade eine Überraschung, oder? Hiller hat schon so Andeutungen gemacht.“

„Ich mach mir Sorgen.“

Auf einmal kam Yannik näher und legte die Hand unter Neos Kinn.

„Er hat das alles digital. Ich kann es also nicht mal verschwinden lassen ohne Aufwand, den ich nicht leisten kann. Ich habe kein Passwort von ihm und ich gehe davon aus, dass er die Informationen nicht selbst besorgt hat. Auch wenn er mit der Sprache nicht rausrücken wollte."

„Er hat dir das alles erzählt?" Mit einem Schnauben blickte er zur Seite. Die „Abmachung" mit Hiller war gerade einen Tag alt und schon für die Tonne. „Und da glaubst du, er tut nicht, was er androht, auch wenn ich nicht mehr weiter recherchiere?"

„Ich habe ihn ausgequetscht, weil ich wissen wollte, was er hat. Er sagte zumindest deutlich, er wolle die Füße stillhalten, wenn du es auch tust."

Tief seufzend trat Yannik noch einen Schritt auf ihn zu und zog ihn in seine Arme.

„Ich will nicht, dass dir was passiert. Ich sorge mich."

Obwohl er es vermutlich nicht sollte, schmiegte sich Neo an ihn. War nicht am Ende die Sorge genauso wenig wert wie sein „Ich liebe dich"?

„Ich hab ja schon gesagt, dass ich erst mal nichts unternehmen will. Aber ich traue Hiller nicht. Er hat jetzt die Info. Selbst wenn alles vernichtet werden würde, das Wissen ist trotzdem da."

Hiller hatte ihn immer in der Hand, wenn er ihn ließ.

„Sei einfach vorsichtig", murmelte Yannik mit dem Gesicht ganz nah an Neos Haar. Neo spürte, wie er tief die Luft einsog. Seine Umarmung festigte sich noch mehr.

„Ich pass schon auf." Sachte legte er die Arme um Yanniks Taille. Das sollte sich nicht so gut anfühlen. Absolut nicht. Schließlich war der andere nicht bereit, ihre Beziehung zu einer richtigen Beziehung zu machen.

„Mensch, Neo …"

Nur noch ein Flüstern voller Sehnsucht.

„Yannik." Auch er fühlte diese Sehnsucht. Es zerriss sein Herz.

Neo sah nach oben und begegnete Yanniks verzweifeltem Blick.

„Darf ich … darf ich dich küssen?“, fragte der große Mann leise.

Wahrscheinlich war das ein Fehler. Ein großer Fehler.

„Ja.“

Yanniks Zärtlichkeit tat weh. Denn sie schmeckte nach Abschied. Auch wenn Yannik es nicht aussprach, Neo wusste es in diesem Moment.

Aber er wollte ihn nicht gehen lassen. Nicht so.

Wenn er es in der Hand gehabt hätte, würde dieser Kuss nie enden. Er öffnete den Mund, lud Yanniks Zunge ein.

Und Yannik folgte der Einladung.

Ihr Kuss wurde von einem Moment auf den anderen heißer und Neo spürte Yanniks sanfte Hände an seinem von dem Handtuch bedeckten Hintern. Die Lust übermannte sie wohl beide, denn auch Neo drückte sich fester an ihn, grub seine Fingerspitzen in Yanniks Rücken.

Er wollte ihn näher bei sich. Näher an sich. Auch wenn es dumm war und danach sein Herz noch mehr in Scherben liegen würde.

„Neo …“

Yanniks Stimme zitterte. Dann löste er schlicht Neos Handtuch und ließ es zu Boden fallen.

Seine Klitoris war schon hart, die Erregung nicht zu übersehen. Doch war das hier wirklich richtig? Oder waren sie über diesen Punkt schon lange hinaus?

„Neo … Ich will dich … Nur ein Mal …“

Yanniks Lippen an seinem Hals. Sein Atem war heiß und seine Lippen gierig.

Seine Finger wanderten an Neos Hintern entlang und seine Fingerspitzen verharrten kurz vor dem Eingang seiner Vagina.

Nur ein Mal. Die Worte fühlten sich an wie Messerstiche. Trotzdem sagte er fest: „Aber dann richtig. Nicht zwischen Tür und Angel. Sondern im Bett. Nur wir beide.“

„Was immer du willst.“

Das Erste, was Yannik tat, war sein Handy aus der Tasche zu ziehen und es kompromisslos auszuschalten. Dann lud er sich Neo umstandslos in die Arme und trug ihn zum Bett.

„Zieh dich aus. Ja?“

Tatsächlich hatte er Yannik noch nie komplett nackt gesehen. Irgendwie war immer etwas dazwischengekommen. Wenigstens diese eine letzte Mal sollte alles so sein wie bei einem normalen Paar.

„Zu Befehl.“

Darüber lächelte Yannik sogar. Er legte Neo sanft in die Laken, dann schälte er sich aus seinem Anzug und dem blütenweißen Hemd. Seine schwarze, enge Boxershorts offenbarte Neo, wie heiß er bereits war. Dann entdeckte er das Tattoo auf seinem rechten Oberschenkel. Es sah aus wie ein … Kreuz?

Yannik bemerkte seinen Blick, als er sich die Socken auszog.

„Luftwaffe“, brummte er nur, dann entledigte er sich auch seiner Boxershorts.

Yannik war unglaublich heiß, wie er da vor ihm stand, endlich ganz nackt und ohne irgendwelche Grenzen zwischen ihnen.

„Komm her …“, sagte er mit trockenem Mund.

Das ließ Yannik sich nicht zweimal sagen, sondern war sofort über Neo und küsste ihn verlangend, während sein Ständer gegen Neos Klitoris drückte.

Haut an Haut, so hatte er es sich immer vorgestellt. Er wollte Yannik am liebsten für immer so nah sein.

Dieser Moment sollte niemals zu Ende gehen.

Sein Stöhnen fing sich in ihrem Kuss, während seine Hände über den starken Körper wanderten. Yannik löste eine Hand von ihm, um mit ihr über Neos Schenkel zu streichen. Auch er stöhnte lüstern.

„Ich liebe dich, Neo“, raunte er an seinem Ohr. „Bist du sicher, dass du das willst?“

„Ja“, keuchte er.

Er wollte das und noch so viel mehr, was er nicht bekommen würde. Aber jetzt, in diesem Moment, wollte er nicht mehr daran denken. Es gab nur noch sie beide.

„Kondome und Gel?“, fragte Yannik jetzt nur und küsste ihn erneut. Küsste ihn so heftig, dass Neo ganz schwach wurde.

„Schublade“, brachte er heraus.

Ohne von ihm zu lassen, kramte Yannik in seinem Nachtschränkchen und zog ein Kondom heraus. Neo bemerkte, dass seine Hände zitterten, als sie es über seine Erektion rollten. Dem Gummi folgte Gleitgel und danach beugte Yannik sich wieder über ihn, um seinen Blick zu suchen.

„Ich hätte nie gedacht, dass ich mal so geil auf jemanden sein könnte. Vor dir ist mir das noch nie passiert.“ Zärtlich strich er mit den Fingerrücken über Neos Wange, die bei der Berührung prickelte. „Ich will, dass du das weißt. Wie begehrenswert und einzigartig du bist.“

„Ich liebe dich“, sagte Neo nur, überwältigt von den Gefühlen, die ihn fast den Verstand kosteten. Er spreizte die Beine noch mehr, alles dort unten pulsierte und er spürte die Hitze. Er war mehr als bereit für Yannik.

Yanniks Lächeln war ehrlich.

„Ich liebe dich auch.“

Dann küsste er Neo wieder und das tat er für eine ganze Weile, bis Neo schon ganz kribbelig wurde. Erst als er seinen Unterleib gegen Yanniks presste, weil er es kaum noch aushalten konnte, griff dieser nach unten und schob sich behutsam in ihn.

Neo keuchte auf, als er den großen Ständer in sich spürte. Langsam wurden sie zu einem Körper und die Erregung überrollte ihn immer heftiger.

Er konnte ein tiefes Stöhnen nicht unterdrücken, als Yannik begann, sich zu bewegen. Langsam zu Anfang, während er nicht aufhörte, Neo zu küssen und mit seinen zärtlichen Händen über seine Seiten zu streichen.

Es war unglaublich schön, intensiv und sexy. Jede Bewegung ließ seinen Körper erbeben. Hoffentlich mochte Yannik es mit ihm genauso.

Der zog bald das Tempo an und stöhnte unbeherrscht. Eine seiner Hände verließ Neos Seite und schloss sich zärtlich um seine Klitoris, um auch sie im Takt seiner Stöße zu reiben.

Wimmernd warf Neo den Kopf zurück.

„Yannik! Bitte, hör nicht auf!“

„Fällt mir nicht ein“, keuchte Yannik angespannt.

Seine Bewegungen, die Hand um Neos Ständer und die heißen Küsse brachten Neo beinahe um den Verstand.

Sie steuerten unaufhaltsam auf den Höhepunkt zu. Auch wenn Neo nicht wollte, dass es schon endete.

Aber das Gefühl in ihm überrollte ihn schlichtweg und er konnte sich nicht gegen den Orgasmus wehren.

„Yannik!“ Neo bäumte sich unter ihm auf. Er spürte die Härte in ihm, wie um diese herum pulsierte.

Yannik ächzte ebenso, erstickte Neos Stöhnen aber mit einem Kuss. Danach richtete er sich auf die Knie auf und zog Neos Po auf seine Oberschenkel, damit er nicht aus ihm rutschte. Er umfasste Neos Oberschenkel und vögelte ihn so noch ein, zwei Minuten heftig. Plötzlich hielt er inne und verzog angestrengt das Gesicht und Neo freute sich schon auf das Zucken in sich.

Dann wollte er nur noch mit Yannik im Arm einschlafen oder in Yanniks Armen und für ein paar Minuten träumen, dass alles gut zwischen ihnen war. Aber es blieb aus.

Entgegen seiner Erwartung schien Yannik noch nicht fertig zu sein, denn er schob Neos rechtes Bein herum, sodass er in ihm bleiben konnte, während er sich hinter Neo bettete. Er zog ihn fest in seinen Arm und küsste zärtlich seinen Nacken.

„Das ist schön", murmelte Neo. Die erste heiße Lust war nun vergangen, doch so ganz abgeflaut war die Erregung nun auch noch nicht.

„Das ist es."

Yanniks Stimme klang genauso rau wie liebevoll und er hörte nicht auf, Neos Hals und Schultern zu küssen. Bald begannen seine Hände auch, zart über seine Brust zu streicheln. Ein klein wenig später bewegte Yannik auch wieder seinen Unterleib.

„Ohh …" Es ging nicht anders, ein Stöhnen entwich Neo. Das hier war noch nicht vorbei und er würde es auskosten, solange er konnte.

Denselben Gedanken schien Yannik auch zu haben, denn er stieß unermüdlich in ihn, küsste seinen Nacken, knabberte an seinem Ohr.

„Kannst du schon wieder?", raunte er bald.

„Weiß nicht", gab Neo zurück. „Aber auch wenn nicht, ist es nicht schlimm."

„Das hier soll nicht nur für mich unvergesslich werden, Neo."

Allein seine Worte schickten eine Gänsehaut über Neos Körper. Doch gleich darauf begann Yannik, seine Erektion auf ganzer Länge aus ihm zu ziehen und wieder hineinzustoßen. Dann legte er die Finger wieder um Neos Klitoris.

Er wusste nicht, ob er sich nun der Hand entgegenbewegen sollte oder der Härte. Die Leidenschaft war überwältigend. Er konnte nur noch fühlen.

Aber Yannik stöhnte jetzt ebenso in sein Ohr.

„Ich will mit dir zusammen kommen.“

Neo konnte kaum atmen, während Yannik es ihm weiterhin so geil besorgte. Seine Erregungskurve stieg unablässig. Offensichtlich konnte er doch schon wieder.

„Kann nicht mehr lange dauern …“ Neo stöhnte heiser auf, obwohl er sonst immer eher leiser blieb, wenn der Höhepunkt anrückte. Dieses Mal würde es wohl anders sein.

Yannik schloss seine Finger fester um Neos Klitoris und stieß härter zu. Nicht mehr auf der ganzen Länge, nur kurze, dafür harte Stöße. Neo keuchte vor Wonne.

„Ich komm gleich“, kündigte er bebend an. „Du auch?“

„Ja!“

Es klang, als würde Yannik gleich ersticken. Er schien sich schwer zu beherrschen, Neos Orgasmus noch abzuwarten.

„Dann … lass los, Yannik. Komm endlich in mir …“, stammelte Neo keuchend.

Yannik stöhnte kehlig und drehte Neos Kopf zu sich, um beinahe grob die Lippen auf seine zu pressen. Gleichzeitig drückte er seinen Unterleib so fest gegen Neos, dass er noch ein Stück tiefer in ihn rutschte und endlich kam.

Das stürzte auch Neo über die Klippe. Mit einem tiefen Seufzen erreichte er den Höhepunkt, genoss das Gefühl, eins mit Yannik zu sein.

„Noch nie … in meinem Leben …“, keuchte Yannik atemlos, „… bin ich so gekommen.“

Kraftlos ließ er sich zurücksinken und zog Neo dabei mit sich. Der spürte, wie schwer Yanniks Gliedmaßen auf einmal wurden.

Hoffentlich wurde sein Wunsch wahr und er schlief mit ihm ein.

Mehr durfte er sich nicht mehr wünschen, denn es würde nicht passieren.

„Hat es …“ Yannik atmete angestrengt. „… dir gefallen, Neo?“

Er wurde fester in seinen Arm gezogen, was Schmetterlinge in seinem Bauch auslöste.

„Es war wunderschön“, nuschelte er. Mehr konnte er nicht sagen, weil seine Kehle plötzlich wie zugeschnürt war.

Warme Lippen trafen auf seine und Yanniks Kuss war voller Liebe.

„Danke, Neo, für dieses Geschenk.“

Die Schmetterlinge wurden zu einem schweren Klumpen. Ein Stein, der auf seinem Herzen lastete.

Er wollte nicht, dass Yannik es merkte, aber er tat es trotzdem.

„Oh, Neo.“

Yannik rutschte aus ihm und drehte ihn komplett zu sich, um ihn in seine sicheren, schützenden Arme zu ziehen.

Er legte die Wange an Neos Schläfe und flüsterte: „Es tut mir so leid.“

„Sag das nicht, Yannik.“ Die Tränen in seinen Augen würden ungeweint bleiben. Vielleicht war das auch besser so.

„Du hast mir so viel gegeben und ich dir nur Schmerz. Es ist nur fair, dass ich um Verzeihung bitte.“

Auch Yanniks Stimme klang gepresst. Es war erleichternd zu wissen, dass ihn das alles nicht kaltließ. Doch es änderte nichts daran, dass er nicht zurückkommen würde. Dass er sich gegen ihn entschieden hatte.

„Bleibst du noch?“

„So lange, wie du willst.“

Ein sanfter Kuss in sein Haar. Nur Yanniks Arme lockerten sich kein bisschen, als ob er Neo für immer bei sich behalten wollte.

Dann bleib für immer, wollte er sagen, doch die Worte kamen nicht über seine Lippen.

„Ich liebe dich, Neo. Ich liebe dich."

Seufzend schlang Yannik auch noch sein Bein um Neo, sodass er halb begraben unter dem großen Mann vollständig in seinem Duft landete, der so wunderbar nach Zuhause roch. Ein letztes Mal zu Hause. Ein allerletztes Mal.

Kapitel 26

Yannik

Fast eine Woche lang schlief Yannik nicht. Dafür übergab er sich wieder jeden Tag, immer wenn Claudia anfing, von der Hochzeit zu sprechen.

In der zweiten Woche ohne Neo schlief er wie ein Toter, konnte sich im wachen Zustand aber kaum bewegen, weil seine Arme und Beine sich anfühlen, als hingen Tonnengewichte daran.

Es gab keine Sekunde, in der er nicht an Neo dachte. An sein verlorenes Glück.

Er war gegangen, als Neo geschlafen hatte. Einen Abschiedskuss hätte er nicht ertragen. Der hätte ihn endgültig zerschmettert.

Die Sache war, dass er nicht einmal an ihren phänomenalen Sex dachte, wenn seine Gedanken wieder bei Neo verweilten. Sondern an sein Lächeln, seine zärtlichen Küsse, seinen Galgenhumor. Seine weiche Haut, seine wunderschönen Augen, den Duft seines Haares.

Niemals wieder würde er all das genießen können. Deshalb musste er es in seiner Erinnerung fest verankern. Die einzigen, wenigen Stunden in seinem Leben, in denen er wirklich glücklich gewesen war.

Doch die Zeit lief unbarmherzig weiter, auch wenn Yannik in der Vergangenheit festhing. Bald brach der Tag vor der Hochzeit an und Yannik konnte kaum mehr zählen, wie oft er über der Schüssel gehangen hatte.

Konnte er das wirklich tun? Konnte er Claudia morgen heiraten?

Zumindest würde er nicht tanzen müssen, immerhin durfte Claudia noch nicht lange genug aufstehen. Sie würde die Feier hauptsächlich im Liegen auf einem königlich weißen Diwan verbringen, um den sich sein Vater persönlich gekümmert hatte. Es war völlig verrückt.

„Yanni, was hältst du von dem Namen Anna für unsere Kleine?“, fragte Claudia da, die mit dem Kopf auf Yanniks Schoß lag, während sie fernsahen.

Verdammt! Wie schaffte diese Frau es, ihn immer noch tiefer in seine persönliche Hölle zu verfrachten?

Anna. Jeden Tag würde er dann daran denken, wie unglücklich Neo gewesen sein musste, als er noch diesen Namen trug.

„Nein. Kannte mal eine. Will ich nicht“, presste er hervor, sodass Claudia mit einem Schmollmund zu ihm aufsah.

„Schade. Ich wollte immer eine kleine Anna.“

„Nein.“

Er gab sich nicht einmal mehr Mühe, so zu tun, als wäre er kompromissbereit.

Sie wollte noch etwas erwidern, doch die Türklingel rettete ihn.

„Ich geh kurz. Bleib liegen.“

So vorsichtig er es fertigbrachte, löste er sich von Claudia und ging zur Haustür. Wer konnte das sein? Es war gerade acht.

Er aktivierte die Gegensprechanlage.

„Ja?“

„Ich bin’s, Jack.“

Erstaunt zog Yannik die Brauen hoch und drückte den Summer.

Jack kam mit dem Aufzug. Und nicht nur sie.

Tommy, Luna, Niklas und John waren ebenso dabei.

„Überraschung!“, rief Jack mit Grabesmiene. „Junggesellenabschied. Zieh dich an, los!“

„Ich hab doch gesagt, ich will das nicht feiern …“

„Da wirst du doch nicht gefragt! Los doch! Das ist mein letzter Abend Ausgang vor der Geburt! Ich will feiern, also mach schon, ehe ich jetzt und hier niederkomme!“, befahl seine runde Schwester unnachgiebig.

„Bitte, Yannik. Wir wollen ein bisschen mit dir feiern“, wandte auch Tommy sanft ein.

Gerade diese beiden mussten doch wissen, dass es nichts zu feiern gab. Der Entschluss, nach ihrer Hochzeit so schnell wie möglich irgendwohin weiter weg zu ziehen, verfestigte sich noch mehr.

„Geh ruhig mit, Yanni“, hörte er Claudia von hinten sagen.

Yanni. Er hätte schon wieder kotzen können.

Würde er das den ganzen Abend ertragen? Ihr Bohren über den Namen für ihre Tochter? Den bescheuerten Spitznamen?

Da war die Aussicht, mit seinen Geschwistern irgendwo viel Bier zu trinken, plötzlich gar nicht mehr so übel.

„Okay“, brummte er nur und griff nach seinem Geldbeutel und den Hausschlüsseln. „Gehen wir.“

„Willst du dich nicht von deiner Zukünftigen verabschieden?“, runzelte Niklas die Stirn.

„Bis nachher, Claudi!“, rief er hinein und zog die Tür hinter sich zu.

Wow. Das war selbst für ihn ein neues Level der Gleichgültigkeit. Wenn er jetzt schon die Fassade nicht mehr aufrechterhalten konnte, wie sollte das für den Rest seines Lebens aussehen?

„Hängt der Haussegen schief?“, hakte Niklas besorgt nach.

„So was gibt es hier nicht“, erwiderte Yannik und betrat den Aufzug.

Er hatte zugegeben ein schlechtes Gewissen. Aber da wühlte noch irgendetwas anderes in seiner Seele. Etwas mit roten Haaren und blauen Augen, das er niemals vergessen würde. Nach dem er sich sehnte wie ein Irrer.

Schweigend gesellten sich seine Geschwister und Verschwägerte zu ihm.

„Wohin gehen wir?“

„Ach, erst mal bisschen Grundlage schaffen mit Pizza und dann noch ein paar Kneipen. Wie hört sich das an?“ Jack hängte sich bei ihm ein.

Er entdeckte auch Luna und am liebsten wollte er zu ihr treten und sie fragen, wie es Neo ging.

„Gut.“

„Ich seh schon, du bist in Partylaune“, stellte Jack trocken fest, ließ ihn aber nicht los. Im Gegenteil. Sie festigte ihren Griff, als wollte sie ihm versichern, immer an seiner Seite zu sein.

„Wie geht es dir?“, hakte sie nach. „Du siehst ehrlich gesagt ziemlich scheiße aus.“

„Gut“, erwiderte er trotzdem nur.

Der Aufzug kam im Erdgeschoss an und die Türen öffneten sich. Yannik stürmte als Erstes nach draußen, als könnte er dort Freiheit finden.

Er hörte Jacks Seufzen, achtete aber nicht darauf.

Sie verteilten sich auf Jacks und Tommys Autos und fuhren in eine Pizzeria. Zumindest seine Geschwister hatten gute Laune. Yannik sagte kaum ein Wort, aber das schien niemanden zu stören.

Er ertappte sich bei dem Gedanken, dass er nie mit Neo essen gegangen war. Er wusste noch nicht mal, was er gerne aß. In den Tagen, als sie sich nur getextet hatten, hatte er nicht danach gefragt. Sie hätten später Zeit, das war sein Gedanke gewesen.

So vieles hatte er nicht mit ihm getan – und sie würden es auch nicht tun.

Seine Seele schmerzte vor Sehnsucht und er war froh, als sie endlich in eine Bar weiterzogen. Dort würde er den Kummer in Bier ertränken. Viel Bier.

Doch noch bei seinem ersten ließ sich Jack am Tresen neben ihm nieder.

„Ich hab ’nen Vorschlag für morgen.“

„Was für einen?“, fragte Yannik, weil er eh nicht darum herumkommen würde, ob er den Vorschlag nun hören wollte oder nicht.

„Ich führe dich morgen zum Traualtar. Was sagst du? Ich bin deine einzige Schwester und ich übergebe dich deiner Braut.“

Yannik würgte, behielt die Pizza aber drin.

„Nette Idee“, presste er schließlich heraus.

„Nicht wahr? Ich will für dich da sein, Yannik. Immerhin brauchst du jetzt einen Freund. Glaub nicht, dass wir nicht wissen, was abgeht.“

Ihr Blick wurde stechend.

„Nichts geht ab. Ich … heirate morgen. Alles, wie es sein soll.“

„Soll vielleicht. Aber nicht, wie du es willst. Luna hat erzählt, Neo ist …“

„Nein!“, unterbrach Yannik sie laut. „Fang nicht damit an! Ich will nichts hören! Nie wieder!“

Er musste sich schützen. Sobald Neo in seinen Gedanken auftauchte, war es vorbei mit seiner Selbstbeherrschung, das wusste er. Dann würde er kotzen und heulen und das konnte er nicht zulassen.

„Dein Ernst, Yannik? Ich hab dich nie so mit jemandem gesehen. Selbst jetzt, wenn allein sein Name schon das auslöst …“

„Hör. Sofort. Auf“, grollte Yannik.

Jack würde nicht lockerlassen, aber er musste sie dazu bringen. Er konnte nicht über Neo nachdenken, nicht am Abend vor seiner Hochzeit!

Er funkelte sie böse an und sie funkelte stur zurück, doch da legte sich eine Hand auf Jacks Schulter.

„Willst du eine Runde mit mir tanzen, my love?“, fragte John liebevoll und eigentlich wollte Jack ablehnen, das sah Yannik deutlich. Aber auf einmal erschien auch Tommy bei ihnen und stieß seine Schwester an.

„Komm schon, nutz das, ehe deine Fruchtblase platzt, du Wal.“

„Verschwörung!“, zischte Jack, ließ sich dann aber doch auf ihren Mann ein und verschwand mit ihm von der Bar.

„Einen doppelten Whiskey“, bestellte Yannik.

Bier würde jetzt nicht mehr reichen nach diesem Gespräch.

Tommy nahm jetzt Jacks Platz ein und bedeutete dem Barkeeper, dass er das Gleiche nahm.

„Jack ist mal wieder feinfühlig wie eine Abrissbirne, was?“ Sein Bruder lächelte sacht.

Tommy hatte schon immer gewusst, wie er Menschen für sich gewann. Er war der geborene Charmeur.

„Nichts Neues, oder?“, brummte Yannik. „Hast du mir auch was zu sagen oder können wir einfach trinken?“

„Lass uns trinken. Später redet es sich bestimmt leichter.“

Yannik ergab sich in sein Schicksal und er trank mit seinem Bruder schweigend sicherlich noch vier Whiskeys, ehe dieser seufzte.

„Kannst du jetzt sprechen? Ist deine Zunge locker?“

„Spuck schon aus, was du sagen willst.“

Yanniks Laune sank trotz des Alkohols noch weiter, auch wenn er nicht gedacht hätte, dass das noch möglich war. Überhaupt wirkte der Whiskey kein bisschen. Er war noch völlig klar und das kotzte ihn an.

„Du wirst morgen heiraten, Bruder. Und damit machst du so viele Menschen auf einmal unglücklich. Dich, Claudia, Neo … Und das Baby.“

„Mein Baby wird glücklich sein“, beharrte er. „Es wird einen Vater und eine Mutter haben.“

„Dein Baby wird merken, dass du seine Mutter nicht liebst. Es wird von dir lernen, es wird keine gesunden Rollenvorbilder haben. Dein Baby wird nicht glücklich sein. So wie wir es nie waren, als wir noch zu Hause gelebt haben.“

Das traf Yannik wie ein Vorschlaghammer.

Es hatte einen Grund gehabt, warum er mit neunzehn nach seinem Abi zur Bundeswehr geflüchtet war. Es hatte einen Grund gehabt, warum auch Jack geflüchtet war, warum Tommy zu seinem Achtzehnten ausgezogen war.

Man spürte, wo das Glück lag. In seinem Elternhaus war es nie gewesen.

„Aber Vater liebt Mutter. Oder nicht?“, stieß er hervor.

Tommy verzog verständnislos das Gesicht.

„Hast du das jemals wirklich geglaubt? Glaubst du, unser Vater liebt irgendwen so sehr wie seine Firma und sein Ansehen? Nicht einmal uns liebt er ohne Vorbehalt.“

„Aber wir hatten immer alles. Es gab keinen Wunsch, den er uns nicht versucht hat zu erfüllen.“

Yannik wusste nicht, warum er so darauf pochte. Sie waren doch eine Familie. Eine große glückliche Familie.

Und warum plante er dann, mit Claudia wegzuziehen?

„Klar. Wir waren glücklich.“ Tommy klang bitter. „Wenn wir getan haben, was er wollte, hat er uns unsere Wünsche erfüllt. Du hast das immer getan, Yannik. Dir ist nie in den Sinn gekommen, ihm zu widersprechen. Ich hab gesehen, wie du gewachsen bist, als er dir wegen dem Baby auf die Schulter geklopft hat. Und dann gleich den Tadel hinterher geschoben hat, weil es kein Junge ist."

Sein Bruder blickte ihn ernst an.

„Hast du nie verstanden, welche Knöpfe er bei dir drückt?"

Die Wahrheit hinter diesen Worten tat weh. Verdammt weh.

„Er ist eben unser Vater, Tommy. Natürlich kennt er mich und weiß, was er tun muss. Das ist doch bei keinem anders."

Trotzdem kannte er ihn nicht ganz. Nicht diesen Mann, der er mit Neo gewesen war. Der er mit ihm sein könnte. Jemand, der lebte, nicht nur überlebte.

„Er ist kein guter Vater. Das ist das, was ich sagen will, Yannik. Du solltest ihm nicht nacheifern in Bezug auf deine Tochter. Wir hätten mehr davon gehabt, wenn wir glückliche Eltern gehabt hätten. Seit ich Lunas Eltern kenne, verstehe ich erst, was in unserer Kindheit schiefgelaufen ist. Wir wollten immer ihn glücklich machen und nicht uns. Mir geht es viel besser, seitdem ich mein eigenes Glück verfolge. Und ich will dir ans Herz legen, das auch endlich zu tun. Folge deinem Herzen, Yannik, nicht dem Willen unseres Vaters."

„Aber was wird dann aus Claudi und dem Baby?"

„Claudia kommt klar. Sie wird schneller wieder jemanden finden, als du deine Sachen aus der Wohnung holen kannst. Und für dein Baby kannst du trotzdem da sein. Glücklich mit jemandem, den du liebst. Mit Neo vielleicht?"

Tommys Blick durchdrang Yannik. Er sah bis in seine Seele hinab.

„Ich hab nicht viel gesehen, Yannik. Einen einzigen Kuss habe ich gesehen. Und trotzdem habe ich gemerkt, wie anders du warst. Wie anders es für dich war. Du liebst Neo, weil du schwul bist. Weil du nicht der bist, der du für Vater gerne wärst. Und das ist okay."

„Ja, ich liebe ihn", gab er leise zu. „Aber ich hab nichts anderes getan, als ihn unglücklich zu machen."

„Das kannst du ändern, großer Bruder. Wenn du dich zu ihm bekennst. Neo wäre sicher der glücklichste Mensch der Welt." Mitfühlend legte Tommy die Hand auf seine Schulter. „Eins ist sicher: Du kannst nicht zurück in die Matrix. Du hast die rote Pille geschluckt. Ab jetzt kennst du die Wahrheit über dich. Du wirst nie wieder ein heterosexueller Mann sein. Du wirst nie wieder eine Frau so begehren und lieben können, wie du Neo begehrst und liebst. Vertrau mir. Ich weiß, wovon ich spreche."

„Ist es dir mit Luna auch so gegangen?", fragte er verwirrt.

„Nein, ich vergöttere Luna. Mit einer meiner ersten Freundinnen aber. Ich hatte zwischendurch was mit einem Mann und ab da war es schlichtweg nicht mehr dasselbe. Weil ich wusste, wie es sein konnte. Weil ich gelernt hatte, was Liebe war. Dass die Liebe meines Lebens zufällig eine Frau ist, war eben Schicksal. Ich habe mich auf meine Sexualität eingelassen und das solltest du auch."

„Das mit deinem Boyfriend von damals?" Yannik sah ihn fassungslos an. „Ich hab gedacht, dass du damit Vater ärgern wolltest."

„Warum sollte ich?" Tommy lachte. „Ich fühle mich zu beiden Geschlechtern hingezogen. Das hab ich akzeptiert. Und ich mag das. Verstehst du endlich, was ich dir sagen will? Es ist okay, wenn du schwul bist. Für Jack, für Luna, für mich und für Neo ganz besonders. Jetzt muss es das nur noch für dich sein. Was Vater denkt, fällt absolut nicht ins Gewicht."

„Du sagst das, als wäre das so einfach. Aber das ist es nicht."

„Doch, das ist es. Ob du es glaubst oder nicht. Es hängt lediglich von deiner Entscheidung ab. Du triffst sie. Willst du glücklich sein und dich selbst so nehmen, wie du bist, oder willst du in eine lieblose Ehe gehen und dein Lebensglück verschenken?“

„Aber was ist mit Vater?!“ Die Verzweiflung wühlte in Yanniks Innerem.

„Was soll mit Vater sein? Vielleicht verstößt er dich. Vielleicht kündigt er dir. Und? Was macht das schon? Du hasst deinen Job und die Familientreffen hassen wir alle. Was verlierst du denn dadurch?“

Alles, was Tommy sagte, ergab so viel Sinn, dass es eigentlich fast schon erschreckend war. Seit wann war sein Bruder nur so schlau? Machte das die Liebe mit einem? Wenn ja, was hatte Neo an ihm geändert?

Alles. Alles hatte er geändert, nur dass Yannik nichts davon hatte annehmen wollen.

Neo, der immer so zärtlich und liebevoll mit ihm gewesen war. Der ihm keinen Wunsch abgeschlagen hatte. Für den er sich nicht hatte verbiegen müssen.

Er stellte sich einen Moment lang vor, wie er seine Tochter zu Neo brachte. Wie sie sah, dass ihr Vater glücklich sein konnte. Wie er es war, zusammen mit Neo. Bei Neo.

Bestimmt würde Neo sie auch gern haben. Dieser Mann hatte ein so großes Herz. Irgendwie konnte er sich nicht vorstellen, dass er ihn da nicht unterstützen würde.

Vielleicht konnten sie dann auch zu dritt glücklich sein.

Und dann musste er sich nie wieder Yanni nennen lassen und sich nie wieder übergeben, wenn Claudia von Hochzeit sprach. Und er konnte nach jedem langen Arbeitstag in Neos Armen zur Ruhe kommen. Die Vorstellung von dem Glück, das es für ihn bedeuten würde, trieb ihm die Tränen in die Augen.

Jeden Tag bei Neo. Ohne Scham, ohne Zweifel.

Er wollte das.

So lange hatte er sich verboten, darüber nachzudenken. Es sich auch nur vorzustellen.

Doch jetzt, wo er seiner Fantasie die Tore geöffnet hatte, konnte er damit gar nicht mehr aufhören.

Neben Neo aufwachen. Mit ihm essen gehen. Ihn küssen, wann immer ihm danach war.

Mit ihm draußen im Grünen spazieren, die Sonne genießen, alles tun, was sie nur wollten.

In diesem kleinen Film, der sich in seinem Kopf abspielte, war alles möglich. Und vielleicht konnte es Wirklichkeit werden.

Er musste nur endlich mutig sein!

Wie oft hatte er Neo gesagt, dass er nicht mutig sein konnte?

Doch da hatte er noch nicht gewusst, wofür er kämpfte!

Und dieses Mal würde ihn nichts in der Welt davon abhalten, Claudia aus seinem Beziehungsleben zu streichen.

Kurzerhand stand er auf.

„Wo willst du hin?“, fragte Tommy mit einem breiten Grinsen. Er wusste genau, was er in Yannik angerichtet hatte. Und er freute sich darüber.

„Vier Whiskeys auskotzen und dann die Hochzeit abblasen.“

Kapitel 27

Neo

Die letzten Wochen waren wie im Nebel an ihm vorbeigezogen. Er stand auf, ging zur Arbeit, verbrachte die Pause mit Luna, kehrte nach Feierabend zurück in seine Wohnung. Kurz – er funktionierte auf Autopilot.

Nur in der Nacht wälzte er sich ruhelos in seinem Bett, träumte von Yannik und fragte sich, was er gerade tat.

Um diesem Kreislauf heute ein wenig zu entfliehen, saß er vor dem Laptop, um sich vielleicht noch etwas abzulenken.

Morgen war die Hochzeit. Morgen würde er ihn endgültig verloren haben.

Er klickte sich gerade durch einige Fotos, um das Beste auszuwählen, als eine E-Mail einging.

Wer konnte das sein? Vielleicht war es ja etwas, dem er sich am Wochenende zur Recherche widmen konnte. Jede Ablenkung war ihm recht.

Doch schon beim ersten Satz wurde ihm flau im Magen.

„Meine liebe Frau Richter, nächste Woche wird die neu gebaute Brücke eingeweiht. Ich lade Sie herzlich ein und bitte Sie darum, einen schönen Artikel dazu zu schreiben. Sollten Sie Ihren Teil der Abmachung nicht zufriedenstellend erfüllen, müsste ich unglücklicherweise etwas unternehmen. Und Sie möchten sicher nicht, dass dieses Foto hier den Weg an die Öffentlichkeit findet?“

Keine Unterschrift, doch der Absender war ohnehin eindeutig.

Neo ersparte es sich, das angehängte Foto zu öffnen. Er wusste ja schon von Yannik, was er darauf sehen würde. Und auf diesen zusätzlichen Schmerz konnte er gut verzichten.

Jetzt war nur die Frage, was er tun sollte. Auf den Mist eingehen? Gute Miene zum bösen Spiel machen? Damit würde Hiller ihn auf ewig in der Hand haben. Das durfte er nicht zulassen! Wenn er Hiller zuerst enttarnte als Lügner und Betrüger, dann würde ihm sowieso niemand mehr glauben.

Das war seine einzige Möglichkeit. Er musste aufs Ganze gehen! Am besten sofort!

Was hatte er schon zu verlieren? Bis auf seine Integrität besaß er doch nichts!

Er musste in diesen Bunker. Egal wie. Wenn er aufdeckte, was darin war, würde Hiller wirklich andere Sorgen haben, als ihn zu outen. Vor allem, wenn er der Polizei dann auch noch von den anderen Dingen berichtete, die er gesammelt hatte.

Kurz entschlossen sprang er auf. Scheiß auf Überwachungskameras, scheiß auf das Vorhängeschloss! Er nahm seinen Bolzenschneider mit und seine Kamera und dann würde er Hiller ein für alle Mal das Handwerk legen!

Kurz dachte er daran, dass Yannik zu ihm gesagt hatte, dass er vorsichtig sein sollte. Dass er Yannik anrufen sollte, ehe er etwas unternahm.

Aber es war der Abend vor seiner Hochzeit. Yannik hatte jetzt ganz andere Probleme. Ganz abgesehen davon, dass er Neo aus seinem Leben ersatzlos gestrichen hatte.

Nein, er würde das selbst hinkriegen. Dafür brauchte er Yannik nicht.

Und jetzt war es auch egal. Das Versprechen war null und nichtig, nachdem Yannik sich nicht einmal verabschiedet hatte.

Vierzig Minuten später kämpfte er sich durch den Wald. Jetzt war es abends schon schnell dunkel und über seine Stirnlampe war er wirklich froh. Die würde ihm sicher auch im Bunker weiterhelfen.

Zum Glück war er oft genug dort gewesen, um den Weg auch im Dunkeln zu finden.

Das Adrenalin pumpte durch seine Adern und er schnaufte schwer. Aber er würde das durchziehen. Verdammt noch mal, er ließ sich nicht erpressen! Niemals wieder! Hiller würde schon merken, mit wem er sich da angelegt hatte!

Außer es kommt ihm jemand wie du in die Quere. Das hatte Yannik damals gesagt. Und er hatte verdammt recht! Neo gab nicht auf!

Wenn er jemals aufgegeben hätte, würde er jetzt verheiratet mit drei Kindern als Anna Richter auf dem Dorf leben! Nein, so war er nicht.

Allein der Gedanke machte ihn krank. Dann lieber hier, einsam und mit gebrochenem Herzen, aber in einem Körper und Leben, das er leben wollte.

Endlich tauchte der Bunkereingang vor ihm auf. Er war nicht beleuchtet, also gab es vielleicht auch gar keine Kameras.

Ein letztes Mal sah Neo sich um, ehe er auf die kleine Lichtung trat. Er zog den Bolzenschneider aus seinem Rucksack und knackte damit das Schloss innerhalb einer Sekunde. Klirrend fiel die Kette zu Boden.

„Ganz schön leicht, Herr Hiller …“, murmelte er und öffnete die Tür.

Dahinter herrschte Dunkelheit, nur durchschnitten von dem Lichtstrahl auf seiner Stirn. Eine Betontreppe führte in die Dunkelheit hinab und Neo war fest entschlossen, diesem Bauwerk seine Geheimnisse zu entlocken.

Vielleicht gab es ja auch Strom da unten. Er würde es herausfinden.

Vorsichtig ging er Stufe für Stufe nach unten. Wie groß der Bunker wohl war?

Nach zwanzig Stufen erreichte er eine erste Tür, die nach links in einen Gang führte. Sie knarrte, als Neo sie öffnete. An der linken Wand war ein Lichtschalter, den Neo kurzerhand betätigte. Weißes Licht erwachte an der Decke und blendete ihn.

Von dem Flur zweigten auf jeder Seite mehrere Türen ab.

„Na, also … schauen wir mal, wohin ihr diese Fässer gebracht habt."

Neugierig ging er weiter. Besser er fasste die Klinke nur mit einem Shirt oder so an oder war es egal, ob man hier Fingerabdrücke von ihm fand?

Na, sicher war sicher.

Die erste Tür öffnete er mit seinem Shirt und spähte hinein. Fässer. Viele Fässer.

Wenn er sich nicht komplett irrte, waren das aber andere Fässer als in dieser einen Nacht. Okay, als Erstes würde er alles so fotografieren, wie er es vorgefunden hatte.

Ein Glück, dass auch die Nebenräume beleuchtet wurden.

Gründlich untersuchte und dokumentierte er jeden einzelnen Raum in dem langen Flur. Er hatte das Gefühl, dass es ewig dauerte, aber warum sollte er sich auch nicht Zeit nehmen?

Schließlich entdeckte er hinter der vorletzten Tür die Fässer aus der besagten Nacht, in der Yannik ihn aus dem Lkw gerettet hatte.

Unwillig schüttelte er den Kopf. Yannik hatte hier nichts verloren.

Jetzt war es Zeit, die Wahrheit herauszufinden. Er musste hineinsehen! Die Kamera stellte er mit zitternden Händen ab und griff nach dem Deckel des Fasses. Dieser saß locker, Flüssigkeit war also offenbar nicht darin.

Dann drehte er ihn mit einem Ruck auf. Was er sah, war so weit unspektakulär. Dämmmaterial. Es hatte schon einige Jahre auf dem Buckel, wie es aussah.

Nun, Hiller würde ja etwas Harmloses wohl kaum hier unten lagern, das ergäbe keinen Sinn. Natürlich kannte er sich mit Materialien dieser Art nicht aus, aber mit Sicherheit war eine derartige „Entsorgung" nicht erlaubt.

Kurzerhand schnappte er sich wieder seine Kamera und schoss die letzten Fotos. Dann nahm er ein Stück der Dämmung als Probe und verstaute sie in seinem Rucksack.

„Das war's für dich, Hiller", murmelte er verbissen. Er würde jetzt noch die anderen Stockwerke erkunden.

„Das glaube ich allerdings nicht, Frau Richter."

Das Blut gefror ihm in den Adern, als er die Stimme hörte. Nicht laut und bedrohlich, sondern beinahe amüsiert.

Neo drehte sich um, versuchte die Angst und die Wut zu verbergen.

„Es heißt ‚Herr'", sagte er so ruhig er konnte. „So viel Zeit muss sein."

„Ihrer Kreativität sind keine Grenzen gesetzt, wie ich sehe, Richter."

Hiller stand mitten im Flur, hinter ihm drei seiner Bodyguards. Yanniks Kollegen. Nur Yannik nicht. Natürlich nicht.

Trotz der späten Stunde sah Hiller wie aus dem Ei gepellt aus. Von wo er wohl gerade kam? Und wie hatte er davon erfahren, dass Neo hier war?

„Was lagern Sie hier für ein Zeug? Es gibt keinen Grund, es mir nicht zu sagen, oder?" Besser er ging gleich aufs Ganze.

Doch Hiller lachte.

„Möchten Sie mich zu einer Bösewichtrede animieren, Richter? In der ich alles gestehe, damit Sie es aufzeichnen können?“

Er schüttelte den Kopf, dann nickte er einem seiner Gorillas zu.

„Die Kamera, Räger.“

Der angesprochene Bodyguard trat zu Neo und entriss ihm die Kamera, um sie auf den Boden zu schleudern und danach noch darauf zu treten, bis sie in kleine Plastikteile zersprang.

Neo unterdrückte eine Reaktion. Genugtuung war das Letzte, was er Hiller gönnen würde.

Hätte er Yannik noch irgendwas zu sagen, würde er definitiv anregen, diese Kollegen zu feuern. Dass sie sich an Straftaten beteiligten, würde der Firma nicht unbedingt einen guten Ruf einbringen.

„Nun, einen Versuch war es wert, Herr Stadtrat“, meinte er verächtlich.

„Leider ein fehlgeschlagener Versuch, Frau Richter. Sie hätten nicht so blauäugig glauben sollen, dass ich keinen Alarm installieren lasse bei etwas so Wichtigem wie meinem geheimen Entsorgungsbunker.“

Tadelnd schnalzte Hiller mit der Zunge.

„Morgen früh wird jeder in der Stadt wissen, was Sie wirklich sind. Und Ihre Familie wird Ihnen sicherlich zeitnah einen Besuch abstatten. Im Krankenhaus, wie ich annehme.“

Der geleckte Stadtrat blickte seine Gorillas an.

„Das war Ihr Stichwort, meine Herren. Zeigen Sie Frau Richter, dass man sich mit mir besser nicht anlegt.“

Kapitel 28

Yannik

„Claudia?“

Yannik hatte auf einmal keine Zeit mehr zu verlieren. Seitdem er seinen Entschluss gefasst hatte, drängte es ihn danach, ihn in die Tat umzusetzen. Und jetzt war es ihm auch völlig egal, ob seine Zukünftige schon schlief oder nicht.

„Yanni? Bist du schon wieder da?“, fragte seine Verlobte verblüfft aus dem Wohnzimmer.

Yannik bog um die Ecke und sah sie genau da liegen, wo er sie vor drei Stunden verlassen hatte. Ihr runder Bauch wölbte sich unter der Decke.

Für sein Kind, sagte er sich. Damit es nicht so eine unglückliche Kindheit haben musste.

Unglaublich, dass es dafür erst Tommys Ansprache gebraucht hatte, damit er endlich klar sehen konnte.

„Wir müssen reden.“

„Immer, mein Schatz. Was ist denn los?“

Sie sah ihn aus ihren blauen Augen an. Vollkommen ahnungslos. Aber war sie das wirklich? Hatte sie nicht geahnt, dass etwas nicht stimmte?

So, wie sie ihn ansah, hatte sie keine Ahnung.

Yannik ließ sich auf dem niedrigen Couchtisch ihr gegenüber nieder.

„Ich habe dich betrogen“, begann er mit dem Aufräumen. Sie würde die Wahrheit hören, denn nicht weniger hatte sie verdient.

„Du hast …“ Offenbar geschockt brachte sie den Satz nicht zu Ende.

„Ja. Mit einem Mann. Ich bin schwul, Claudia. Ich weiß es noch nicht lange, aber es ist unabänderlich. Deshalb werden wir morgen nicht heiraten.“

Es war wie ein Befreiungsschlag. So kalt er dabei auch wirken mochte, innerlich hob sich ein Tonnengewicht von seiner Brust. Und er dachte wieder an Neo. Sobald das hier beendet war, würde er zu ihm fahren. Er würde ihn um Verzeihung bitten und um seine Gunst. Yannik wollte mit ihm zusammen sein. Für immer, wenn es gut lief.

„Mein Gott, Yanni! Das … das kannst du nicht ernst meinen!“

Jetzt schwammen ihre Augen vor Tränen. Ja, das hier war hart und er war nicht fair gewesen. Seit Monaten schon nicht.

„Ich meine es ernst, Claudia. Und es tut mir leid. Aber ich liebe dich nicht. Ich liebe unser Baby, aber das reicht nicht, um ein Leben mit dir zu verbringen. Ich werde dich unterstützen und immer für unsere Tochter da sein, das verspreche ich dir. Aber ich werde deshalb nicht bei dir bleiben. Ich habe es versucht in den letzten Monaten, aber es hat mich nur unglücklich gemacht. Es gibt keinen Weg für uns.“

„Wie lange geht das schon? Wie lange hast du mich schon belogen?“

Sie schniefte, wirkte jedoch nicht so erschüttert, wie er es erwartet hatte.

„Seit Tommys Hochzeit. Und es tut mir leid.“

Offen sah Yannik sie an.

„Aber nicht leid genug, um es nicht immer wieder zu tun!“, giftete sie auf einmal.

Yannik nickte.

„Ja, so ist es leider.“

„Warum hast du mir dann überhaupt den Antrag gemacht?!“

Sie wurde lauter. Er konnte es ihr nicht verdenken. Es war mies gewesen.

„Weil ich von deiner Schwangerschaft erfahren habe. Jack hat es mir erzählt. Ich wollte das Kind nicht im Stich lassen."

Sie würde schreien und weinen können und es berührte ihn nicht. Alles, was er fühlen konnte, war Erleichterung. So lange hatte er sich selbst verleugnet. Endlich konnte er zu sich stehen!

„Und was genau war ich in den letzten Jahren für dich?", fauchte sie.

„Die Frau, die jeder an meiner Seite sehen wollte. Meine Eltern, meine Geschwister, ich. Ich wusste nichts davon, dass ich schwul bin. Ich dachte, irgendwann würde ich mit dir schon glücklich werden können."

Nun seufzte er doch. Wenn er sich selbst zuhörte, fragte er sich, wie er so dumm hatte sein können. Wie hatte er glauben können, mit Claudia das große Glück zu finden?

Doch wer die Liebe nicht kannte, konnte deren Maßstab nicht an andere Beziehungen anlegen.

„Aber jetzt bist du glücklich mit irgendeinem dahergelaufenen Kerl, oder was?! Und das sagst du mir einen Tag vor der Hochzeit. Du bist so ein Arsch!"

„Ja, das ist wahr", gab er unumwunden zu. „Aber wäre es dir nach der Hochzeit lieber gewesen?"

„Mir wäre eine ganz normale Hochzeit lieber gewesen, ohne einen Mann, der mich betrügt! Warte nur, was dein Vater dazu sagen wird!"

„Ganz ehrlich? Das ist mir egal. Mein Vater muss nicht mein Leben leben. Deine Besessenheit von meinem Vater ist übrigens seltsam."

Doch dann wurde ihm klar, warum sie seinen Vater ins Spiel brachte. Er hatte die Hochzeit bezahlt. Er verschwendete sein Geld.

„Ich sage es ihm morgen persönlich. Und ich zahle ihm alles zurück."

„Na, dann viel Vergnügen. Und jetzt? Soll ich auf dem Sofa schlafen?"

„Nein. Meinetwegen behältst du die Wohnung. Ich packe ein paar Sachen und komme woanders unter."

Bei Neo, wie er hoffte. Sein Inneres glühte vor Glück.

„Du hast dich entschieden, wie es scheint. Da kann ich wohl nichts mehr machen."

„Nein, das kannst du nicht. Danke, Claudia. Immerhin schenkst du mir ein Kind und hast …"

Handyklingeln.

Missmutig zog Yannik das Telefon aus der Tasche. Renés Name wurde angezeigt. Jetzt Arbeit? Da war doch was im Argen!

„Entschuldige, da muss ich rangehen."

Ehe Claudia antworten konnte, erhob er sich und nahm den Anruf an.

„Was gibt es, René?", fragte er genervt.

Im Hintergrund hörte Yannik Motorengeräusche.

„Yannik, ich dachte, ich informiere dich, dass wir deinen Lieblingsschreiberling erwischt haben! Er ist in einen Bunker vom Stadtrat eingebrochen, ich schick dir den Standort. Hiller selbst will ihn festsetzen. Du willst doch sicher dabei sein, wenn er seine Abreibung kassiert, oder? Oder sie ihm selbst geben."

René lachte und er hörte auch noch einen Mitfahrer lachen.

Doch Yanniks Kehle wurde ganz trocken.

Bunker, Lieblingsschreiberling, Abreibung.

Neo.

„Der gehört mir! Wartet auf mich! Ich bin sofort da!", bellte er in den Hörer und legte auf.

Verdammt. Was hatte er denn dort zu suchen? Warum war er noch mal dorthin gegangen?

Hoffentlich kam er rechtzeitig! Wenn René schon von Abreibung sprach … Auch wenn sein Vater solcherlei Aktionen niemals billigte, oft ließen sich Personenschützer nach einer Weile hinreißen, jedem Befehl ihres Kunden zu gehorchen. Das lag in der Natur der Sache. Treue und blinden Gehorsam konnten die wenigsten auseinanderhalten.

„Claudia, ich muss weg!“, sagte er, auch wenn er dafür einen dunklen Blick seiner Ex-Verlobten erntete.

„Kommst du noch mal wieder oder wie läuft das?“

„Dafür habe ich jetzt keine Zeit.“

Hatte er wirklich nicht. Er musste Neo retten!

Deshalb drehte er sich um und rannte zur Haustür. Er packte seinen Autoschlüssel und war im nächsten Moment auch schon draußen.

Er musste keinen Umweg nehmen, um sich dem Bunker zu nähern. Wenigstens das. Hoffentlich kam er nicht zu spät! War Neo plötzlich alles so egal gewesen, dass er jegliche Vorsicht hatte fahren lassen? Warum brachte er sich jetzt so in Gefahr? Kaum passte Yannik nicht mehr auf ihn auf, schon machte er solche unüberlegten Sachen!

Auf dem Weg zum Bunker rief er direkt die Notrufnummer der Polizei an und gab den Standort des Bunkers durch. Er würde nichts mehr dem Zufall überlassen!

Egal, was da drinnen auch vor sich gehen würde, es war auf keinen Fall legal.

In der Einfahrt zum Bunker standen zwei Wagen. Mit wie vielen Leuten wollte Hiller denn eine einzelne Person festsetzen?

Aber Yannik zögerte nicht. Er würde es mit einer Armee aufnehmen, um Neo zu schützen!

Er sprang aus seinem Auto und hastete im Scheinwerferlicht der anderen Wagen zum offenen Bunkertor. Er keuchte vor Anstrengung, weil er kaum erkennen konnte, wohin er lief, als das Licht langsam versiegte.

Eine Treppe führte nach unten, er nahm gleich zwei Stufen auf einmal und wurde noch schneller, als er von unten Stimmen hörte. Unter einer Tür auf der linken Seite sah er Lichtschein und stieß sie kurzerhand auf. Sie knallte lautstark gegen die Wand und alle Anwesenden in dem langen Flur drehten sich zu ihm um.

„Was machen Sie hier, Schmidt?“, fragte Hiller, der das Spektakel wohl mit ansehen wollte, doch Yanniks Blick suchte nur nach Neo. Bereit sich auf jeden zu stürzen, der ihm wehtat. Aber er schien noch rechtzeitig gekommen zu sein, noch stand Neo eingekesselt von drei Bodyguards am anderen Ende des Gangs und wirkte extrem eingeschüchtert.

„Ich hab ihn angerufen“, brüstete sich René auch schon. „Er hat noch ’ne Rechnung mit dem Schreiberling offen.“

Hillers Miene erhellte sich zufrieden, als Yannik sich sicheren Schrittes seinen Weg zu Neo bahnte. Seine Kollegen machten ihm ehrfürchtig Platz. Den Chef behinderte man nicht bei der Arbeit. Vor allem wenn sie daraus bestand, einen unschuldigen Mann zu verhauen. Innerlich kochend ließ er seine Kollegen hinter sich und trat genau vor Neo. Für einen Moment musterte er ihn und spürte dabei die Erwartungen, die im Raum hingen. Wann würde er zuschlagen? Wie würde er ihn demütigen? Doch nachdem er Neo aufmerksam angesehen und keine Verletzungen festgestellt hatte, legte er ihm die Hände an die zitternden Oberarme.

„Bist du okay?“

„Ja“, lautete die geflüsterte Antwort. Verwirrt blickte er Yannik aus seinen unglaublich blauen Augen an.

Yannik lächelte dünn, dann drehte er sich um und schob ihn schützend hinter sich.

Ernst sah er sowohl Hiller als auch seine Kollegen an.

„Jeder, der Neo anfasst, verliert umgehend seinen Job.“

„Aber ich dachte … hä?“ Das war André. Was für ein Schwachmat.

„Was soll das, Schmidt? Sind Sie noch bei Trost?“, fuhr nun Hiller auf. „Die Transe ist hier eingebrochen und wollte meinen guten Ruf zerstören!“

„Wenn dazu ein Einbruch reicht, sind Sie selbst schuld, Herr Hiller. Im Übrigen ist die Polizei auf dem Weg hierher.“

Yannik überhörte die Beleidigung von Neo geflissentlich, sonst hätte er seinen ehemaligen Auftraggeber schlagen müssen. Und wegen Körperverletzung wollte er sich nun wirklich nicht verantworten müssen. Nicht wegen dieses feigen Aases.

Wie feige Hiller wirklich war, zeigte sich, als dieser sich ohne weitere Worte umdrehte und zu laufen begann.

„Neo, bleib bei mir!“, befahl Yannik, als er sich an Hillers Fersen hängte.

Er traute keinem seiner Kollegen, dass sie Neo in Ruhe ließen. Wortlos und natürlich ohne Widerrede lief Neo ihm hinterher. Hiller war ja nun nicht gerade ein Sprinter, eigentlich müssten sie ihn einholen können.

Womit Yannik nicht gerechnet hatte, war, dass Hiller nicht nach oben zum Licht und den Autos lief, sondern die Treppe weiter nach unten. Ins bodenlos Dunkle.

„Ich hab ’ne Stirnlampe!“, sagte Neo hinter ihm, ehe sie richtig auf der Treppe standen. Doch da hörten sie schon einen Fluch von Hiller und dann dumpfes Rumpeln, als der Stadtrat die Stufen hinunterfiel.

Yannik hielt kurz an, um zu seinen Kollegen zu rufen: „Ruft einen Krankenwagen!“

Dann nahm er Neos Hand und eilte mit ihm und seiner leuchtenden Stirnlampe zusammen nach unten.

Fluchend lag Hiller am Ende der Treppe und hielt sich den Knöchel. Yannik hätte ihm am liebsten jeden Knochen im Leib gebrochen, doch die gerechte Strafe für all das würde er hoffentlich bald bekommen.

„Da hat Sie wohl das Karma erwischt, Herr Hiller“, sagte er nicht ohne einen Anflug von Schadenfreude.

„Was stimmt eigentlich nicht mit Ihnen, Schmidt?“, fuhr Hiller ihn an. „Was haben Sie mit dieser Transe am Hut?“

Dafür kassierte Hiller diesmal einen tödlichen Blick.

„Nennen Sie meinen Lebensgefährten noch ein Mal Transe und Sie müssen wegen Schlimmerem behandelt werden als einem kaputten Knöchel“, grollte er.

„Lebensgefährten?“ Jetzt lachte Hiller halb hysterisch. „Das kann nicht Ihr Ernst sein?!“

Doch Yannik achtete gar nicht mehr auf den schrecklichen Mann. Sein Blick wanderte zu Neos verwirrtem Gesicht.

„Dasselbe könnte ich dich auch fragen.“ Das süße, schüchterne Lächeln hatte Yannik so sehr vermisst. Seine Beweggründe wollten jetzt sofort heraus, auch wenn Hiller es gar nicht wert war, das mitzuerleben. Aber Yannik musste loswerden, was er sagen wollte. Er konnte keinen Moment länger warten.

„Ich hab mit Claudia Schluss gemacht. Die Hochzeit fällt aus. Und … na ja, ich wäre sowieso gleich zu dir gefahren, wenn du dich nicht in diesen Schlamassel gebracht hättest.“ Yannik lächelte und legte den Arm um die schlanke Taille seines geliebten Neos. „Ich wollte dich fragen, ob du … ob du mich noch willst. Wenn ja, gehöre ich ganz dir.“

„Ja, du Vollidiot, das will ich“, raunte dieser ihm zu und legte die Arme vertrauensvoll um Yanniks Hals. „Ich hatte die Hoffnung schon aufgegeben.“

„Ich auch.“ Liebevoll drückte Yannik die Stirn gegen seine. „Diesen plötzlichen Mutausbruch haben wir Tommy zu verdanken. Er hat mir die Augen geöffnet. Heute Abend auf dem beschissensten Junggesellenabschied, den die Welt je gesehen hat.“

Er konnte sich ein leises Lachen nicht verkneifen.

„Ich werd ihm später mal danken.“ Neos Augen funkelten verliebt und Yanniks Herz machte einen Sprung.

Draußen waren nun mehrere Sirenen zu hören. Polizei und Krankenwagen vermutlich.

„Können wir hier raus? ’Ne Scheißluft hier unten, oder?“ Neo hatte nur noch Augen für ihn und Yannik wurde allein davon heiß.

„Das heißt nicht, dass morgen nicht trotzdem alle alles erfahren werden, Frau Richter.“

„Das glaube ich nicht, Herr Stadtrat.“

Mit brennendem Blick musterte Yannik ihn und ließ dabei Neos Hüfte los.

„Sie erinnern sich vielleicht nicht mehr an die Konferenz in Berlin, weil Sie so sternhagelvoll waren. Aber ich erinnere mich noch ganz genau. Und ich hab auch noch irgendwo die Namen und Telefonnummern der beiden Damen, die Sie in Ihr Hotelzimmer bestellt haben. Das wird Ihre Frau bestimmt sehr interessieren, nicht wahr?“

Hiller wurde blass und schnappte nach Luft.

„Yannik … er ist es nicht wert, dass du dich auf sein Niveau hinunterbegibst.“ Neo sah ihn ernst an. „Vielleicht ist es auch an der Zeit, mich all dem zu stellen. Keiner soll mehr diese Macht über mich haben.“

„Das entscheidest ganz allein du. Ich stehe hinter dir, egal, was du tun willst, Neo. Aber ich zerpflücke diesen Vogel für dich auch gern in der Luft. Er hat es nicht verdient, so dreist sein ausschweifendes Leben weiterzuführen."

„Ich glaube, nach dem, was hier so alles lagert, wird es für ihn sowieso nicht besonders angenehm … Sollen wir nach oben? Wir wollen die Herren ja ihre Arbeit machen lassen."

„Ja, wir nehmen unseren Möchtegern-Paten hier aber mit. Nicht, dass ihm noch irgendein Blödsinn einfällt."

Kurzerhand trat Yannik zu Hiller und zerrte ihn auf die Beine. Er gab einen Schmerzenslaut von sich, den Yannik kalt ignorierte. Dann lud er sich Hiller wie einen zeternden Sack über die Schulter und trug ihn hinter Neo her die Treppe hinauf.

Weiter oben warteten sowohl Polizei als auch Rettungssanitäter.

Es würde vermutlich noch eine lange Nacht werden, aber zu wissen, dass er am Ende mit Neo im Arm einschlafen würde, machte ihn trotzdem glücklich.

Kapitel 29

Neo

Die Befragung durch die Polizei hatte lange gedauert. Für den Einbruch würde er sich eventuell noch verantworten müssen, aber das nahm Neo gerne in Kauf dafür, dass Hiller nun so einiges blühte. Stadtrat war er jedenfalls die längste Zeit gewesen und seine Baufirma würde er zukünftig hoffentlich aus dem Gefängnis heraus leiten können.

Das Beste und Erstaunlichste war allerdings, dass Yannik jetzt neben ihm saß. Das konnte er noch gar nicht fassen. Er war bei ihm, hatte ihn gerettet und er wollte zu ihm stehen!

Routiniert parkte Yannik das Auto ein. Sein eigenes stand noch auf dem Waldparkplatz, das konnten sie morgen abholen.

„Und? Kommst du noch auf einen Kaffee mit rauf?“, fragte Neo schmunzelnd, um das Eis zu brechen.

„Kaffee?“

Yannik zog amüsiert eine Braue hoch.

„Ich bin obdachlos, ich hatte gehofft, ich finde bei dir längerfristig Unterschlupf.“

„In meiner Schuhschachtel?“ Er zwinkerte ihm zu. „Da muss ich aber scharf überlegen …“

„Ich mach das auch mit Frondiensten wieder wett“, versprach Yannik und lehnte sich zu ihm hinüber, um ihn zart zu küssen.

Die Schmetterlinge, von denen er nicht geglaubt hätte, dass es sie noch gab, flatterten ganz leicht in seinem Bauch.

„Okay“, hauchte er. „Ich glaube, damit kann ich leben.“

„Dann lass uns hochgehen. Ich bin todmüde und will mit dir kuscheln. Endlich ohne schlechtes Gewissen.“

Yannik lächelte verschmitzt und stieg aus.

Die Aussicht darauf beflügelte Neo und er hatte das Gefühl, die Treppe hinaufzuschweben. Das hier war wirklich wahr!

Es war eigentlich viel zu unglaublich. Es würde wohl noch ein paar Tage dauern, bis er es wirklich akzeptieren konnte.

Er lächelte Yannik an, der die Arme um seinen Bauch legte und seinen Hals küsste, bis die Tür aufging.

„Gleich ins Bett? Oder möchtest du noch etwas essen?“, fragte er.

Er würde der wohligen Gänsehaut erst nachgeben, wenn die Tür fest verschlossen war und sie im Bett lagen.

„Ich brauche nichts mehr.“

Yannik folgte ihm in die dunkle Wohnung und blieb mit einem erleichterten Aufseufzen mittendrin stehen. Dann zog er sein Handy hervor und tippte darauf herum.

„Was machst du?“ Neo sah ihn von dem winzigen Flur aus an, bevor er die Schuhe von den Füßen beförderte.

„Ich sage meine Hochzeit offiziell ab.“

Yannik wirkte trotz allem gequält, als er Neo seinen Handybildschirm zeigte. Er hatte in seinen Messengerstatus eine kurze, aber unmissverständliche Nachricht getippt.

„Hochzeit abgesagt. Bitte nicht anreisen.“

Er schickte die Nachricht ab, sobald Neo sie gelesen hatte, und schaltete dann das Handy aus.

„Auf die folgenden Anrufe kann ich gut verzichten.“

„Das glaube ich dir." Neo umarmte Yannik fest, wollte ihm dieses Mal den Halt geben. „Aber du überstehst das. Ja? Du bist so stark."

„Das bin ich nicht. Sieh nur, wie lange ich dich hingehalten habe." Yannik legte seine Arme ebenfalls um ihn und es fühlte sich wunderbar heimelig an. „Aber ich arbeite daran. Morgen muss ich meinem Vater reinen Wein einschenken, dass seine Anzahlung für das Weingut futsch ist. Und auch das Geld für das Buffet. Ach ja, und das für Claudias völlig überteuertes Kleid."

Er seufzte erneut tief.

An all das hatte Neo natürlich noch gar nicht gedacht. Es war nur wichtig, dass Yannik hier war. Hier bei ihm. Aber natürlich hatte das auch Konsequenzen.

„Wie kam es eigentlich dazu? Du … warst sehr entschlossen."

„Ich habe mit Tommy gesprochen. Eigentlich er mit mir. Hat mich mit Whiskey abgefüllt und mir dann gesagt, dass unser Vater uns nie geliebt hat. Dass wir keine glückliche Kindheit hatten und er uns immer nur für seine Zwecke gebraucht hat. Dass unsere Eltern nie glücklich waren und wir deshalb auch nicht. Und das will ich meiner Tochter nicht antun. Ich dachte, sie muss sehen, dass ihr Vater glücklich ist. Und auch den Menschen kennenlernen, der ihm dieses Glück beschert." Liebevoll streichelte Yannik über Neos Wangen. „Vielleicht kriegen wir drei das ja hin. Du und ich und das Baby. Denn ich will glücklich sein. Mit dir, Neo."

„Ich liebe dich und ich will das auch."

Neo küsste ihn sanft. Es war Yannik anzusehen, wie sehr ihn das alles quälte, und er hoffte, irgendwann würde er das alles abstreifen können.

„Und wie hat Claudia reagiert?"

Nicht, dass sie sich zu sehr aufregte, was dem Baby wieder schaden könnte.

„Ja, irgendwie …" Yannik lachte verlegen. „Keine Ahnung. Hat mich ein bisschen angegiftet und

… Tja, und das war's. Gerade so, dass sie mir noch einen Vorwurf wegen dem Betrügen gemacht hat. Ein Arsch bin ich. Ein Arsch. Ich würde andere Begriffe finden, wenn ich monatelang betrogen worden wäre."

„Seltsam", gab Neo zu. „Aber vielleicht war sie auch noch zu geschockt."

„Keine Ahnung. Aber das wird sicher nicht das letzte Gespräch mit ihr gewesen sein. Egal."

Yannik lächelte und beugte sich zu Neo, um ihn zu küssen. „An Claudia will ich jetzt die ganze Nacht nicht mehr denken."

„Das wird nicht schwierig", meinte Neo trocken. „Es ist auch schon fast Morgen." Dann grinste er, als er an Yanniks Shirt zupfte. „Ich glaube, das brauchst du nicht zum Schlafen."

„Aber du musst mich ausziehen", feixte Yannik, wie Neo es damals zu ihm gesagt hatte.

Grinsend zog Neo ihm das Shirt vom Körper.

„Mit dem größten Vergnügen", meinte er, bevor er ein paar zarte Küsse auf die breite Brust drückte.

„Mmmmhhh", machte Yannik zufrieden und zog ihn noch näher an sich. „Das hab ich vermisst."

„Ich auch."

Neo schmiegte sich an ihn, sodass kein Blatt Papier mehr zwischen sie beide passte.

Das konnte er jetzt immer haben. Der Gedanke machte ihn verdammt glücklich.

„Neo?"

Er sah zu seinem Freund auf, dessen tiefblaue Augen ganz entrückt blickten.

„Ich weiß, wie gern du endlich mal wieder mit einem nicht verlobten Mann schlafen willst. Aber für heute … Wäre es okay, wenn wir nur ein bisschen kuscheln und dabei einschlafen? Ich bin groggy. Morgen früh besorg ich es dir auch ordentlich."

Yannik zwinkerte amüsiert.

„Ich werd dich dran erinnern, mein Held. Also, dann ab ins Bett mit dir."

Aber Yannik bewegte sich kein Stück. Auf Neos fragenden Blick meinte er: „Du wolltest mich doch ausziehen."

Lachend schüttelte er den Kopf.

„Du bist unmöglich."

Dann begann er, ihm die Hose zu öffnen. Zu gerne hätte er mehr getan als das, aber sie hatten Zeit. Als er Yannik die Hose abstreifte, war seine Boxershorts allerdings vielsagend ausgebeult.

„Ignorier den. Der ist nicht so kaputt wie ich."

Neo seufzte gehorsam.

„Wenn du dir sicher bist … Jetzt aber ins Bett mit dir."

Yannik küsste ihn und in dem Kuss schmeckte er bereits die Müdigkeit. Dann stieg er vollständig aus seiner Hose und ließ sich ins Bett fallen. Wenn dieser große Kerl darin lag, wirkte es voll. Neo fragte sich belustigt, wo er da noch Platz finden sollte.

Also zog er sich erst mal selbst aus. Die Klamotten ließ er einfach fallen. Auch nur mit der engen Boxershorts setzte er sich auf die Ecke.

„Komm her."

Mit fast geschlossenen Augen streckte Yannik die Hand nach ihm aus.

Also ließ er sich ins Bett ziehen. In Yanniks Arme. Das war ein wahr gewordener Traum.

Und egal was noch passierte, auch morgen Abend würden sie wieder gemeinsam einschlafen.

„Gib mir ein Kondom", murmelte Yannik da.

„Ich dachte, du wolltest schlafen, mein Herz?"

„Will ich auch. Aber vielleicht darf ich ja in dir einschlafen."

Hoffnungsvoll blickte Yannik ihn an.

„Okay …" Neo tastete nach der Schublade und reichte ihm das Päckchen.

Yannik öffnete es und entledigte sich seiner Unterhose, um sich den Gummi überzurollen.

„Ziehst du dich auch aus?“, fragte er sacht amüsiert.

„So was hat noch keiner sich von mir gewünscht.“

Neo schluckte und blickte verlegen zur Seite. Überhaupt hatte noch nie jemand ihn auf diese Art angenommen wie Yannik.

„Das ist schön, glaub mir.“

Seine Hand legte sich an Neos Wange und zog seinen Kopf zu sich, um ihn liebevoll zu küssen.

Während ihres Kusses schob er die Shorts herunter. Seine Erregung konnte er nun nicht mehr verbergen.

„Ich glaube, ich überlege mir mein Vorhaben noch mal.“

Yannik grinste und zog Neo näher zu sich, während er ihn wieder küsste. Es dauerte keine Sekunde, ehe er in ihm war, obwohl sie beide auf der Seite lagen. Er zog Neos Bein über seines und berührte dann auch schon zärtlich Neos Klitoris.

„Ohh …“ Ein lang gezogenes Stöhnen konnte er nicht unterdrücken. Er liebte es, dass Yannik sie immer so behandelte wie einen richtigen Schwanz.

„Du machst mich so heiß, Neo. Ich liebe dich!“

Während er begann, ihn sacht zu vögeln und ihn währenddessen rieb, küsste er Neo so leidenschaftlich, dass seine Erregung raketenmäßig in den Himmel schoss.

„Ich liebe dich auch, Yannik. So sehr …“ Beim nächsten Stoß bereits kam er, ohne dass er es hätte zurückhalten können.

Yanniks Kuss wurde ganz sanft und er stellte seine Bewegungen ein, als auch Neos Orgasmus vorbei war.

Dafür zog er Neo ganz fest an sich und küsste sein Haar.

„Schlaf gut, mein Auserwählter."

Offenbar wollte er sein Vorhaben, in Neo einzuschlafen, doch noch wahr machen.

„Gute Nacht, Yannik."

Wenn er sich vorstellte, dass das nur die erste von vielen Nächten war, schlug sein Herz trotz Müdigkeit noch schneller.

Kapitel 30

Yannik

Seine Hände waren schweißnass, als Yannik schließlich vor der Haustür seiner Eltern stand. Das hier würde der schwerste Gang werden, das wusste er. Seinem Vater die Stirn bieten – keine Ahnung, ob er das konnte. Ob er stark genug war.

Aber egal, was sein Vater von ihm verlangen würde, Yannik durfte keinen Schritt zurücktreten. Für sich und für Neo.

Dessen schlanke Hand rutschte jetzt in Yanniks und drückte sie ermutigend.

Es erleichterte ihn, dass Neo hatte mitkommen wollen. Er hätte dieses Gespräch auch ohne ihn geführt. Aber mit Neo fühlte er sich wohler. Dann konnte er ihn ansehen und sich daran erinnern, warum er all das tat.

Schließlich öffnete sich die Tür und seine Mutter stand vor ihm.

„Yannik! Ich bin froh, dass du da bist. Geht es dir gut? Ich bin so erschrocken, als Claudi gestern hier aufgetaucht ist und wir dich nicht erreichen konnten."

„Claudia ist hier?"

Damit hätte er als Allerletztes gerechnet. Er warf einen fragenden Blick zu Neo.

„Ja, mitten in der Nacht stand sie da." Irritiert wanderte ihr Blick ebenfalls zu seinem Begleiter, dann lächelte sie. „Hallo, Neo, was machen Sie denn hier?"

„Mutter … Neo und ich … Wir sind ein Paar."

So lange hatte er überlegt, wie er es seiner Familie mitteilen sollte. Welche Worte er wählen würde, um Neo nicht als den Schuldigen dastehen zu lassen. Denn das würde seine Familie sicherlich versuchen.

Dabei war Yannik der Betrüger und Neo völlig unschuldig an dieser Misere.

Seltsamerweise wirkte seine Mutter gar nicht so überrascht, wie er erwartet hatte. Stattdessen wurde ihr Lächeln noch breiter.

„Yannik …“

Erstaunt und stumm wie ein Fisch sah er sie an.

„Ich hab so lange darauf gewartet, dass du mir jemanden so vorstellst …“

Was?

„Ähm … Ich verstehe nicht …“

Hatte seine Mutter etwa vor ihm gewusst, dass er schwul war? Was war hier los?

Aber sie umarmte ihn und Neo jetzt erst einmal gleichzeitig.

„Es war mir ganz egal, wer es ist, mein Schatz. Ich wollte die Liebe in deinem Gesicht sehen“, flüsterte sie ihm zu.

Das zerquetschte Yannik für einen Moment das Herz und er kämpfte gegen die Tränen.

Scheiße. Seine Mutter hatte es gewusst. Warum hatte sie nie etwas gesagt?

Andererseits … hätte er es hören wollen?

„Kommt rein, ihr beiden. Das wird jetzt vielleicht nicht angenehm, aber ich stehe euch bei.“

„Danke, Mutter.“

Völlig ungewohnt gab Yannik ihr einen Kuss auf die Wange, dann drückte er noch einmal versichernd Neos Hand und folgte ihr.

Wie zu erwarten, hatten sie wohl gerade im Wohnzimmer gesessen, als Yannik hergefahren war. Also wussten sein Vater und Claudia nicht, wer gekommen war.

„Yanni!“, rief Claudia erstaunt, als sie ihn erkannte und stand auf, um ihm entgegenzugehen. Doch dann hielt sie inne, als sie Yanniks Hand in Neos entdeckte.

Hatte sie wirklich geglaubt, er hätte es sich anders überlegt?

„Kannst du mir erklären, was das alles soll? Ich konnte heute dem Weingut absagen, weil du nicht erreichbar warst!“ Sein Vater erhob sich ebenfalls. „Claudi kommt mitten in der Nacht verheult her und dich kümmert das alles gar nicht!“

Die Wut seines Vaters tat das mit ihm, was sie schon immer getan hatte. Sie machte ihn innerlich klein und schürte das Gefühl, nichts wert zu sein. Am liebsten hätte er sich geduckt und sich tausendmal entschuldigt. Aber er rief sich mühsam ins Gedächtnis, dass sein Vater keine Macht mehr über ihn hatte. Er war erwachsen. Er traf seine eigenen Entscheidungen.

„Ich hatte zu tun“, antwortete er deshalb schlichtweg und begegnete den funkelnden Augen von Richard.

„Zu tun? Ich erwarte etwas Besseres von dir als eine lumpige Ausrede.“

„Ausrede nennst du es, dass wir Hiller aus einem Bunker gezerrt haben, in dem er unrechtmäßig giftigen Bauschutt entsorgt hat? Ich fürchte übrigens, den Auftrag hat deine Firma verloren nach gestern Abend.“

Mit stur vorgerecktem Kinn funkelte Yannik seinen Vater an. Neos fester Griff gab ihm Kraft. Er würde das hier durchstehen. Denn egal, was sein Vater oder Claudia sagten, er würde am Ende mit Neo aus dieser Tür gehen.

„Oder hat das noch niemand im Übergabeprotokoll erwähnt?“, fügte er spitz hinzu.

„Wir mischen uns nicht in die Angelegenheiten unserer Kunden ein, das weißt du ganz genau!“

„Er hat sich in meine Angelegenheiten eingemischt!“, polterte Yannik so laut, dass sogar Richard zusammenfuhr. So hatte Yannik immerhin noch nie mit ihm gesprochen. Aber sein Vater hatte sich sofort wieder in der Gewalt.

„Er hat deine Angestellten dafür missbrauchen wollen, Neo krankenhausreif zu schlagen! Hätte ich mich da auch nicht einmischen sollen?!"

„Warum war dieser … Mann eigentlich dort unten und was hast du mit ihm zu schaffen?"

„Neo und ich sind ein Paar", wiederholte Yannik seine Worte von zuvor bedrohlich ruhig. „Er ist der Grund, warum die Hochzeit heute nicht stattfindet. Ich liebe ihn."

„Das ist doch verrückt!", rief Richard erbost. „Du wirst immerhin Vater. Willst du das alles wegwerfen für den da?" Er warf einen abfälligen Blick zu Neo.

„Ja."

So einfach war die Wahrheit. Er wollte alles hinter sich lassen für Neo.

„Ich habe Claudia nie geliebt. Aber ich liebe das Baby und werde ihm ein guter Vater sein. Nur eben nicht als Ehemann seiner Mutter."

Seufzend sah er Claudia an.

„Es tut mir leid, Claudia. Es hatte nie wirklich Sinn mit uns. Ich hätte es viel früher beenden sollen. Aber ich verspreche dir, du wirst niemals allein mit unserer Tochter sein. Ich unterstütze dich mit aller Kraft."

„Yanni … wir könnten eine richtige Familie sein. Das wolltest du doch auch! Oder nicht?" Seine Ex klang weinerlich und das passte nicht zu ihr. Sie redete genauso wenig davon wie er bei seinem Antrag, dass sie ihn liebte. Erst jetzt, nachdem Jack ihn darauf hingewiesen hatte, merkte er es auch.

„Ich wusste nicht einmal, ob ich überhaupt Vater werden will, bis du schwanger geworden bist. Und in einer Familie sollte man sich lieben. Ich liebe dich nicht und du … Du liebst mich doch eigentlich auch nicht, oder? Claudia?“, setzte er alles auf eine Karte. Sein Gefühl konnte ihn nicht trügen.

Nicht mehr jetzt, wo er selbst wusste, wie es war, wenn man jemanden liebte.

„Du hast mir Sicherheit gegeben, Yanni. Wir wären schon noch zusammengewachsen. Mit unserer Kleinen.“

Was sie nicht sagte, klang lauter in seinen Ohren als das, was sie sagte.

„Das heißt, du wolltest mich wirklich heiraten, obwohl du mich nicht liebst? Kann das wirklich dein Ernst sein? Warum, Claudia? Ich wusste nichts von meiner Homosexualität. Was ist deine Ausrede?“

Ihr Herumdrucksen machte ihm Mut. Das hier waren wahrscheinlich die ersten ehrlichen Worte, die er je mit ihr gewechselt hatte.

„Du wärst ein guter Vater für das Baby.“

Yannik blieb die Luft weg. Er hatte keine Ahnung, was er dazu sagen sollte. Hilflos sah er Neo an. Der sah genauso fassungslos aus, wie Yannik sich fühlte.

„Aber …“, sagte sie leise. „… es ist nicht dein Baby.“

„Nicht mein …“, wiederholte Yannik und fühlte sich, als würde er in Zeitlupe sprechen.

Hatte sie gerade wirklich gesagt, dass das Baby, das sie austrug, nicht sein Baby war?!

„Was ist denn das wieder für ein Unsinn?!“, begehrte Richard auf einmal auf.

„Mischen Sie sich da nicht ein!“, fuhr Neo seinen Vater unvermittelt an. „Das geht nur die beiden etwas an.“ Dann drückte er Yanniks Hand fest.

„Ich lasse mir von einer dahergelaufenen Schwuchtel doch nicht den Mund in meinem eigenen Haus verbieten!“

Richards Blick war tödlich, aber nun richtete Yannik sich zu seiner vollen Größe auf.

„Sprich noch einmal so mit Neo und ich ramme dich ungespitzt in den Boden, Richard!“

„Wie redest du eigentlich mit mir, Sohn?!“

„So, wie du es verdient hast“, knurrte Yannik sauer. „Und jetzt halt die Klappe, während Claudia und ich das klären!“

Kurzerhand wandte er sich viel gefasster seiner Ex-Verlobten wieder zu.

„Wessen Baby ist es? Sag es schon, es kann nicht schlimmer werden. Kenn ich den Typen?“

„Ja.“ Claudia schluckte und nickte. „Du kennst ihn sogar sehr gut. Es …“ Wieder schluckte sie. „Es ist Richard.“

„Lüge!“

Das war Richard. Sein Kopf war hochrot und er eilte sofort zu Helena, um ihre Hände in seine zu nehmen. Aber das ließ sie nicht zu.

„Helena, glaub mir, sie lügt …“

„Versuch es nicht einmal, Richard. Ich weiß schon lange, dass du Affären hast. Claudia ist sicher nicht die Erste, aber sie ist dein persönlicher Tiefpunkt. Die Verlobte deines eigenen Sohnes … Du bist ein Scheusal, Richard!“

Fassungslos sah Yannik dem Spektakel zu. Das konnte doch nicht wirklich geschehen! Sein Vater hatte mit seiner Ex-Verlobten ein Kind gezeugt, dass sie ihm unterjubeln wollten?!

„Siehst du hier irgendwo Kameras?“, raunte er Neo zu. Das konnte nur ein übler Scherz sein!

„Nein … Aber was hier passiert, reicht für mehrere Seifenopern …“ Sein Freund war ganz offensichtlich ebenso schockiert wie er.

„Yanni, es tut mir so leid! Aber … Du hattest eben nie Lust auf Sex und ich habe doch auch Bedürfnisse …“

Claudia kam näher und aus ihren Augen liefen Krokodilstränen.

„Und da dachtest du dir, du steigst einfach mit meinem Vater ins Bett? Naheliegende Option, muss ich schon sagen."

Der Galgenhumor war alles, was Yannik in diesem Moment noch aufrecht hielt.

Der Verrat seines Vaters an ihm war bodenlos. Sein ganzes Leben lang hatte er ihn stolz machen wollen, hatte für seine Anerkennung geschuftet und sich verbogen – und dann stellte sich heraus, dass er Yanniks Würde mit Füßen trat. Weil Yannik ihm nichts bedeutete. Sein eigener Sohn … Unfassbar.

Nur im Hintergrund nahm er Richards Gejammer an Helenas Rockschoß wahr.

„Yannik … Frau Schmidt? Ich schlage vor, wir gehen. Ich glaube, für den Moment ist alles gesagt." Neo sah ihn warm an, dann seine Mutter. „Was denkt ihr?"

„Ja, Neo. Das wird das Beste sein", stimmte Yanniks Mutter ihm direkt zu. „Ich hole ein paar Sachen von oben, dann betrete ich dieses Haus niemals wieder. Jemand anderes wird meine Sachen abholen."

Verständnisvoll nickte Yannik.

„Gib mir deinen Wohnungsschlüssel, Claudia", verlangte er und streckte die Hand aus. „Ich stell deine Sachen auf die Straße, damit du sie abholen kannst. Die Wiege schenke ich euch."

„Aber, Yannik … das kannst du nicht machen", jammerte Claudia prompt. Gestern hatte er ihr die Wohnung noch überlassen wollen, aber den Gedanken ertrug er nicht.

Diese Wohnung war eine einzige Erinnerung an schlechte Zeiten. Er gönnte sie Claudia nach diesem himmelschreienden Betrug nicht mehr, aber er selbst würde darin auch niemals wieder leben können.

„Das kann ich. Es ist meine Wohnung. Wenn du mir den Schlüssel nicht gibst, tausche ich heute noch das Schloss aus."

Sie hatte keine Vorstellung davon, wie viel von seiner Gunst, die dem schlechten Gewissen geschuldet gewesen war, sie damit verspielt hatte.

Er hatte ein schlechtes Gewissen gehabt seit Tommys Hochzeit, weil er sie in Taten und Gedanken betrogen hatte. Dass Claudia es ihm gleichtun würde, damit hatte er nicht gerechnet.

„Wie lange weißt du es? Dass das Baby nicht von mir ist?“, wollte er noch wissen.

„Von Anfang an“, gestand Claudia flüsternd. „Wir hatten den ganzen Monat keinen Sex. Ich hätte schon längst meine Periode haben sollen, deshalb hatte ich den Test bereits gemacht. Sobald du mit mir geschlafen hattest, hat Richard mir vorgeschlagen, das Bild davon Jack zu schicken. Er wusste, sie würde dich vorwarnen. Und er wusste auch, dass du mich umgehend heiraten würdest. Weil er weiß, was für ein ehrlicher und aufrichtiger …“

„Ach, halt doch die Klappe!“, entfuhr es Neo da unerwartet. Yannik war ihm dankbar dafür.

„Wenn du nicht gewesen wärst, hätte Yannik mich heute geheiratet und das alles wäre nicht passiert!“, giftete sie zurück. „Alle wären glücklich und zufrieden.“

„Ja, genau. Glaub das nur weiterhin“, erwiderte Yannik zynisch. Er ließ Neos Hand los, um den Arm um seine Schultern zu legen und ihn in den Flur zu ziehen. Zeitgleich kam seine Mutter mit einem kleinen Koffer die Treppe herunter.

„Bereit, Mutter?“, hakte Yannik nach und sie nickte entschlossen.

„Ihr könnt nicht so einfach gehen!“, brüllte Richard ihnen nach, als Yannik seinen Lieben bereits die Tür aufhielt.

Ein letztes Mal sah er seinen aufgeregten Vater an, knapp dahinter seine Ex-Verlobte. Er schrie, sie weinte.

Sollten die beiden doch miteinander glücklich werden.

Yannik würde es ganz sicher ohne sie werden.

Mit einem Lächeln auf den Lippen zog er die Tür hinter sich zu.

Kapitel 31

Yannik

Vier Wochen später

„Komm schon, Yannik. Du musst ihn auch mal nehmen.“

Mit dem glücklichen Lächeln einer frisch gebackenen Mutter überreichte Jack Yannik ihren kleinen Sohn. Bisher hatte er sich erfolgreich darum gedrückt, weil er nicht wusste, was das Baby in ihm auslösen würde. Dass er nicht Vater wurde, war einerseits eine Erleichterung, immerhin band ihn dann nichts mehr an Claudia. Aber andererseits … Andererseits vermisste er das kleine Menschlein, das in seinen Kopf und seine Seele schon eingezogen war als seine Tochter.

Jetzt so ein kleines Bündel im Arm zu halten, konnte ungeahnte Gefühle hervorbringen. Und er wollte vor seinen Geschwistern nicht heulen. Oder wahlweise kotzen. Aber das hatte er zum Glück lange nicht mehr.

Doch schon hielt er seinen Neffen im Arm und Neo neben ihm machte ein entzücktes Geräusch.

„Er ist wirklich süß“, sagte er und drückte sich noch ein wenig enger an Yanniks Seite.

Trotzdem konnte er nicht anders, als an ein Baby zu denken, das in nicht allzu langer Zeit auf die Welt kommen würde. Seine Halbschwester. Er konnte es immer noch nicht fassen.

Der Betrug seines Vaters hing ihm nach. Wenn man ein Leben lang jemandem gefallen wollte, schloss man damit nicht innerhalb von vier Wochen ab.

Er hatte nicht ein einziges Mal mehr mit Richard gesprochen. Nicht einmal, als er gekündigt hatte. Er war relativ schnell in einer anderen Security-Firma untergekommen, mit Kusshand hatte man ihn genommen. Den Sohn von Richard Schmidt kannte man in der Branche eben.

Aber den Job machte er nur, um sich über Wasser zu halten. Bald würde er seine Ausbildung in einem Schreinerbetrieb beginnen.

Die Aussicht darauf hellte seine trübe Stimmung sofort auf.

„Alles in Ordnung?“, flüsterte Neo leise.

„Klar.“

Mit einem breiten Grinsen küsste Yannik ihn.

„Uuuhhhh!“, machte Luna wie absolut jedes Mal, wenn sie sich küssten. Yannik wusste schon, warum er sich mit ihr und Tommy nicht so oft traf.

„Knutschen verboten!“, rief Jack allerdings.

„Als ob ich mir so was verbieten lassen würde …“ Nun erwiderte Neo seinen Kuss.

Wie jedes Mal schmolz Yannik dabei fast. Seitdem er kurzerhand in Neos Schuhkarton eingezogen war, damit seine Mutter übergangsweise in seiner Stadtwohnung leben konnte, gab es zwar Hunderte von diesen Küssen am Tag, aber er genoss sie mit jedem Mal mehr.

„Es wird Zeit, das Baby zurückzugeben, wir haben noch einen Termin“, raunte er Neo dann zu.

„Einen Termin?“, fragte Tommy mit hochgezogenen Augenbrauen. „An Jacks Babyparty?“

„Wir können ja nicht ewig das Baby anstarren“, gab Yannik amüsiert zurück. Er erhob sich, um Tommy seinen Neffen in die Arme zu drücken und dann Neos Hand zu nehmen.

„Ich staune immer wieder, wie viele Worte so aus deinem Mund kommen können, großer Bruder. Chapeau, Neo, das ist dein Werk“, freute sich Jack.

„Ach … bei mir war er eigentlich meistens ganz gesprächig“, meinte Neo mit einem breiten Grinsen. Er sah so schön aus, dass er ihn am liebsten gleich wieder geküsst hätte.

Aber um nicht wieder Lunas Freudenruf hören zu müssen, hielt er sich zurück.

„Wo geht es denn hin? Wir könnten es auch mal genießen, dass die Familie mal wieder beisammen ist“, warf Helena ein. Seit ihrem Auszug bei Richard sah sie so viel lebensfroher aus, das stellte Yannik immer wieder fest.

„Zumindest der Großteil“, warf Jack ein.

Denn durch den Streit mit Richard hatten sie Niklas verloren, der stur zu seinem Vater hielt. Die Familie war gespalten, das drückte ihnen allen aufs Gemüt. Aber es ließ sich schlichtweg nicht ändern.

Es tat Yannik gut, dass trotzdem die meisten Familienmitglieder zu ihm hielten. Und Neo vergötterten sowieso alle von ihnen.

Inklusive ihm selbst.

Erstaunlicherweise war keine Information über Neos Vergangenheit durchgesickert. Hiller hatte aus dem Gefängnis, wo er wegen Verdunklungsgefahr in Untersuchungshaft saß, keinen Zugriff auf die Beweise und Kleiber, der farblose Assistent, hatte Neo kurz nach dem Vorfall angerufen und versprochen, alles zu löschen. Er war nämlich auch Neos geheimer Tippgeber mit dem Bunker gewesen. Auch er hatte Hillers Größenwahn sattgehabt.

„Also … zu welchem Termin müssen wir denn nun?“, fragte Neo ungeduldig. „Irgendwie bist du heute zerstreut.“

„Hmh, sag ich dir, wenn wir da sind“, antwortete Yannik geheimnisvoll und hob zum Abschied die Hand. „Bis die Tage, Familie.“

Nach den unzähligen Abschiedsworten verließen sie endlich Hand in Hand Jacks Garten und gingen zu Neos Auto. Da Yanniks Auto ein Firmenfahrzeug gewesen war, musste er sich erst mal ohne begnügen.

Aber er hatte in den letzten Wochen festgestellt, dass er auch mit wenigen Dingen glücklich sein konnte. Solange er Neo an seiner Seite hatte.

Was ihn jedoch nicht davon abgehalten hatte, eine Lösung wegen der Schuhschachtel zu suchen.

Er stieg hinter das Steuer und konnte sich aus Vorfreude beinahe nicht vom Grinsen abhalten.

Seine Mutter hatte ihm vor zwei Wochen bereits gesagt, dass sie eine kleinere Wohnung für sich gefunden hatte und aus der teuren Wohnung ausziehen wolle. Ein Käufer war für das Prachtobjekt schnell gefunden. Und den Erlös, dachte Yannik, könnte man doch in etwas Größeres investieren.

„Legst du Musik auf, Auserwählter? Wir fahren ein Stück."

Yannik konnte die üblichen Spitznamen nicht leiden, die erinnerten ihn alle an Claudia. Deshalb hielt er sich an den einzigen, mit dem er klarkam. Auch wenn Neo ihm dafür regelmäßig den Vogel zeigte.

„Alles klar …" Neo schaltete eine Playlist ein und legte die Hand auf seine Schulter. „Wie wäre es mit einem Tipp, wohin du mich entführst?"

„Es ist ein ganzes Stück außerhalb der Stadt. Und es ist alt." Feixend blickte Yannik ihn an. „Aber es hat Charme. Ist dir also sehr ähnlich."

„Hey … Ich bin nicht alt", protestierte Neo auch gleich.

„Aber jung auch nicht mehr."

Liebevoll griff Yannik nach Neos Hand, küsste sie und legte sie dann auf seinen eigenen Schenkel. Er war im Himmel, dessen wurde er sich jedes Mal wieder bewusst, wenn er in Neos blaue Augen blickte.

Yannik Schmidt, der im Auto einen Witz riss; hätte er das seinem Ich von vor einem halben Jahr erzählt, hätte er sich für betrunken gehalten.

„Ich bin alterslos, Mr. Smith", neckte Neo ihn liebevoll.

„Sagen wir, du bist ziemlich knackig für dein Alter.“

Zwinkernd fuhr Yannik auf die Umgehungsstraße und bei offenen Fenstern sangen sie gemeinsam bei Neos Playlist mit, bis sie zwanzig Minuten später eine Ausfahrt zu einem Dorf nahmen.

„Okay … möchtest du mir jetzt sagen, wohin wir fahren?“

Neo schien verunsichert, aber Yannik lächelte.

„Eigentlich nicht. Aber wir sind gleich da.“

Er fuhr in das Dorf am Stadtrand hinein. Ziemlich alte Häuser standen links und rechts der Straße und er bog recht bald in den Hof eines alten Bauernhofes ein. Allerdings standen von diesem nur noch das urige Wohnhaus und eine große Scheune. Mitten im Hof wuchs ein riesiger Kastanienbaum, um den eine Bank gebaut worden war.

Er parkte neben der Scheune und stieg aus, um Neo die Tür aufzuhalten.

„Schön hier draußen. Ich bin so lange fortgelaufen, dass ich das ganz vergessen habe“, meinte Neo nachdenklich.

„Ich mochte es auch sofort. Willst du dir das Haus mal ansehen?“

„Sind wir deswegen hier?“ Neo hängte sich bei ihm ein. „Aber gerne, warum nicht?“

„Na ja, wir können nicht ewig zu zweit auf drei Quadratmetern leben.“

Yannik führte ihn zur Haustür und klingelte. Wie besprochen machte der Makler ihm auf.

„Herr Schmidt, Sie kennen sich ja aus“, begrüßte er ihn, um aus dem Haus zu treten. „Rufen Sie mich an, wenn ich abschließen soll.“

„Danke, Herr Decker.“

Der Makler ließ sie allein. Endlich konnte er Neo das Haus zeigen, das ihm gleich gefallen hatte. Weg von der Stadt und den Erinnerungen.

Es gab genug Platz für sie beide, für ihre Hobbys und Träume. Die Scheune würde zu seiner Werkstatt werden, in der er sein eigenes Geschäft aufziehen würde, sobald er Lehre und Meisterschule abgeschlossen hatte. Er hatte ihr zukünftiges Leben bereits glasklar vor Augen. Deshalb sah er Neo auch unsicher an, als sie ihre Besichtigung beendet hatten.

„Und? Was sagst du?“

„Es gefällt mir sehr.“ Sein Freund lächelte breit. „Ich hab noch keine Ahnung, wie ich etwas dazu beitragen kann, aber dieser Ort hier ist so sehr du, dass ich gar nicht Nein sagen könnte, selbst wenn ich wollte.“

„Es reicht, wenn du hier bei mir bist und mich glücklich machst. Denn das machst du und ohne dich will ich nirgends mehr leben.“

Unter der großen Kastanie schloss Yannik Neo in die Arme und versank wie so oft in seinen blauen Augen.

Und als sie sich dort küssten, mitten im Hof ihres zukünftigen Zuhauses, wusste Yannik, dass er endlich dort angekommen war, wo er immer hatte sein wollen.

Epilog

Neo

Es war verdammter Luxus, dass er von seinem Arbeitszimmer nach unten auf den Hof sehen konnte, wo Yannik an etwas werkelte.

Schon ein halbes Jahr lebten sie jetzt hier und er konnte sich nichts Besseres vorstellen, als jeden Tag mit Yannik dort aufzuwachen. Auch wenn alles noch ganz gut in Schuss war, Yannik fand immer etwas zu basteln.

Nicht, dass er etwas dagegen hätte, dass sein Freund dort unten oberkörperfrei irgendetwas strich. Er konnte sich nicht davon abhalten, das Fenster zu öffnen und unangebracht nach unten zu pfeifen.

Gegen die Frühlingssonne blinzelnd richtete Yannik sich auf und sah amüsiert nach oben.

„Haben Sie nichts zu tun, Herr Richter?“, rief er herauf.

„Was kann ich dafür, wenn du hier so vor meiner Nase herumläufst und mich ablenkst? Außerdem ist Wochenende …“

„Warum sitzt du dann überhaupt da oben? Komm runter, das Wetter ist herrlich. Außerdem könnte ich hübsche Gesellschaft vertragen.“

„Okay, ganz wie du möchtest, *Mr. Smith.* Soll ich dir was Kaltes zu trinken mitbringen?“ Die Anspielung konnte er sich nicht verkneifen.

„Das wäre wunderbar, Mr. Anderson.“

Yanniks Grinsen traf Neo wieder mitten ins Herz. Neo Anderson und Mr. Smith – Todfeinde in The Matrix, aber in ihrer persönlichen Welt ein glückliches Liebespaar.

„Wann müssen wir los? Kann ich das hier noch in Ruhe fertig machen?“

„Wir haben noch genug Zeit. Es geht erst heute Abend los."

Neo freute sich schon total. Heute Abend würde Yannik mit zum Linedance kommen, nachdem er ihn schon lange zu überreden versucht hatte. Zum Mitmachen, nicht nur zum Zusehen. Dazu wäre Yannik sehr viel früher bereit gewesen.

„Umso besser. Ich erwarte dich gleich in der Scheune, Auserwählter."

Nachdem er Neo einen Luftkuss heraufgeworfen hatte, nahm er sein gestrichenes Brett und trug es in seine Werkstatt hinüber. Seufzend verlor Neo sich für einen Moment im Anblick seines Hinterns in der engen Arbeitshose. Dann machte er sich auf in die Küche und holte Wasser aus dem Kühlschrank, um danach zu Yannik zu eilen.

„Bin da!", verkündete er strahlend und blickte durch die Scheunentür.

Yannik stand recht weit hinten an einer seiner Werkbänke und bearbeitete ein anderes Brett mit einem Handschleifer. Das Muskelspiel auf seinem Rücken war … Neo wurde gleich ganz anders.

„Komm hinter. Sieh dir unseren neuen Couchtisch an. Und die Bretter, aus denen ich ihn mache."

„Ich schau mir noch lieber den an, der den neuen Couchtisch herstellt", murmelte er und trat hinter seinen Freund.

„Aber Bob, der Baumeister, will dir sein Werk zeigen."

Zwinkernd drehte Yannik sich zu ihm um und begrüßte ihn mit einem zärtlichen Kuss. Neo wurde sofort schwach. Am liebsten hätte er ihn jetzt …

Doch Yannik ließ von ihm ab und drehte ihn dann um.

„Da ist das Grundgerüst. Gefällt dir das Holz?"

Seufzend stellte Neo die Getränke ab und warf einen Blick auf das niedrige Gestell, das aus vier Beinen, einem Rahmen und einem lose darüber gelegten Brett bestand. Und auf dem Brett stand eine Ringschatulle.

„Yannik?“ Sein Herz klopfte mit einem Mal heftig. War es das, was er dachte?

Er blickte sich zu seinem Freund um, der glücklich schmunzelte.

„Willst du nicht reinsehen?“

„Doch.“ Neos Mund war plötzlich trocken. Seine Hand zitterte, als er nach der Schachtel griff und sie nach einem weiteren Blick zu Yannik öffnete.

Darin lagen zwei rotgoldene Ringe auf einem winzigen, herzförmigen Kissen. Mit einem Mal schnürte sich Neos Kehle zu. Trotzdem entwich ihm ein Schluchzen.

Sofort stand Yannik hinter ihm und schloss ihn zärtlich in die Arme.

„Zu früh?“, fragte er leise.

„Keinen Moment“, sagte Neo mit einem Lächeln und schniefte. „Ich hätte nur nie gedacht, dass du das noch mal machen willst.“

„Ich will das endlich richtig machen.“

Yannik drehte ihn sanft zu sich herum und nahm ihm die Schatulle ab, um einen der Ringe herauszunehmen. Dann suchte er Neos Blick.

„Ich habe noch nie jemanden so geliebt, wie ich dich liebe, Neo. Du hast mich zu einem anderen Menschen gemacht, einem glücklichen Menschen. Du bist alles für mich und ich will niemals wieder von dir getrennt sein. Du bist mein Herz und meine Seele und mein Zuhause.“

Er hielt inne und atmete tief durch.

„Neo, ich finde Kniefälle albern, deshalb frage ich dich so: Willst du mich heiraten?“

„Ja“, sagte er fest und blinzelte die Tränen weg. „Das will ich. Ich liebe dich.“

Ganz vorsichtig steckte Yannik ihm den Ring an den Finger. Er passte wie angegossen. Mit einem glücklichen Lächeln sah er auf das Schmuckstück. Es sah perfekt aus. Dann fiel er Yannik um den Hals und küsste ihn.

Froh erwiderte Yannik die Zärtlichkeit, dann hob er Neo hoch und setzte ihn auf der Werkbank ab. Wie oft er das in den letzten Monaten schon getan hatte! Eine erwartungsvolle Gänsehaut überlief Neos ganzen Körper.

„Verlobungssex?“, hakte Yannik nuschelnd nach, während er sich schon seiner Hose entledigte.

„Dazu sag ich ebenso Ja …“

*

„Luna wird die Ringe nach einer Sekunde entdecken, das ist dir hoffentlich klar?“

Neo drückte Yanniks Hand, als sie sich dem Tanzstudio näherten. Er trug ein schwarz-weiß kariertes Hemd, Bluejeans und natürlich den Gürtel, den Yannik ihm geschenkt hatte.

Sein Freund – Verlobter ja jetzt – dagegen lief in Jeans und weißem Shirt auf. Engem Shirt, in dem jeder seine Muskeln sehen konnte.

„Na, hoffentlich“, griente er zufrieden.

„Du weißt schon, dass ich mit *dir* angeben wollte und nicht mit deinem Ring?“ Er zwinkerte Yannik zu.

„Gib lieber mit dem Ring an. Ich blamiere dich da drinnen nur.“

Tatsächlich schien Yannik Lampenfieber zu haben. Neo hätte ihm nicht erzählen sollen, dass Luna Tommy mitbrachte, der sich Yanniks Tanzeinlage nicht entgehen lassen wollte.

„Blödsinn. Du wirst gleich einen Schwarm an Verehrerinnen um dich haben.“

„Die sind mir egal. Solange du an meiner Seite bleibst." Yannik beugte sich an der roten Ampel zu ihm, um ihm einen nervösen Kuss zu stehlen. „Ich meine das ernst. Lass mich bloß nicht allein."

„Auf keinen Fall. Glaubst du, ich lasse dich heute noch mal aus den Augen?" Mit einem Seufzen erwiderte er den Kuss, als die Ampel auch schon auf Grün sprang. „Immerhin bist du jetzt mein Verlobter."

„Mhhh, das klingt gut. Tausche Linedance gegen heißen Sex im Auto. Was sagst du?"

„Ich würde vorschlagen, wir machen einfach beides."

Diese Antwort überraschte Yannik sicher nicht. Doch er lachte nur und parkte vor dem Tanzstudio.

„Dann aber erst die Arbeit und dann das Vergnügen, Auserwählter."

„In dem Fall ist beides ein Vergnügen. Vertrau mir."

Seufzend nickte Yannik und küsste ihn ein letztes Mal sehnsüchtig, ehe sie ausstiegen. Neo nahm draußen seine Hand und brachte ihn in den Saal, in dem er seit fünf Jahren tanzte.

„Da seid ihr ja endlich", begrüßte Luna sie, bevor er auch nur ein Wort sagen konnte. „Mal wieder nicht aus dem Bett gekommen, was?"

„Ich habe einen Couchtisch gebaut", verteidigte Yannik sich, während er sich unbehaglich umsah. Auch Tommy trat zu ihrer kleinen Gruppe.

„Das klang jetzt sehr wie: Ich habe Melonen getragen."

„Es stimmt aber. Yannik hat einen Tisch gebaut. Ihr könnt ihn demnächst mal anschauen kommen." Zärtlich zog Neo Yanniks Hand nach oben und küsste sie sachte.

„Neeeeiiiin!", machte Luna auf einmal und griff nach ihren Händen, um Neos Ring zu betrachten.

„Sehr unauffällig, Neo", meinte Yannik nur.

„Waaas?“, fragte er grinsend. „Ich sollte doch damit angeben.“

„Ihr seid verlobt?“, entfuhr es Luna da fassungslos. Im nächsten Moment fiel sie Neo um den Hals. „Ich will alles wissen! Sofort!“

Doch da trat der Linedance-Lehrer an sein Mikrofon und unterbrach Lunas Freude mit seiner Begrüßung.

Neo drückte seine beste Freundin fest an sich. Sie hatte so einiges mit ihm durchgestanden und er war ihr unendlich dankbar dafür.

Aber jetzt waren sie hier. Natürlich würden auch Schwierigkeiten aufkommen, vor allem, weil er mit dem Gedanken spielte, sich nun endlich auch vor seinen Eltern zu offenbaren.

Doch das lag noch in der Zukunft und jetzt wollte er den Tanz mit Yannik genießen.

Der Leiter forderte alle Anwesenden auf, sich in einer Reihe aufzustellen. Er würde mit ganz leichten Schrittfolgen beginnen, sagte er. Neo sah Yanniks verdrießliches Gesicht, als er sich neben ihm einreihte.

„Das wird lustig, glaub mir“, raunte er ihm zu.

„Vertrau mir. Glaub mir. Ich komm mir vor wie im Dschungelbuch“, meinte sein Verlobter schmunzelnd.

„Hör auf miiiiich …“ Neo feixte und nahm Yanniks Hand. Dann spielte die Musik an und der Lehrer gab seine ersten Anweisungen.

Tatsächlich waren es wirklich leichte Schritte, wie man sie in den ersten Stunden eben so lernte. Das ließ Neo die Zeit, auf seinen Partner zu achten.

Yannik konnte das mit dem Richtungswechsel gut, aber die Schritte an sich waren eine Katastrophe. Er schmunzelte über sein konzentriertes Gesicht.

Mangelnden Ernst konnte man ihm auf jeden Fall nicht unterstellen und tatsächlich verliebte er sich jede Sekunde, die er mit ihm verbrachte, nur noch mehr in ihn.

Doch dann wurde ein Kreuzschritt angesagt und Yannik verhedderte sich nun endgültig in seinen eigenen Füßen.

Mit einem überraschten Laut verlor er das Gleichgewicht und fiel um. Da Neo noch immer seine Hand hielt, wurde er mit ihm zu Boden gezogen.

Lachend landete er auf ihm, bevor er wieder ernst wurde, da er von Yannik keinen Laut hörte.

„Ist dir was passiert?“

„Nee.“

Yannik grinste und legte jetzt die Arme um ihn. Auf dem Boden inmitten der ganzen anderen Tänzer. Natürlich starrten sie alle an.

„Ich dachte immer, mich könnte nichts umhauen. Stellt sich heraus, du kannst es doch.“

„Du bist unglaublich“, sagte Neo glucksend. „Und zum Glück gehörst du jetzt nur noch mir.“

Ende